文
景
———————
Horizon

守门员面对罚点球时的焦虑

[奥地利] 彼得·汉德克 著

韩瑞祥 主编

张世胜 张晏 谢莹莹 贾晨 译

上海人民出版社

编者前言

彼得·汉德克（Peter Handke，1942— ）被奉为奥地利当代最优秀的作家，也是当今德语乃至世界文坛始终关注的焦点之一。汉德克的一生可以说是天马行空独来独往，像许多著名作家一样，他以独具风格的创作在文坛上引起了持久的争论，更确立了令人仰慕的地位。从1966年成名开始，汉德克为德语文学创造出了一个又一个奇迹，因此获得过多项文学大奖，如"霍普特曼奖"（1967年）、"毕希纳奖"（1973年）、"海涅奖"（2007年）、"托马斯·曼奖"（2008年）、"卡夫卡奖"（2009年）、"拉扎尔国王金质十字勋章"（塞尔维亚文学勋章，2009年）等。他的作品已经被译介到世界许多国家，为当代德语文学赢来了举世瞩目的声望。

汉德克出生在奥地利克恩滕州格里芬一个铁路职员家庭。他孩童时代随父母在柏林（1944—1948）的经历，青年时期在克恩滕乡间的生活都渗透进他具有自传色彩的作品里。1961年，汉德克入格拉茨大学读法律，开始参加"城市公园论坛"的文学活动，成为"格拉茨文学社"的一员。他的第一部小说《大黄蜂》（1966）的问世促使他弃学专事文学创作。1966年，汉德克发表了使他一举成名的剧本《骂观众》，在德语文坛引起空前的轰动，从此也使"格拉茨文学社"名声大振。《骂观众》是汉德克对传统戏剧的公开挑战，也典型地体现了20世纪60年代前期"格拉茨文学社"在文学创造上的共同追求。

就在《骂观众》发表之前不久，汉德克已经在"四七社"文学年会上展露锋芒，他以初生牛犊不怕虎的精神严厉地批评了当代文学墨守于传统描写的软弱无能。在他纲领性的杂文（《文学是浪漫的》，1966；《我是一个住在象牙塔里的人》，1967）中，汉德克旗帜鲜明地阐述了自己的艺术观点：文学对他来说，是不断明白自我的手段；他期待文学作品要表现还没有被意识到的现实，破除一成不变的价值模式，认为追求现实主义的描写文学对此则无能为力。与此同时，他坚持文学艺术的独立性，反对文学作品直接服务于政治目的。这个时期的主要作品有剧作《自我控诉》（1966）、《预言》（1966）、《卡斯帕》（1968），诗集《内部世界之外部世界之内部世界》（1969）等。

进入 70 年代后，汉德克在"格拉茨文学社"中的创作率先从语言游戏及语言批判转向寻求自我的"新主体性"文学。标志着这个阶段的小说《守门员面对罚点球时的焦虑》（1970）、《无欲的悲歌》（1972）、《短信长别》（1972）、《真实感受的时刻》（1975）、《左撇子女人》（1976）分别从不同的角度，试图在表现真实的人生经历中寻找自我，借以摆脱现实生存的困惑。《无欲的悲歌》开辟了 70 年代"格拉茨文学社"从抽象的语言尝试到自传性文学倾向的先河。这部小说是德语文坛 70 年代新主体性文学的巅峰之作，产生了十分广泛的影响。

1979 年，汉德克在巴黎居住了几年之后回到奥地利，在萨尔茨堡过起了离群索居的生活。他这个时期创作的四部曲《缓慢的归乡》（《缓慢的归乡》，1979；《圣山启示录》，1980；《孩子的故事》，1981；《关于乡村》，1981）虽然在叙述风格上发生了很大的变化，但生存空间的缺失和寻找自我依然是其表现的主题；主体与世界的冲突构成了叙述的核心，因为对汉德克来说，现实世界不过是一个虚伪的名称，丑恶、僵化、陌生。他厌倦这个世界，试图通过艺术的手段实现自我构想的完美世界。

从 80 年代开始，汉德克似乎日益陷入封闭的自我世界里，面对社会生存现实的困惑，他寻求在艺术世界里感受永恒与和谐，在文化寻根中哀悼传统价值的缺失。他先后写了《铅笔的故事》(1982)、《痛苦的中国人》(1983)、《重现》(1986)、《一个作家的下午》(1987)、《试论疲倦》(1989)、《试论成功的日子》(1990)等。但汉德克不是一个陶醉在象牙塔里的作家，他的创作是当代文学困惑的自然表现：世界的无所适从，价值体系的崩溃和叙述危机使文学表现陷入困境。汉德克封闭式的内省实际上也是对现实生存的深切反思。

进入 90 年代后，汉德克定居在巴黎附近的乡村里。从这个时期起，苏联的解体，东欧的动荡，南斯拉夫战争也把这位作家及其文学创作推到了风口浪尖之上。从《梦幻者告别第九国度》(1991)开始，汉德克的作品(《形同陌路的时刻》，1992；《我在无人湾的岁月》，1994；《筹划生命的永恒》，1997；《图像消失》，2002；《迷路者的踪迹》，2007 等)中到处都潜藏着战争的现实，人性的灾难。1996 年，汉德克发表了游记《多瑙河、萨瓦河、摩拉瓦河和德里纳河冬日之行或给予塞尔维亚的正义》批评媒体语言和信息政治，因此成为众矢之的。汉德克对此不屑一顾，一意孤行。1999 年，在北约空袭的日子里，他两次穿越塞尔维亚和科索沃旅行。同年，他的南斯拉夫题材戏剧《独木舟之行或者关于战争电影的戏剧》在维也纳皇家剧院首演。

为了抗议德国军队轰炸这两个国家和地区，汉德克退回了1973年颁发给他的毕希纳奖。2006年3月18日，汉德克参加了前南联盟总统米洛舍维奇的葬礼，媒体群起而攻之，他的剧作演出因此在欧洲一些国家被取消，杜塞尔多夫市政府拒绝支付授予他的海涅奖奖金。然而，作为一个有良知的作家，汉德克无视这一切，依然我行我素，坚定地把自己的文学创作看成是对人性的呼唤，对战争的控诉，对以恶惩恶以牙还牙的非人道毁灭方式的反思："我在观察。我在理解。我在感受。我在回忆。我在质问。"他因此而成为"这个所谓的世界"的另类。

世纪文景将陆续推出八卷本《汉德克作品集》，意在让我国读者来共同了解和认识这位独具风格和人格魅力的奥地利作家。《守门员面对罚点球时的焦虑》卷收录了汉德克早期的两篇短篇小说和两部中篇小说。与这个时期的戏剧一样，这些作品都是汉德克审美追求的大胆尝试，它们打破了传统的叙述风格，改变了永恒的故事结构，形成了对象与语言、情感与语言和行为与语言之间无与伦比的叙述张力。作者在这里把对现实的观察和感受在艺术表现中凝结成各种各样的生存危机，而每一个象征都深深地印证着这个时代的生存现实和人的精神状态，同样也留下了作者自白的蛛丝马迹。

短篇小说《监事会的欢迎词》是汉德克尝试其叙述风格的处女作。这篇小说已经没有了原本意义上的短篇小说的叙事结构和情节；所谓的欢迎词几乎是在毫无情节关联的描写中变成了对危机四伏的恐惧的独白。房梁的嘎嘎作响，暴风雪的肆虐，门卫儿子惨遭车祸的命运构成了欢迎词叙事话语的核心。这些情景在叙事结构中多层交织，相衬相映，象征性地表现出生存环境的悲凉与险恶，让人不寒而栗。叙述者"我"最终因此陷入了无言的境地，这也是留给读者思考的一把钥匙。与之相比，《一个农家保龄球道上有球瓶倒下时》虽然没有对危机和恐惧那种强烈的渲染，但却在冷静和深沉的叙述中让人深深地感到社会环境对人性的摧残和异化；日常语言和修辞形式在这里表现为异变的亲情关系的象征。小说中，两个奥地利年轻人趁在西柏林逗留之际前往东柏林看望久未谋面的姑姑，可亲人之间的相见并没有出现惯常所期待的真情实感的必然流露，而几乎只有陌生的面面相觑，无言的对答，缺少亲情相印的交流。在整个叙述中，每个被感受到的物体都成为阻碍交流的象征，人物的失语构成了人与人交往的鸿沟。天气的寒冷与亲人的相见蕴含着叙述的深层结构。小说结尾时，两个年轻人不知不觉地没有赶上回程的末班车让人看到了对亲情的期待，而小说的标题则是作者留给读者去破解的叙述之谜。

《守门员面对罚点球时的焦虑》和《推销员》同样也是汉德克叙述风格的开山之作。尤其是《守门员面对罚点球时的焦虑》一时走红德语文坛，而且很快就被搬上了银幕（1971年）。这两部小说都具有浓厚的侦探小说色彩，超越了传统意义上的小说划分界限。伴随着语言游戏式的叙述，单一的独白和意识流使得读者在描写语言与描写对象之间的巨大张力中感受着作品表现的内在。

《推销员》是一部没有主线、情节和故事的小说，作者的意愿也不是要写一部新型侦探小说。主人公推销员观察着一切，记录着那一个个哪怕再微不足道的细节，他是无处不在的见证人。从章节标题可以看得出来，这部小说要表现的不是这个主人公本身，而是"秩序与无序"的辩证交替。每个章节分为两个部分：在第一部分中，叙述者对接下来将要发生的事件进行普遍意义上的综述和理论上的构建，介绍提要并加以议论。第二部分就是小说的描写，结构上呈现为句子的马赛克，相互之间似乎没有逻辑关联；对侦探情节只言片语的想像与逻辑上悖谬的荒唐断言相互交织在一起；精确的细节描写伴随着语言与事实的不协调。显而易见，这种叙事形式突破了迄今习以为常的小说叙事模式，使其表现的可能性成为不可能。但小说所描写的绝不是随心所欲毫无关联的片断，叙事形式和视角的变化也改变了所要描写的事物。小说中的每一个感受、每一个句子都会触及读者的心灵，使其不由自主地寻求在各个片段之间建立起必然的联系："这部小说既不是发生在洛杉矶或者西柏林，也不是发生在冬天或者夏天：只要读者读到它，它就会发生在读者的内心里。"作者如此意在让读者在其中能够寻找到令自己恐惧的故事，令人恐惧的现实故事，因为"每个句子都是一个故事"，会使人"回到现实中来"。

与《推销员》相比，小说《守门员面对罚点球时的焦虑》没有章节之分，结构简单明了，尽管是第三人称叙述，可主人公的视角从头到尾占主导地位。主人公布洛赫是一个当年赫赫有名的守门员。一天早上，他莫名其妙地离开了自己的工作岗位，因为他以为自己被解雇了。他毫无目的地在维也纳游荡。他偶然和电影院女售票员格达有了一夜之情，却无缘无故地掐死了她。他乘车来到边境上一个偏僻的地方隐匿起来。他在报纸上看到了通缉令，最后驻足在一个守门员前，注视着他一动不动地站在那儿扑住点球。这个凶杀案最终并没有结局，好像被遗忘了。在小说描写中，作者所关注的焦点是布洛赫越来越多地受到感知的困扰。布洛赫没有能力把周围一个个物体，一个个人，甚至连自己的身体感受为一个整体。他从环境的每个细节中构想出一个个针对他本人的痛苦暗示或者一个个给他设置的陷阱。这些构想又迫使他实施一个个让人不可思议的、自己也无法控制的行为。布洛赫是一个困扰于生存现实中的病态人，他的观察和感知是一个被追踪者的观察和感知。这部小说深深地渗透着汉德克的语言批判意识。像布洛赫与其所处环境的关系一样，语言与感知之间的危机始终伴随着小说的叙述。《守门员面对罚点球时的焦虑》不愧为70年代初德语中篇小说的一颗明珠。

我们选编出版汉德克的作品，意在让这些集子能够不断地给读者带来另一番阅读的感受和愉悦，并从中有所受益。但由于我们水平有限，选编和翻译疏漏难免，敬请批评指正。

韩瑞祥

2012 年 6 月

目 录

推销员

张晏 译

再也没有什么东西看起来比空虚的游泳池更空虚的了。

——雷蒙德·钱德勒

1 无序前的秩序

谋杀故事的开场就像其他故事一样，无非另外一个故事的延续。被描述的人物和物体在另外那个故事中早已出现，无须再去描述，它们就默默地在那里了。像每个故事一样，谋杀故事也是另外一个并不存在的故事的延续。

何以见得呢：人物和物体的名称前面一下子就用上了一个冠词，这样一来，这名称就代表了在一个故事中曾经出现过的人物和物体。[1] 一个男人走到了街道上。那个烟蒂滚落在了人行道上。

故事的开场并不是一个开场，而是延续。故事的开场在使用冠词的时候就考虑到了之前的时间。通过冠

---

[1] 德语语法中冠词分为定冠词和不定冠词。名词第一次出现时前面往往要加一个不定冠词，如果是确定的或者已知的名词前面则加定冠词。——中译注，下同

词，那些词汇就成了特殊物体的名称。如果普遍意义上的时间通过这种方式成为一个特殊故事的时间，这时它才能称得上是一个开始。冠词给它所确定的那些物体和人物一个过去形式。定冠词将那些特定的物体和人物从其他的同类中逐个确定下来，从而让词汇构成一个特别的故事。

像所有其他的故事一样，谋杀故事也是以定冠词开始的。与别的故事相反，谋杀故事是与这些已经确定下来的物体和人物玩游戏。因为谋杀故事在确定物体时，让它们之间的关系保持未知与神秘。谋杀故事不交代被描述物体之间真正的关系。就是在这些物体相互之间可能出现的关系中产生了谋杀故事。它产生于句子的捉迷藏游戏中。谋杀故事从一开始就单独地描述每一个物体。

为了达到这一目的，采用的描述视角是一个不了解物体之间相互关联的人。当各种关联被揭开时，他总是晚到一步。描述的视角来自于一个陌生人。

故事由一个人讲起，此人总是后来加入，却从不属于这里。这个后来者在情节发生的地点第一次看到这些物体。他首先要感知所有这些物体。因为要由他来进行描述，所以他既不是未来的谋杀犯，也不是被害人。

通常，他会在运动之中被那个故事所吸引，从第一个句子开始。他从一个地点走到事件发生的地点。他来到那里，然后站住不动。

身边的一切喧嚣让他惊讶，这样就产生了故事：他被吸引住了。他看到了很多，却谁也不认识。仅从外部特征上看，他就显得与众不同。他的举止、目光、出场以及走路的样子将来都会引起别人的怀疑。他要引人注目，以便能为自己的描述辩护。通常他是在描述自己，大概就像他在一面镜子里看着自己一样。

如果其他人都穿着干净的鞋子，那他的鞋子一定会沾满灰尘。如果其他人的发型都纹丝不乱，那么他的头发一定要乱蓬蓬的。如果其他人的目光都很坦诚，那么他的目光一定要不像好人。如果其他人都兴致高涨地蹦蹦跳跳，那他则要一瘸一拐。

他来到一个地方，这里的每一个物体或者每一个人都与他的出场形成反差。

他是个陌生人，但绝非褒义上的陌生人。他是个堕落的陌生人。

如果他开口说话，他只用现在时，也只谈眼前发生的事，就好比，他点了杯饮料或者他跟人打招呼。他的语言只是他向前运动的一部分。

很明显他想要得到什么。他的行为举止像一个推销员。也许他就是一个推销员。

当故事开始的时候，展示在这个新来者面前的一切，都是那些物体最美和最好的秩序。这种秩序是如此引人注意，它甚至可以被列举出来。它是可能出现的最为尴尬的秩序。

不同寻常的事情发生得非常少，所以只能通过这一点才能让这个故事站得住脚，就是这种秩序被描述得非常尴尬，目的是必须与发生谋杀案之后的无秩序形成鲜明的对比。

为什么要描述这种秩序呢，原因就是：将会有事情发生，有些东西会发生变化或者被改变。这是一种不能长时间容忍的秩序。这种秩序是由一声大喊之前屏住的呼吸构成的。

某个物体或者人物被特殊描述的秩序也就显得特别可疑。对一个后脑勺、一个脖子或者是一扇窗玻璃的秩序性的描述会让人担心这些被描述物体将来的秩序。目前描述的秩序的尴尬性与可能发生的无秩序的尴尬性之间形成了一种张力。

这位后来者对目前的秩序感受得更为明显，因为它呈现出一种秩序的特殊形式。这是一种刻意雕琢的秩序，它让陌生人立即觉得是人为规定的。

这种秩序显露在人物刻意为之的特殊行为方式上，显露在对待物体的刻意为之的特殊方式上。这种特殊的秩序是以一种庆祝仪式的形式展现在后来者面前的。

他来时赶上了一个庆祝的时刻。他是来玩游戏的。当他来到一个地方的时候，这里正在庆祝节日。当他来到一个地方的时候，正是一年一度的集市。当他来到一个地方的时候，正在举行化装游行。

这种特殊的秩序表现在鞠躬中，在舞蹈动作里，在下跪的动作中，在两人一组的行进中，在共同的举杯中，在一场盛宴中，在一场游戏中。这种将要被谋杀案打破的特殊秩序，后来者在那位鞠躬者的脖子上看出来了；还有那位先生的太阳穴，他刚刚扬起的打招呼的手；或者是在舞者轻盈的移动中；或者是在玩捉迷藏的孩子身上；或者是在唱歌时起伏不定的胸部；或者是在讲话人刚刚张开的嘴角；或者是在还很干净的地毯上的图案；或者是在刚刚浆过的衬衫前胸的白色上，或者是正在徐徐落下的窗帘的皱褶上；或者是在香料散发的气味中。这是秩序的节日。

行动者们无忧无虑，只想表演。

其中一个人将会突然被详细地描述。之后会有一个人被描述得更为准确。这个情节的人物，除了一人之外，都开始表现。一切都在自己的位置上。秩序越来越鲜明。它现在不可想像地完美。在这个谋杀故事中，在谋杀发生之前，秩序显得简直就像是无序。

后来者看到：

推销员踩在那飘落的纸片上。

他问起路，却忘记了去关注回答，而是惊讶于被问者给他指路时的表情。指甲掐在手心上。不会发生什么事的。他有足够的时间去惊讶。在这样的一天，没有人会想到死亡。碎石砌成的小房子里露出一把铁锹把。街道并不空旷。推销员瞥见一块有小孩拳头那么大的石头。头皮绷紧了。没有人用手帕快速地擦把脸。人行道比街道高出不少。推销员的大衣下摆一直垂到脚脖子。从商店门下的缝里涌出来一堆肥皂泡。瓶子几乎是直立着漂浮在水中。窗户和门在交替变换。

他看人比往常更加清晰。指甲从衣服料子上刮过，直到纽扣。推销员自然而然地移动着双腿。汽车里的座椅靠背线条十分优美。路面上不久前被喷过水。让他吃惊的是居然能看到自己的膝盖。窗玻璃闪着光。他不相信地摇了摇头。只有一只鞋闪闪发亮，另外一只仍然布满尘灰。一个念头突然闪现出来。一个手指甲在捶打时弄折了！

推销员用一支铅笔敲打着墙。虽然毫无用处，却又无力去做其他事情，所以他一直在观察一位老妇，她坐在家门口一个矮凳上。

他在房间穿来穿去时与在旷野上走路不太一样。之前提过皮箱的那只手在发抖。电话亭的门锁了。这是一个美好的早晨。在听到第一声钟响之后，他屏住呼吸等待着第二声。鞋尖向上翘了起来！

他没有左顾右盼。那放在方向盘上的双手戴着皮手套。他无法想像现在会有人大叫起来。物体并没有让他感到不安，但是也没有吸引他的注意力。他目光所及的大地完美无缺。他只随身带了一些私人用品。他的着装更适合于黑暗，而不是大白天。虽然这里没有一丝风吹过，可是他的头发却乱蓬蓬的。迎面而来的人上下打量着他。小溪正流过一处垂直的地方，随之就变细了。推销员侧耳倾听。房子的每个尖角都被磨圆了。突然，面前的街道让他对每一段距离都感到恶心。也许绳子从那个敲钟的人手中脱落了。为什么偏偏现在鞋带又开了？有人正抖开一个遮雨罩套在一辆汽车上。有数不清的方向。手指甲隐隐发痒。两个老妇把很粗的一截树桩锯成了两半。

他现在需要的是分散注意力。躺在地上的水管子突然绷紧了。大衣的口袋又深又宽，他都感觉不到自己的手在里面。他故意跌跌撞撞地走路。房屋的外墙上没有任何涂抹的东西。一切都井然有序。推销员心怀叵测地微笑着。一厚摞报纸用一个夹子固定在报摊上。一辆自行车规规矩矩地靠在墙上。他边走边打着哈欠。只要他一吸气，那些画面就跟着移动。眼睛看到的东西，身体却在拒绝。圆木轰隆隆地从货车里滚落下来。他不知道该把手放在哪里才好。一个女人在用抹布擦门把手。车子出故障着火的第一声炸响吓了他一跳。他听到的每一个词都跟随着另外一个词。

他走的路太多，以至于两根鞋带都松开了。电话听筒上还留着一只手的汗渍。他必须不断地重复思路，直到把它们都扼杀掉。他呼气又吸气。

他观察着周围的秩序怎样变为游戏。玻璃叮叮当当地作响不是什么危险的声音。凡是别人跟他搭话，他都只用手势和表情来回答。那个女人的笑声适应了所有其他的声响。虽然推销员认为，他将来也永远不会在这里认识任何人，可他还是尝试着去记住每张面孔。路面上这儿和那儿到处涂着黑色的沥青。他以为握在一起的手指松开了。门前孤零零地立着一只靴子，靴筒被翻了下来。垃圾桶看起来是空的。硬币还带着体温。

他重重地去触摸玻璃，这只是他无所事事的表白而已。因为不舒服，他迈着八字步。两只鞋子都适应了现在的运动方式。现在的寂静只是期待的回答到来之前的寂静。他们在吃着很难消化的饭菜。门被毫不费力地打开了。捧着托盘的手高高地举在头顶上。泡沫聚集在一个障碍物前。思考一下子又变得惬意。这是一只软木塞的爆响声！

他在桌子下面把鞋子晃下来。"如果大炮的炮弹在水面以上爆炸，淹死的人就会浮起来。"他为这寂静感到高兴。那个女人用一根木棍轻轻拨弄着玻璃杯里的泡沫。

他的衣领不再那么干净了。

手掌上有些污渍。

那声喊叫只是听完笑话后爆发出笑声之前的喊叫。

虽然天气并不热，他却觉得衣服都粘在身上。房屋的侧面只有假窗。大街上熙熙攘攘。汗味表明身体很健康。她用拇指拨弄着耳边的发丝。他无法想像，大白天的一声大喊会是在求救。火柴盒只有一个摩擦面被撕开了。他听到的那些词语都是关于普通的人际关系的。柠檬片慢慢地沉到了玻璃杯底。那女人把笤帚放回原位。他清了清嗓子，却什么都没说。在这样陌生的环境里，他甚至想不起来这些物体的名称。当他对面坐的人笑着回过头去时，把喉部完全暴露在他面前。

鹅卵石砌成的小屋里露出报纸的一角！

推销员向后靠着，漫不经心地将双手抱在胸前。就像醉酒时一样，他觉得所有的东西都离他很远。在近处的一片喧嚣声中，他听得出来平时这里是多么安静。窗玻璃上的镜像没有让他吃惊。两只手一左一右搭在陌生人肩头，却不是安静地停在那里。绳子上密密麻麻地挂着空空的衣架。推销员用眼角的余光注意到别人怎样用眼角的余光在打量他。自动点唱机的抓手上上下下，到现在也没有抓住任何一张唱片。他只用了一个动作就把箱子放在地上。当他经过地下室小窗时，一股凉风划过他的手指。灯光亮得耀眼，几乎没留下什么影子。一双眼睛直勾勾地盯着他，他眨了眨眼，又觉得自己这样不太礼貌。雾弄乱了头发。衣服都是刚刚熨过的。他现在不想听任何人说什么。他嗅到了某种浓重的气味。他懒洋洋的，只有当他移动身体时，才移动目光。对面那栋房子上所有的百叶窗都放了下来了。

他听到的声音属于他看到的东西。这里的房子到底有没有地下室呢？从座位上他可以看到下面整条街道。地板刚刚已经打过蜡。推销员走路时挺着下巴，就像是赶来参加什么活动。那女人抖开一张干净的桌布，他只得又把胳膊抬起来。当风停下来时，他觉得好像他突然被人遗弃了一样。

也许他在这里能让自己派上用场。这些想法不是自然而然冒出来的，而是他用尽全力想出来的，时间就这样过得飞快。他很不经意地瞥了一眼表。他看着舌头怎样从嘴唇中间伸出来。一块猪皮泡在积水中。

闪电让屏住呼吸的一群人吓了一跳。那男人用火焰点燃了香烟。物体摆放的顺序显示出大众意见的相似性。推销员把皱成一团的纸币递了过去。气球离香烟是那么近。那男人大笑着咧开了嘴。

那边有群孩子在模仿大人的表演。邮递员在头顶上晃着一封信。推销员摸了摸腋下。他没有再走回桌边，而是走到了窗前。

他没有注意到她的轻蔑，这让她有些难受。一只鞋子的鞋头比另一只的颜色暗一些。金牙闪着光。不只是这种长时间匀速的运动使得一直端坐的推销员感到不安。本来他想去拿那个干玻璃杯，却伸手握住了那个湿的。两个男人，面对面俯下身子，轻声交谈着。推销员没有一一列举出他感知到的事物。一个男人抬起手臂，以此来吸引别人的注意。只能看到无忧无虑的面孔。他默默地搜寻着词汇，好让自己现在不必动弹。他经常在鹅卵石砌成的小屋里过夜。那个男人长着突出的后脑勺！

推销员感到高兴，他不用非得听懂每个词。那个声音响起来，因为刀子切分水果时，突然切到果核。那个男人鞠躬时，亮出了自己的脖子。香烟的烟灰已经弯曲了。随着情绪越来越放松，大家在模仿着现实。

推销员没有发现什么新情况。手上的纹路是潮湿的，被脏东西弄出了一道道黑边。一个小凳子从购物袋中探出头来。他说话时，其他人说的声音更小，以便能听到他的声音。他的腋下有些发痒。他们慢慢地把头转向他。

推销员站在门口，脸上挂着全世界最友好的微笑。

当嘴唇离开物体时，他听到了嘴巴吧嗒吧嗒的声音。有个人的笑声压过了其他人。他们选择了一种允许他们**玩**的游戏，而在现实生活中，他们甚至都不敢去**谈论**这游戏。推销员听到纸张在沙沙作响。他腿上有块肌肉在抽动。倒酒时泡沫沙沙作响。新浆过的衬衣不透水。嘴唇很干，在杯边连嘴唇的印记都没有留下。当他把火焰靠近香烟时，他打量着对面那人的脸。他估算着相互之间的距离。灯罩一动不动地挂在电线下面。如果一只**苍蝇**躺着，那它的"躺"就表达出某种明确的意思。

路面上的污渍很明显缩成一团。鞋子前面没有加钢板。推销员闻到的是烤肉的香味。靴子直到靴筒都糊满了粪便！墙上挂着的盘子间隔十分均匀。排水沟里的玉米棒是哪里来的？那个男人的穿着平淡无奇。

推销员确信，所有的物体都依然在原来的位置上。人群中有人用力地举起了双手，不过他是在欢呼。他太长时间没有眨眼，所以正好错过了瓶子里的液体流出来的那一刻。报纸大标题上有些他完全不认识的名称。

那些人尝试着让他兜售一些东西，好让他们拒绝购买。那个老妇人已经在排水沟前面站了很久，她无法把脚从街道抬上人行道。推销员只是看着面前的桌子和放在上面的两手。虽然一切都按照事先预料的在运行，可是肯定哪儿出现了什么不合常规的东西。他用一枚硬币敲打着玻璃杯。他一动不动的脑袋让所有看到的东西都保持平衡。

那些表演者的声音变成了密谋者的声音。他听不到任何声响，但是却能感受到上方的空气有一丝震动。没人手头有去污剂。一瞬间，那涓涓细流似乎就会没过她的高跟鞋。在这样的噪音下，所有的声音都没什么区别。

他坐直身子。

那哗啦啦的响声不一定是粗暴地挂上话筒的声音。

没有人会为系鞋带而弯下腰。推销员注意到拇指第一个关节上的一个瘊子。虽然房间里已经非常热，随身进来的液体还直冒着气。他几乎可以肯定，这只是一个偶然的接触。他抓向门把手，却没有抓住。他的无动于衷是如此完美，所有的言语都没有受到打扰。人们选择了一种让游戏者单独行动的游戏，或者是捉迷藏，或者是黑暗中的游戏。运蔬菜的车看起来很正常。

那男人的目光非常刺人。

电话另外一端没有人接听。推销员听到空罐头盒撞击的啪嗒声。那女人把手放在脖子上。人群中有谁戴着手套吗？

这时又来了一个个头矮小肩膀宽大的男人。"非法得来的钞票总是皱皱巴巴的。"推销员先等了一会儿才报出价格。桌布下面有棱有角的东西像是本书。一些沉重的石头被放在防雨罩上。椅子被木条连在一起。有人嘟囔了一句，继续往前走去。

两个人碰巧都想藏在同一个地方，于是就争吵起来，都想让对方另外找个藏身之处，最后时间到了，两人站在来捉人的那个人面前，一脸羞涩。

推销员做了一个动作，以便测试一下，他是否刚刚已经做过这个动作而紧接着又忘记了。

电话还占着线！

那男人低低的前额看起来没什么好事儿。

推销员观察着百叶窗的空隙。几个移动的物体就在他触手可及的地方，这让他感到心安。领带的结打得有点大了。从游戏中第一个返回的人在西服外套上擦着手指。推销员突然将绳子的两部分握在手中。人们发现，刚才还在原来位置上的一个东西现在不在那里了。那女人思索时面部扭曲着。他用一种特殊的姿势拿着香烟，好让商标字样也能烧着。他看到的每一个动作都让眼睛很舒服。那是一声惊讶的呼喊！他专注地看着那只猫裸露的耳朵。

表演者挑选了一个动作，要求从一开始就要躺着。推销员的一只拳头比另一只大。他观察着，那个女人没有把任何一个动作进行到底，而是用下一个动作去掩饰之前那个。手提包合上了。

他把手指横过来，搓了搓干燥的牙齿。他惬意地靠在墙上，可是墙离他还有一段距离，这个动作在进行的过程中就变得不惬意了。

那个丢失的物体很有可能是被一个孩子拿走的！

他们玩游戏时，连语言也变成了游戏，所以，他再也听不到他们在说什么了。所有的动作最后都变成了圆圈。其间不可能发生什么。推销员是惟一置身事外的人。人们把其他物体重新摆放，以便将那个空缺遮掩起来。那男人的分头分得笔直，简直无可挑剔。

玩游戏的人纷纷回来了，变成了观众。那孩子把手放到背后，可是没有藏起来。那张幽默的素描画的是死亡之前的瞬间，也就是坠落前的瞬间。在这样的环境中，每个声音立即就会被排序组合。推销员发现自己的指甲上有白色的斑点。他的目光到处遇到抗拒。

当门现在也要都关上时，秩序就会变成嘲讽。

街道上的情景一目了然。"突然"这个词不能再用了。推销员终于有节奏地呼吸了。他看到的所有动作都是水平方向的。

他感受到一种不受干扰的现实。

那思想顺从于他所发现的东西。

哪儿都没有漏洞。

那个女人注视着自己精心修剪过指甲的双手。那只跑过去的猫在地板上留下了湿脚印，虽然远近都看不到有任何液体。

2 最初的无序

对秩序的描述只是为了描述第一场谋杀产生的无序。描述秩序的某些句子虽然看起来可以与其他句子排列在一起，但其实更适合将来发生的无序。

秩序紧张得快要撕裂了。所有的物体都被描述得十分富有日常性，以至于自然而然地会产生这样的问题，那就是这样的日常性还会持续多久呢。这种日常的现实如此完美无缺，所以肯定不会发生爆裂的。

现在发生的谋杀就是要打破这样的现实。它发生在某个时刻，某个地方，那里的一切好像都在有序地运转。

为了让这打破的效果更为强烈，那么，这样的行为并不是表现为一个自然的过程，它在自己发生的那一刻就显得不自然，充满暴力，来自外力，刻意为之。

在正沉浸在日常现实中的证人看来，这是一起谋杀案。

虽然这样的行为被识破了，可是那个作案者则不然。

只有通过这样的行为，那个被描述的现实才成了一个由特殊的时间、特殊的地点以及特殊的人物组成的故事。那些之前已经被描述的物体只有通过谋杀之后才能证明自己存在的理由。

通过这场谋杀，种种关系就建立起来了，或者说，种种关系特意被隐瞒了，而在故事后来的发展中就会被揭示出来。只是缺少一句话。因为这句话才有了这个故事。因为这句话才出现了这个案件。

谋杀的章节通常是以描述一个无关紧要的物体开始的，不过这个物体就在将来的案发现场。从这个物体的姿态或位置就能预知未来的死亡。

如果在之前的章节中一切都显得是确定和已知的，那么现在一切都显得不确定了。

第一个出场的人物，只用寥寥数笔来描述，不过无名无姓。如果是从背影开始描述，那么这样的描述通常是以将来的谋杀犯为出发点，而这个从背影被描述的人就是将来的被害人。

一个从正面被描述的人可能既是将来的被害人，又是将来的谋杀犯，同样也是目击证人。

如果描述的是群体中的某个人，那么他就是将来的被害人。

如果描述的是一个群体，可在这个群体之外还有某个人正在靠近，那么这个人通常就是将来的谋杀犯。

如果描述的是某个人，他正在逐渐离开那个群体，那么他通常就是将来的被害人。

如果是从某个人的角度来描述，他虽然不属于某个群体的一员，但是却正好处在这样一个靠近这群体的境况中，而来自这群体的每一个人后来都可以描述这个人，那他就是将来的证人。或者一个人，虽然他从外在形式上看属于这个群体，可事实上却是个刚刚落入其中的陌生人，那么他也是将来的证人。

对于谋杀的描述，同谋杀故事中所有的描述一样，都是从个别到整体。比如首先描述的是一件白色衬衣的胸间血迹斑斑，或者眼神中的惊讶。

凶手首先只是在他自己实施的情节中出场。

被害人毫无预感，可是直到最后一刻来临之前才有所察觉。如果他此后有幸还活着的话，那么他一定可以提供一些有价值的线索。

相反，在他身上发生的事，目击证人总是晚一步才觉察得到。

谋杀案马上就要发生，是可以从中看得出来的，那就是直到此刻与日常现实在节奏上保持一致的描述突然变得密集和更确切了。

这种咄咄逼人的事件也可以从中看得出来，那就是对人物的描述被对事物的描述取而代之。

或者是再次对周围所有那些平平常常的事情不厌其烦地一一枚举，借以能够产生强烈的震撼效果。在谋杀之前，一切都好像没完没了地进行着。

在描述的过程中，每个差错现在都具有特别的含义。

由于这种行为而产生的响动或者声音，大都会被证人当做事物自然运行的声音或者响动：一声枪响会被当做汽车出故障着火，或者遭到致命打击的人的咳嗽声会被以为是在不通风的空间产生的咳嗽声。

在谋杀发生的那一刻，对这个故事而言，时间停滞了。

接下来的那句话只适用于那停滞的时间：

香肠耷拉在面包外面。

推销员不再四下观望了。物体是不会自行倒下的。当那个听他说这句话的人向别处望去时，他没有停顿，而是对着下一个人继续说下去。他看见一管剃须膏，盖子被拧了下来。他咬到了自己的舌头。那男人在看自己的拳头。

他没戴手套的手握着玻璃杯。推销员笑着看一个啤酒瓶。

他一下子不知道自己该往哪里走。他一再试图望着同一个缺口。他所看到的一切都让他觉得自己像一个陌生人。果核从果肉中剥离出来时，发出啪嗒一声。他抬起头，仿佛这是世界上最自然不过的事情似的。铺在地上的软管突然被人拽到了屋角。他的手软绵绵地放在大腿之间。他不想呆在这里，可也不想离开。

软软的黄油"啪"的一声掉在石头地面上。

咳嗽声折磨着他。

那女人膝盖窝里的血管显露出来。那男人把没有拆封的信揣进口袋里。那只猫什么都没有看见。"这是猪血。"一只玻璃杯在当啷作响，也许是一扇窗玻璃。

路面上只有一块干燥的地方，那儿有一个形状像青蛙似的趴在地上的人。

他的眼皮抽动着。

他敞开外衣走着，看上去毫无什么恶意。推销员侧耳听到的那声呼吸并不是他发出来的。衬衣缝隙间露出那赤裸裸的皮肤。

现在，他们再也没有任何别的话题可以交谈，就只好说说自己而已。

他动了动，要让人看到他依然还在这儿。那个男人的背影又宽又大。挥动的双臂展现出他的爽朗。篱笆顶上缠绕着厚实的黄布。他心满意足地摁灭了烟头。汽车的座椅向前靠在了方向盘上。那鞋子摆放在楼梯下面的阴暗处，和平常摆放空鞋的样子一般。虽然没有风，可是他说话时还是紧紧地按着帽子。那个男人一直没有转过身来，所以他无法看到他的脸。一张报纸拍打在路面上。

两人第一次见面后不久又在相同的地方再次偶遇时，脸上挂着尴尬的微笑。

他盯着为他准备的话筒。当冷汗开始在皮肤上滑落时，他吃了一惊，就像被陌生人触摸了一下。报夹太松了，根本夹不住报纸。那是个看不出年龄的男人。那用力压下去的海绵很快又浮出水面。水管堵死了。

他擦了擦衣服之后看着自己的手指甲。新断裂的地方依然清晰可见。扣子松松地挂在大衣上。箱子里面有很大的空间。他拿起听筒，身子略向前倾，就像人们要倾听回答的样子。所有人都始终在匀速地移动着。谁接近这个群体，那他就是为了加入其中。推销员观察着一只无主的鞋子。

有个东西闪了一下，可是他无法判断出那个想必一闪而过的物体。当他抬起头时，不禁感到头晕目眩。窗帘从开始就是红色的。

他再也看不到水里有气泡了。那辆自行车以一种十分扭曲的样子横卧在路面上。他靠在墙上思考着。他们谈论起他，就像在谈论着一个物体。没人买她的东西，因为她的名字十分可笑。那张报纸刷刷地飞过大街。那女人脖子上，血管在急促地跳动着。电话那头要找的人谁都不认识。

有一只鞋的鞋尖皱成一团。

他观察着，那摊水越变越大。有人出主意，怎样可以除掉那油污。那块砖头不是掉下来的，而是被人扔下来的！那男人用香烟指着他。走进房子里的人比又走出去的人要多！

他瞥见一团孤零零的泥巴，被踩成一大片。瞳孔放大了。那正是缺少拨火钩！

他感到，她的皮肤若没有陌生人的触摸则是不完整的。因为记忆的缺失，他变得健谈起来。他不正眼去看任何人。他的头比往常抬得更高，或者垂得更低，这虽然让他觉得不安全，但是却让他可以发现很多新鲜的事物。突然，紧挨着他的百叶窗刷刷地落下来。那爆裂声不是冲着任何人而来的。浆过的衬衣胸前瞬间晕染出一块污渍。

因为不由自主地碰了一下，推销员连忙道歉。不知是哪里有人叫喊起来，一扇门砰地关上了。水果从那男人手里掉下来。

他拉着脸，仿佛在渴望着人家来辱骂他似的。那女人倾听时甚至都没有屏住呼吸。终于，他厌倦了只是看着别人的后背。又得这样把大衣的扣子从上到下扣起来，这可真是浪费时间啊。

坐垫绽开了。

他不停地走来走去，所以没有人能逮住机会好好打量他。如果长时间只做出一种姿势的话，连衣服都会适应这样的姿势。

那物体沉没之后，水面又恢复了让人不安的平静。

推销员没有听到急速离开的脚步声。手指尖从手套上的一个洞里探了出来。那直立着的熨斗简直咄咄逼人啊！那污渍都可以称得上是一大块了。冰块落到空杯子里。

那百叶窗变形了，几乎让人不知不觉。零零星星的大水滴从电线上落到街道上。鞋带的顶端呈黄泥色。密封塞子在洗漱池里蹦来蹦去。嘴角向上扬起。窗帘垂直落下。那狗在隔壁房子里狂吠。汽车所有的门都大开着。墨水瓶已经干了。抽屉是空的。那个被咬过的苹果嵌在下水道的铁笼子里。液体停止了流动。那只猫在舔着石头。小板凳摆在角落里。一片树叶挂在蜘蛛网上。痰渍里的泡泡破裂了。在这个描述的时刻，就连从水壶倒进玻璃杯的水发出的声音都显得十分危险。

那目光不容怀疑。那女人摆弄着滑落的长筒袜。那个穿着军装的男人从房子里走出来。一只手把铁锹从鹅卵石小屋里抽出来。有人弯腰去捡一枚硬币，可当他发现那不过是一粒扣子时，又立即直起身来。推销员摸了摸身后。这次的声音不可能又是汽车出故障着火了。

那男人用双手握住脖子。推销员靠在门铃上。没有人用哨子吹出颤音。一只戴着手套的手出现在窗台上。因为受到惊吓，她嘴里发出一声微弱的喊声。里面的电影院里，水妖们突然嚎啕大哭起来。

那窗户并没有帮他醒过神来。当他打开柜门时，空衣架互相撞击着。那辆汽车急刹车时顺着排水沟磨出深深的印记，直到最终停了下来。他听到另一端传来一声窒息的叫喊。那宽大的后背提供了一块很好的靶子。那晃动的听筒沉闷地撞在什么东西上。第二次射击崩起的玻璃碎片停在了第一次射击时玻璃崩起的地方。在他面前，一个烟蒂在街道上滚动。因为害怕，他的鼻孔变得火热。

那遮雨罩鼓鼓囊囊地罩在被遗弃的汽车上。

那些话弥散开来，因为所有人都在倾听着。

那个报纸下面的物体升起来，而没有落下去。烟灰缸被清空了。当推销员提起箱子时，发觉它沉重得异乎寻常。额头发痒。那些圆木大梁之间出现了一个圆洞。他抬起手，将五指分开。大家一致认为，一切井然有序。

他抬起头来四处闻着。他走进这个房间后很长时间才意识到，自己也许是走错了房间。可能只是普通的肚子疼，所以那个人才用这样的姿势捂着肚子吧？

枪口对着地面。推销员看到了一个小细节。他大惊失色。孩子的脸蛋在跑步时颤动着。"电线犹如它们的影子一样，如此无声无息。"

没有人冲出门去。一股凉风拂过他的耳朵。在这个时刻，他们在为财产所有权而争吵不休。当那只手再次出现时，已经不再是空的。红颜色意味着什么。他倒下时，还试图把帽子扶正。什么东西闻起来像烧糊的布料。这时的寂静显得不太自然。

那辆汽车是街道上黑乎乎的一团东西。车门还在来回摇摆。他用双手护着脸。这是一个毫无目的的动作。突然，电话铃响起来。引擎熄火了。

他也可以贴在一面玻璃上。他先是慢慢看着，然后变得迅速。那扰人的吵闹在这个秩序瞬间里不是不受欢迎的。那只手显然与黑暗形成了反差。"这里不会有人因无聊而死去。"从彻底敞开的大门里飘出一缕薄薄的烟雾。

他们用硬币比较着那片污渍的大小。他的脚步慢了下来。他的声音一下子变得完全不可理解。"或许又是小爆竹的响声吧。"瓶子立在他的脚旁！现在把手从兜里掏出来已经太晚了。推销员把商品举得很高，弄得人家不得不**仰望**着它。躺在草地上的那个人也许已经死了。

他放下铅笔，目光很呆滞，却不是因为看到什么东西。烛芯还在冒烟。推销员抖开手帕。那玻璃杯不合时宜地掉在地上了。

他透过自行车的轮辐看着那个身影。马在打响鼻。他不由自主地直立起来，虽然听不到有爆炸声响起。推销员站在门后的死角里。听筒在叉簧上颤动着。

人们可以利用香槟酒开塞时的爆裂声！

没有人承认听到过响声。

如果他现在飞快地合上书，还能够夹住那只苍蝇。

所有人突然都用手掩住嘴。听他倒下去时发出的声音，仿佛他再也不会站起来似的。为什么他们不继续喝酒呢？与其说他看到，倒不如说预感到那个动作。地板的木条看起来已经松动了。这个群体的图像揭示不出什么。虽然他在系鞋带，眼睛却朝上看去。那些物体在那个受到惊吓的人手里叮叮当当响。那个奔跑的人手里提着的箱子蹭上墙壁。他一边笑，一边往后退了一步。所有人都显出一副受到惊吓的神情。那女人强忍住没有打起哈欠。铺路石之间的小水洼不停地颤动着。他的拇指突然干了。"那是**我的**

帽子！"

看看那张脸就足够了。没有人说什么。响声不是来自地下室！那两人交换一下眼色。双手抱在怀里。他发现太晚了，那不过是镜子里的影像。那个新来的人无比激动地撞开了门。鼻孔越来越大。

"他两手扶到胯上，动作迅速得就像青蛙伸出舌头捕捉住一只苍蝇一样。"

因为他想不出能说什么话，只得通过**移动**身体来表明自己要做什么。

手指看上去变得扁平了。最后的几个音节逐渐变成一种含混的声响。那个躺着的人已经再也分不清上下了。在这个时刻，对他来说，每个距离都是无限的。推销员长着一双琥珀色的眼睛。

他说话非常快，仿佛他这样说生死攸关似的。

"电话来得可真不是时候！"

那根湿漉漉的手指试图擦去那个字迹。突然之间，那男人高高地甩起双手。枪口喷出的火焰异常短促，你什么都无法看得清楚。那个垂死的人脸上挂着愤怒的微笑。

最后，对于那个步履蹒跚的人来说，连地上微不足道的凸起都会成为不可逾越的障碍。

推销员支撑着身子离开桌子。那男人带着不可思议的神情朝下张望着。那些声音毫无意义了。那女人说话时只动了动嘴唇中间的部位。他朝一侧倒去，而不是人们想必期待的向前倒下。离去时，推销员用帽子遮着脸，生怕会在镜子里看到自己。电话线夹在剪子中间。

推销员无法转移开目光。他的表情和他的话互相矛盾。他站在射击线上。他用自己的指甲压了那个躺在地上的人的指甲，那指甲仍然是白色的。

树皮从锯子上迸开，这意味着什么呢？

推销员发现罐子敞开着。那失去光彩的双眼和大张的嘴巴在说着一种清清楚楚的语言。从这个糖罐里再也不可能倒出糖来了！他将耳朵紧紧贴在这个垂死者的嘴上。推销员手腕上戴着一个黑色皮质手镯！手指突然失去了知觉。

那是一块油渍吗？

他不能确定，那声叫喊来自什么方向。她的眼白不是白色的。那些动作是不由自主做出来的。为什么在这样毫无危险的情况下，他也不愿意让人拍照呢？

电话簿被翻在特定的一页上。当他倒下去时，身体转了一圈。他瘫倒成一团。动作脱离了它们的轨道。因为推销员经常几个小时都无所事事，所以他有充足的时间去观察别人。倒下去那个动作不是一蹴而就，而是一步一步完成的。他感到有点儿不舒服，于是绷起脚尖。在另外那两只眼睛中间突然出现了第三只眼睛。

　　推销员从后面揣测着那套西装的料子。一个扫把头从门缝里探出来。那不是一声尖叫，而是呼喊。他嘴里变得很干。

　　为了相互安慰，他们为那些物体中发出的响声寻找着解释。紧张的肌肉松弛下来了。他们寻找着那个物体，这现在已经不再是游戏的一部分了。突然间，他必须先要想像一下他所看到的一切，这样他才能看见它们。奇怪的是，推销员觉得在衣服兜里有一把钥匙。

　　那是一个小孩拳头大小的洞。

　　他猛地从倾曲的姿势中跳起来。

　　"对于谋杀来说，黄昏是最糟糕的时间。"电话铃一响起，他就停止了咀嚼。在上面前几行，他还在说话，可现在他只是被描述的对象。连香烟头上的烟灰还没有掉下来呢。那是一个响声，它既不是咳嗽，也不是吞咽，而更像是二者合为一体。"您从来没有见过死人吗？"

　　他还在动。

　　他逐渐明白过来了，自己发生了什么事。

　　那双眼睛又焕发出生机。他踢到一个软软的东西上。

　　以这样的方式死亡时，死亡的尖叫是由元音组成的。

　　推销员闻着自己的手指。那个躺着的人的眼睛一味地看着动来动去的物体。翻阅纸张时，它就会发出沙沙的响声。地板缝隙中露出一个扣子。他脸上还挂着剃须膏的泡泡。要从思想里产生一个响亮说出的词语来，那得需要时间。

他不能再指向任何东西了。

那只手慢慢地从他身上滑下去。

"我要死了？"

推销员踱来踱去。

不管他朝着什么方向，再也没有什么物体可以去自由触摸了。那个垂死的人在咳嗽。鼻孔的边缘越来越亮。那个女人在身上四处抓痒。在敞开的大门口，很长时间都没有出现人影，他的眼睛开始感到灼痛。那只猫兜着圈转来转去。

那个死者或者还没有死的人在注视着他。

这里笼罩着难以置信的宁静。那个孩子用猪皮擦着自己的脸蛋。没有人跳起来。铅笔飞快地划过纸。片刻间，出于恐惧，所有人都用"你"相称相互攀谈起来。[1]

那些动作一再被打断。

那匹马晃了晃耳朵。"在那个卧着的躯体周围，街道

---

[1] 德语中第二人称单数的"你"和"您"在日常使用中有着严格的区分，只有亲戚朋友间才用"你"这个称呼，陌生人或还不太熟悉的人在谈话中使用"您"。

湿漉漉的，就像在紧紧地压成一堆的树叶旁可以看到的那样。"起初，他还以为那凝结的血是什么恶作剧的把戏呢。

为什么人们聚集在这座房子门口呢？那个被扔在地上的东西没有再弹起来。他还试图紧紧地抓住那窗帘。那男人戴着厚厚的手套，连书页都无法翻动了。那些动作逐渐变弱了。这会儿没人去留意那自动点唱机。那个垂死的人把凶手描述得时而矮小，时而高大。

推销员听到了一声喘不过气来的尖叫。

那个孩子很费劲地穿上靴子。

那地毯太厚，你要是在这种状态下踏上去，就会踉踉跄跄。

地上有一摊黑乎乎的东西。

每个人都想帮忙。

他越来越安静了。

她有红牙齿。

"那声叫喊现在依然十分刺耳地萦绕在我的耳旁！"

从房子里出来的第一个人立即被人们缠住了，让他讲讲看到了什么。那个垂死者的声音开始含混不清。门没有松动。那只手套插在篱笆上！有人捶打着桌子，烟灰缸随之跳了起来。刀把还在上下颤动。推销员发现，那个垂死者身上像他一样，穿着一件同样图案的衬衣。他喋喋不休地把死亡挂在嘴上。直到最后，他还在怀疑自己肯定会死的。他什么都认不出来了。细小的灰尘从翻滚的车轮里飞落到车辙上。挂在衣架上的衣服挡住了想要探寻汽车里面的目光。有人在大声打着电话。房间里瞬间挤满了人。所有的狗都醒了。

他已经死了，只不过他自己还不知道而已。

人们必须将他翻过身去。

一声叹息接着另一声叹息。

给伤口止血已经没什么用了。

有人在用手指甲挠门。

那橡皮筋嗖的一声从包裹上弹出去了。

有人在那个垂死者的后面笑起来。

没人知道究竟发生了什么事。

那镜子上不再蒙上新的雾气。

正巧在这一时刻，他的身体似乎必然成了平面。

至少没有什么会再让他感到痛苦了。

他目光里具有尸骨未寒的人的目光里所具有的神色，几乎看上去，仿佛它们依然在注视着某个人，不尽然如此，却几乎如此。

虽然他已经死了，他们还不停地拍打着他的后背。

他还活着？

冰碎裂了。

他身边的所有人突然都退后一步。

又有人呼叫他的名字，先是用疑问句，然后是感叹句。

灯打开了。

他伸展开四肢，直到手指尖和脚尖都完全展开。

凡是碰到他的一切，都让他觉得既冷又热。

开始他只看到自己围着的鞋头贴皮。

那些脸都变红了。

推销员把硬币放到托盘上。

最后那个词有多种含义。

他呼出一口气。

一片安静。

"不!!!"

推销员又贴着墙往前走过去。

3 无序的秩序

谋杀不是眼下正在发生，而是已经发生了。它不再是一个过程，而已经成了一种行为。要重建旧有的秩序已经不可能。现在要做的就是整理这种行为产生的无序，而整理的方法就是对这种无序进行列举和描述。

所谓列举就是摆出尽可能多的细节。列举尽可能多的细节是为了尽可能多地筛选和淘汰。

通过对没有展现出来的一切的否定，那么对这种行为的描述就可以达到最大可能的限定，限定的是开始那些不计其数的可能性。对这种行为在细节上的描述有利于把不计其数的可能性转化为有限的可能性，再把有限的可能性转化为独一无二的可能性，转化为惟一的可能性，转化为事实。

可以断定的细节越多，就会越早地达到惟一性。对细节的列举的结果就是导致那不可替换性。在最理想的情况下，如此多的细节使得谋杀犯突然会作为独一无二的、特殊的人物出现。也就是说，这个行为能够分解的细节越多，它们就越清楚地指向那杀人犯。由于谋杀而产生的无序的秩序有利于澄清无序。

这种无序要尽可能地得到澄清，以便能够认识到它的起因。然而，这种无序并不是真的变得有序，而仅限于它被描述而言。为了能够使它得到描述，不对其本身进行任何有序的整理。

对于那些事后的调查者来说，伴随着这种行为发生的时刻，便开始了另外一种时间划分，因为在这个时刻，时间停滞了。这个时间被划分为谋杀之前和之后的时间。在这个谋杀故事中，这个时间的停滞通常是由此而形象地表现出来的，那就是由于发生了这个谋杀行为**真的**就有一只表停滞了，比如那个被害人的表，因为他重重地摔在地上。

只有当这种无序通过描述被划分和固定下来时，它本身才会得到澄清。但是，对这种无序的澄清不再属于这个故事的一部分。

在这个谋杀故事中，话说到这里，无序是这样设定的，除了那个追究凶手的问题外，所有的问题都能够有个答案，或者那个追究凶手的问题也会有个答案，可是你会深信不疑，故事讲到这儿，问题和答案都是错的。通常情况下，这个错误的答案是由在另一个问题上一个错误的答案引起的，比如在追究作案工具、作案时间和伴随想像等问题上。一块石头会被误认为是凶器，或者手表走得不对，或者错误地判断视线情况。

一个人，如果他不属于那些事后调查者的一员，因为他既没有得到授权，也没有这个义务去进行事后调查，那他就会发现这样的错误，无论如何在谋杀故事中如此。于是，他本来想置身于这个故事之外，却被卷入这个故事之中。他看到了其他人未曾看到的东西。不管是心怀好意，还是居心叵测，他便开始梳理可能的联系，并且玩弄这些联系，就是要取得为数不多的可能性。

他是惟一了解这个细节的人，而这个细节也许突然会使得那些可能性变成惟一可能的事实。

不计其数的或者为数众多的可能性让他惶惑不安。他开始追问，起初只是追问自己：

"请您别动任何东西！"

现在他们才又开始呼吸。

连那最细微的声音在这样的环境里都显得格外刺耳。推销员没有听到正在离开的脚步声。从平放在桌上的话筒里传出来的声音一直在重复同样的话。直到现在，没人说出那个关键性的词语，所以显得还不算太晚。推销员相信自己在死者身上看到了最后几个动作留下的痕迹。

有人偷偷地指向他，让他内心平静下来。

在其他人身上所表现出的种种绝望，比如那狠狠地吸烟的声音，这些现在让他很难受。面对这样的不幸，那女人却仍在使劲地熨着衣服。一瞬间，连那些物体都让他觉得遗憾，不过仅限于那位死者周围的物体。

那双光脚从裤腿下面露出来。"贫困并不是什么新鲜事儿。"推销员毫无目的地四下张望。他发现自己的手指还一直相互叉得老开。惊吓使他的身体变得沉重了。

他设法让自己动起来，手在大衣口袋里上下移动着。为了阻止水龙头那恼人的滴答声，他迅速地将手指头插在水龙头里。门口出现了一个男人，胳膊下夹着一摞报纸。那个孩子懵懵懂懂地盯着那死者。窗玻璃被打得粉碎。百叶窗卷上去了。那职业装就拥有某种建立秩序的东西。一切都显得十分逼真。她用手指抹掉沾在牙齿上的口红。"再说吧，他这辈子从来就没有真的生过病啊！"

人们从那死者的外表上依然看得出他看到了什么。倒地时，那表盘破裂了。很多人把这响声当成了瓶塞迸发出的爆裂声。由于地面稍微隆起来一块，一摊液体和那死者分离开来了。他穿着袜子立刻就窜了出去。有几个人依然继续忙着自己的事情。当他正在买水果时，怎么会想到一声枪响呢？那个垂死的人又往前走了几步。

突然间，人人都谈论个没完没了。推销员在这样的叫喊声中缩起了脖子。他慢慢地捏碎了攥在拳头里的火柴盒。他不能忍受有人站在他身边，并且一同在想着。"无名尸体，需要提取指纹。"

他的目光终于碰到了一个他可以注视的物体。此时此刻，任何一个动作或许都会被错误地解释。没有人注意到他怅然若失的神情。对于他所看到的东西的回忆依然历历在目，连同他无法相信所发生的事。那思绪一再回到同一个词上。那死者的衣服是刚刚熨好的。那正好是黄昏时分，在这个时分，人们不知道要不要打开灯。这样的情形不适宜让孩子们看到。

为拍摄那躺在地上的躯体，镜头调整到垂直向下的角度。"对于躺在草丛中的死者要用白灰。"那手指尖上涂上了墨迹。那声叫喊弄得他四处瞎撞，尽管它只是冲着动物发出的。

家属们坐在这装饰得毫无品位的起居室里，相互紧紧地靠在一起。有可怕的事情发生了。没有人朝着那令人发问的方向望去。那个躺在地上的人被证实了他本来的身份。

推销员急匆匆地收起他的商品。不久前他还憧憬着未来的一切。那个女人脸颊上长了一个肉瘤。在那肉瘤出现的地方，肌肉绷得紧紧的。他不再是为报告什么消息而来的。此刻，那个无法回避的问题会被提出来的！可惜他离开了。他就曾经坐在那儿!

他龇了龇牙，可是现在这种龇牙算不得什么动作了。人们会给他合乎比例地画一张像的。他吃了难以消化的饭菜。虽然没有人对某个人提出指控，可是所有人都觉得必须要为自己辩护。那块石头放不进木槽里去。推销员踩在一截剪断的烟头上。他没有关上那电话亭的门。当那个沉重的东西举过他头顶上时，他的脚指头变得不安了。那个穿军装的人把子弹放在小碟子上滚来滚去。"挫指甲是不会让人心跳加快的。"

他用唇音模仿着枪声。声音仍然很沙哑。这样做也不能让他重新焕发生机。推销员无法描述那种声音。那个中弹者片刻间纹丝不动地站在那儿。

人群中有个地方格外拥挤。

那些寻找的人只有吃残羹剩菜了。梯子上有两道横木之间的距离比其他所有横木之间的都要大。推销员若有所思地搓着双手。那死者的身影被人用粉笔在地上画了出来。叉尖从土豆里露出来。那商标已经被磨损了。他觉得死者的手臂和两腿长得出奇。其他人都被打发走了。她又恢复了老习惯。他早就死了。

那手套他戴着不合适。人们不得不俯身看着他。他坐在那鹅卵石砌成的小房子上。

从哪儿就这么快地弄来这些报纸掩盖现场呢？作案现场与这个行为发生的地方并不一致。他错误地估计了从手指到地面的距离。那是一具男人的尸体。那条蚯蚓被沙子盖住了。那只手抬起来后又落下了。那把椅子并没有放在原来的位置上。

"那颗子弹没有伤到人！"

那个四角形黑洞无非一辆货车敞开的车厢。他梳着背头。那双胶皮靴子的靴筒翻出来了。"一次射击可以引发三种不同的声音。"他又无拘无束地扫视一下周围的环境。他打着手势，陪伴着他暗自的想法。那女人两手抬到胸前，跑过了街道。一个童声说出了那些关键的词语。推销员只是偶然来到这里。

死者裤子后面的兜里插着一副手套，手指部分露了出来。

他害怕那些长久不断的悲伤形式。

那子弹尖上刻着一个十字花。难道他还希望依靠自己躺在那儿的姿势而表达出什么意愿吗？现场被损坏的东西都会被搜集到一起。也许那是一颗**误入歧途**的子弹。每句话之后都出现令人尴尬的沉默。

推销员越是回忆那个细节，就越发觉得忐忑不安。他看到街道上消防栓周围全都是水。在他想到的那几句话中，总是缺少一个词。

包里的东西全都倒在一块布上。衬衣扣子扣错了，剩下最后一粒扣子没有扣。虽然那死者躺在一个干净的垫子上，他背上却沾满了沙子。

他一边跟人交谈，一边玩弄一个物体。这时，他发现这个物体上有些引人注意的迹象，于是停止说话了。由于无序现在梳理成了有序，那么死亡看样子才成为定局。那孩子的脸映现在糖罐上。

推销员踱来踱去，仿佛有个念头使他难以平静下来。他似乎一定要训练自己，一眼就把握住整个局势。穿着不起眼的男人们下车了。

此间，他的脑海里常常浮现出他所看到的画面，他想这样说服自己，他是不是**真的**看到这样的画面。

在死者的衣服里发现了残留的盐粒。那个过路的行人凝视着地面。推销员压根儿就无法设想，那死者也曾经活过。他先是将两手掠过靴子。那些散落的火柴现在又被收集到一起了。他在触摸时，将一块冷冰冰的东西当做了热乎乎的。上臂上显现出一块接种留下的疤痕。那个受害者毫无预感，不然他事后会大喊出声的。对死者的描述越长，他就越发显得像一件摆设。有人扛着一个长条状的包裹走过去。

推销员的注意力又来得太晚了。他费力地试图让自己停留在当下，因为他就是死盯着一个物体。天慢慢地黑下来了，那些细节再也无法区分了。"那子弹蹒跚着飞出来！"他避免用手指去触摸某种光滑的东西。他们从一侧顺着墙壁划去。他发现，前面路面上，每隔一段距离就有一片痰渍。没有人看到有人跑过马路。那封信不是恐吓信。那些行装整整齐齐地排成一行。裤子口袋朝外翻出的内兜松弛地垂挂在裤子外面。那物体曾经被人用力地擦洗过，上面留下了一道划痕。有人数起那一道道伤口。他突然抬起头。虽然死者倒下了，可是他并不相信自己会倒下。他自己还把帽子按上去。那些圆木大梁依然一动未动。连那只猫也没有向后退去。推销员似乎可以毫不费力地回过头来忙活自己的事情。

他独自走去。

有人闻一闻那枪管。所有柜子的抽屉和门都大开着。很多人的动作还很拘束。惊吓引起的种种后果让人惬意。他把双手扶在膝盖上，目视前方。死亡的惨叫并不是惊讶的呼喊。

死者穿得很暖和。他看到一个笨重的物体。他的头脑渐渐清醒了。他是一个毫无用处的证人。他避开了别人扔给他的那捆东西。当他对着锁眼吹口气时，迎面腾起一片灰尘。他的皮肤由于受到惊吓而变得十分敏感。他羞于现在改变自己身上的东西，免得别人会以为他有什么需要隐瞒的事情。如果是在半夜，他倒可能会把那声尖叫当做是求救的呼喊。

通过描述，死者周围的无序变成了一种新的秩序，所以，无序的消除只会导致新的无序的产生。

烟头被一个镊子夹了起来。他仍然一脸不解地看着什么。没有人在方便之后直接按下冲水。有人注意到，推销员经常把手插在衬衫里。

死者要么没有敌人，要么就有许多敌人。突然间，那些物体都开始讲述这桩突发事件来。

他跟每个人都说过话。他有些过于风趣了，其实收敛些更好。

那孩子始终将这起事件当做这个游戏的一部分。他现在不想睁着眼睛了。尸体依然原地未动。他们能够交谈，这让他们感觉好开心。他现在觉得自己的手是多余的。由于惊恐，他浑身上下都感觉刺痒难耐。那女人没有眨眼！

随着那爆裂声而来的是一片轻轻哼唱的宁静。

他无法理解所见到的和所听到的事情之间的联系。一瞬间，那些话显得如此不可思议，从而让人惊恐不安。

那些物体呈现出清晰的轮廓。他体重不大。他不舒服地在椅子上挪了挪。一株小草茎居然割伤了他的手指。他觉得自己所说的一切现在都好像是借口。有人试着给死者戴上那副手套。一开始，他还以为他会呕吐。那只手静静地扶在门把手上。他们清楚地知道该怎样摆弄人的身体。

没有人跟着他。

他们拿比喻来相互安慰着。那个下水管的拐弯部位被拧了下来。他只好读着盖在尸体上的那些报纸。火柴受潮了。

有几个人并不知道那叫声意味着什么，他们立即看了看表。作为推销员，他能够说出很多商品来源地。没有人抖开一条手帕。如果人们知道，他靠近时直直地站在那里的话，那么就可以画出那子弹飞行的路线。这条飞行路线也许与另外一条相交，那样就会得出射击点来。那只靴子是扔掉不要的。

他久久地思考着那个物体，直到他突然忘记了它。周围到处都曾经燃放过小纸炮。那窗帘几乎没有被烧焦。那活儿干得挺干净。在手电的照射下，草尖都亮闪闪的。在稍远一点儿的地方，孩子们在哭喊。推销员十分镇静。

有人把他扔掉的一团皱皱巴巴的纸又递给他。一条狗叫醒了另一条。那躯体突然在他的手臂里瘫软了。他一下子什么都想像不出来了。她看过他的生命线。他因为恐惧而呛了一口。慢慢地，死者显得又不那么可怕了。片刻间，他以为人家说的就是**他**。探照灯使得他脖子和脑袋分家了。一捆黑乎乎的东西放在地上。人们那急惶惶的样子让人不舒服。他踉踉跄跄走去，而现实情况那股严肃劲儿也随之消失了。

自从他看到他死去之后，离去时，他感觉到鞋底下哪怕再细小的沙子，都一直窜到了头皮上。

他抬头看去时，那些物体呈现出十分鲜明的轮廓。他继续往前走去时，没有看到任何人向他走来。

没有人站在大门入口处。没有人急匆匆地走动而引人注意。那个穿军装的人没有看到任何人弯下腰去。当那些穿着便装的人赶过来时，他们在哪儿也没有发现有什么值得怀疑的异常。他没有看到有人站在那停放的汽车之间。没有人见过谁跳过那铁丝网篱笆。没有人偷偷地从身上扔掉什么东西。

那些目击证人中，没有一个人看到有人系鞋带。没有人听到百叶窗的沙沙声。他没有看到有人嘴里吐出什么东西来。无论是他，还是其他什么人都没有听到那渐渐远去的脚步声。没有人看到有枪管从某个窗口伸出来。没有人看到或者听到瓦片从屋顶上滑落下来。

当那个穿军装的人走过来时，他没看到有人把手藏起来。没有一个孩子被一个逃跑的人撞到一边去。没有人看到过小窗里冒出烟。当他转过身来时，没有看到有人飞快地向橱窗张望。

没有人在玩爆竹。没有人用手帕遮住脸。没有人急匆匆地消失在电影院里。

没有人看到有谁在洗手。没有人在空荡荡的房间里闻到过火药味。

没有人短暂离开一个聚会出去呼吸新鲜空气。

没有人因为头痛早早上床睡觉了。

没有人去旅行。

没有人看到有人扔掉过一双长丝袜。

没有人流过鼻血。

没有人威胁过别人。

没有人笑过。

没有人把水龙头拧得如此大，让人连那叫声都听不到。

"一切都会恢复原状！"

4 揭露开始表现出的秩序

在这谋杀案之前，展现的是一个表面上的秩序，这不过是这个谋杀故事的一个手段而已。只有正好出现的那个人才会觉得这个秩序是一种秩序。它只是打眼看去的一个秩序。只有当这种种现象的秩序被那公然的谋杀打乱时，那么，那个之前所描述的秩序才显得意义重大。这个秩序因为谋杀案的发生而成为无序的故事的一部分。由于谋杀案揭露了这个秩序，所以，时间也就参与其中了，也就是说，在那个陌生人到来之前那段曾经存在一段时间，并且在这段时间里，产生了无序的先决条件。

这种秩序不过是一个感官的秩序而已。在谋杀案发生之后，现在就一定要对这个当时感官上的秩序进行审查。那些构成这个秩序的物体、人和物品就有可能被相互联系起来，与地点和时间联系起来。那个展现给感官的秩序或许从来就没有真正存在过。

那些物体要受到审查，看看它们与这个现在所涉及的对象，也就是这个死者之间会不会存在着联系。

一个个人物要受到审查，看看他们与这个被害人是否有过直接的关系。一件件物品要受到审查，看看被害人本人与它们是否有过关系。一个个人物要受到审查，看看他们与被害人存在联系的物品是否有过关系。要审查的是，案犯在谋杀之后所遗留下来的物品是否能够表明，有一个人与被害人有过种种关系，而且大家都知道事情就是这样，尤其在这个遗留下来的物品上如此。要审查的是大家都知道的物品，因为它们之前曾经和被害人有过关系，那么谋杀发生之后，它们是否与其他人存在关系。一个个人物要受到审查，因为大家都知道他们曾经与被害人有过关系，那么这种关系是否发生了变化。一个个地点要受到审查，看看它们是否与谋杀发生的地点有关系。要审查的是，一个人的关系在案发地点和案发时间是否有可能，因为他不是曾经与被害人的物品有过关系，就是与被害人有过直接的关系，或者在案件之后与被害人的物品发生了关系。

要力图事后确立这些关系，那个正好出现的人无法看得见、听得到和闻得着这样的关系，因为他不过是看一看、听一听和闻一闻而已。

现在要谈的是无序的故事，它被隐瞒了，而与此同时，为了其他的目的，那个秩序的故事却正在进行。

这里要说的是，这个真实的故事是如何一句一句地组合起来的。

如果说这个秩序的故事只是发生在当下和一个地点的话，那么此刻在揭露这个秩序时则关系到这个当下之前的时间和除作案地点以外的其他地点。对这个作为另一个故事的延续而开始的谋杀故事而言，现在要寻找的正是另外那个故事：要追究那些现存物体的历史。列举无序的目的就是服务于这种调查。从那列举的无序中应该让人可以看得出，这种无序是怎样发生的。

那个正好出现的人有意分散了自己的注意力，因为他只看重情节，却不看重这个或者这些引发那些情节的起因。这个故事就是从他那里开始的。在案件发生的那一刻，对他来说，案犯只是由情节构成的。

现在，那些无法澄清的东西使他惴惴不安。而令他惴惴不安的是，他虽然看到了一个动作的结果，却没有看到动作本身。一条线的起点的缺失，使他惴惴不安。

他询问了自己一番之后，开始盘问其他人。

作为局外人，他可以毫无拘束地提问。一个正好出现的人总是很好奇的。不言而喻，他打算弄清楚事情的原委。

然而，他还是引起了别人的怀疑，因为故事进行到这里，每个问题和每个大家都不认识的提问者都必然会引起怀疑。

当他询问起某个人的身体状况时，这或许已经太多了。

想必他发现了什么别人没有发现的东西。在通往那个真实故事的道路上，这个提问者所遇到的那些障碍就产生了这个新故事，可这个新故事却围绕着那个老故事。

在谋杀故事的这一章节中，那个提问者遇到的尽是障碍。

案犯已被提及，不过并不是作为案犯：

一再提出有关时间的问题。

他活着的时候看来可年轻多了。推销员把信藏在口袋里之后，迅速地朝周围看了看。因为现在受害者已经不在人世了，所以在提到他时，大家都说的是发生在过去的事。他从来没有跟任何人说过，他以前做过什么，以后想做什么。无论听到任何声音，他都不会吓得缩作一团，也没有比别人更长久地盯着什么物体。那个被害人左边数第二个。

推销员瞥见了一个老妇人的双腿。从他说话的语调听来，那句话不是一个问句，而是判断句。他的一生会让人有这样的感觉：他的非自然死亡倒显得十分自然。

在这条街上大家都彼此认识。他急切地打开报纸。一开始，他把黑色看成了红色。另外一个参加者立即上前去接电话，尽管他似乎要下一个台阶才能拿起听筒。那床看上去，仿佛它只是事后被弄得乱七八糟。他没有看表，因为天色已经很暗了。现在就连触摸自己，他都觉得很不舒服。

在这样的光线下，所有的液体看上去都一个样。他发现膝盖窝里有几道微红的皱褶。当他一动起来，手臂的动作显得可笑。现在大家个个都衣冠楚楚，让他觉得很奇怪。房子的墙壁上闪现着刺眼的色彩。

当人家问她最后一次什么时候见到他时，她先是吃了一惊。突然间，大家都不想和产权惹上什么干系了。如果他真是个推销员的话，那他为自己的登门拜访挑了一个错误的时间。

"难道您不看报吗？"

他在光滑的铺石路面上脱下了鞋子。他向后仰着头，好让别人看到他的鼻血流得多么厉害。对面的房子没人居住。由于有闪光灯闪烁，他闭上了眼睛。谁在这个时刻曾是独自一人呢？那条狗嗅着地面。他一看到那躯体，吓得退回来。他屏住呼吸等待谈话中的间歇。"这只手套跟我没有丝毫关系！"当他在地沟盖上走过时，不禁不寒而栗。他提出那些问题来消磨时间。直到现在，他还从未考虑过物体之间的关联。

他一下子在每个人的身影上都看到了与死者身影的相似之处。他敲了敲门，就像那个期待受到别人欢迎的人一样。当有人把糖罐举过他头顶放回原位时，他缩起脖子。她在这样的混乱中如此卖力地洗着衣服，让他感到很好奇。

汽车的前灯晃得他站在黑暗中一动不动。脚踝肿胀起来了。对面那人脸上毫无表情。那软管曾被用来清洗一辆汽车。他本以为会踩上什么硬邦邦的东西，没想到却软绵绵的，让他吃了一惊。房子的主人出去度假了。门后面的喘息声——如果那说得上是一声喘息的话——停止了。那个被询问的人皱起额头，示意他从来就没有听说过这样的事。"那不是油渍！"他不禁又想到死者那远远分开的两只脚。

这不是什么可以随便更换主人的物体。

和他们交谈，困难就在于，他对那些日常用品知之甚少，所以在谈话中，他似乎难以找到向那些非日常用品的过渡。

那刷子刷毛朝上平放着。那样的呼叫，他现在再也不会拿它当真了。他要吹掉某些表明确凿无疑的东西。一群鸟儿发出令人不安的叫声。那孩子举起两只拳头。他一定得小心，不要让别人发现那些问题的提问方式发生了变化。这里曾经放过一个很重的物体。"我只是见过他的面而已！"

他本以为会尝到什么苦东西，却发现有甜甜的味道。他追查这个物体，直到来源地。他给人留下了见多识广的印象。"很多女性都穿着高跟鞋"。推销员头点得过分了。

一张支票的来源已经查清了，纸币的来源却没有。在可能作案的时间里，那个被询问者曾经和其他人在一起。就在此后，有人把一支抽到头的香烟扔到了他的面前。闻起来有股湿乎乎的肥皂味儿。他抓起那把手枪，却并不知道要用它干什么。当他正要双手交叉抱在胸前时，却发觉一只手里拿着一个东西。那个撒谎的人直直地盯着他的眼睛。

他感到奇怪，他遇到的每个人偏偏都正在忙活着一些不起眼的事情。一定要检查邮票背面的唾液！没有什么东西他能够拿来去进行威慑。慢慢地，他把语言置于十分尴尬的境地。他坐在卵石砌成的小屋顶上，说着一些根本就不存在的词语。

那个物体已经经过了无数人之手。就时间而言，从可疑地点到作案地点的路线太长。这条线索与另外一条线索具有共同的特征。总是会有一个女人与故事相关。推销员自我回答道。因为那汗珠的形状呈长条形，所以那些汗珠无疑是从一个奔跑的人身上掉下来的。他所说的话到现在为止都还是些借口。那些晾衣架以前并没有人用过。

虽然他垂着眼帘，却仔细地观察着面前这个人。他这几天都没有离开过家。那条狗想必会扑咬陌生人的。为什么他觉得一切都像被人动过手脚呢？

虽然他们已经说了很长时间话，可到现在还没人让他坐下。他把洗脸池当成烟灰缸。"死亡根本就不是这事的说辞。"

每当他看着那片血迹时，他的舌头不由得会舔一舔嘴唇。那个被询问者的鞋子颜色深暗，引人注目。第二颗子弹让这个快要跌倒的人又猛地直起身来，而第三颗才使他摇摇晃晃地倒下去了。死者的孩子们偎依在邻居家的床上。"他们侦探小说读得太多了！"

面前这个人的手指郑重地打开香烟盒。脸上毫无表情。他匍匐着身子。那鞋子已经用纸擦过了。那袖口朝外翻起。那些玻璃碎片十分细小，它们倒进垃圾桶时，他连一点响声都没有听到。他没有用手指去触摸任何东西。

当他走进这个房间时，他的动作装作很不自信的样子，仿佛他是第一次踏进这个房间。裙子上那些发亮的污渍周边都黑乎乎的。那洗涤槽与它毫无关系。案发已经好久了。

他若有所思地站在那清洁间门前。他提完问题之后，不厌其烦地摆弄着一个物体。他在思考着自己在回忆中似乎忽视了什么东西。他听不懂旁边桌子上那些人在谈论什么，可是却一再听到那个同样的语言错误。当他关上门时，夹在门缝里的大衣衣角又把他拽回门把手前。

他看出那个女人有洁癖。他懒洋洋的，站都不想站。那只手一定在水里泡了好久。突然间，他忍不住转过身去。没有礼帽遗留在街道上。他注视着死者临终前最后看到的东西。他若有所思地搓着双手。**这种恐惧无法治愈任何东西。**

他那一个个动作已经融入自己的血肉之中，所以，它们与他的言语就再也难分难解了。那个女人打开门，看到**他**站在外面，脸上露出一副失望的**神情**。

这个人断言另外一个不认识他。他再也想不起来他是怎么进来的。他只是因为工作的缘故才来这儿的。他透过猫眼看去。那头发根的颜色与发梢不一样。"如果说这案犯没有理由动手的话，那么他也就没有理由停止。"推销员经历了那么多不太可能的事实，所以现在编造出一个事实来并不太难。当他们互相问候时，他们心并没有想在一起，什么时候停止互相握手，所以，这一个停止握手时，而另一个则依然握个不停，而几乎就在同一时刻，另一个停止握手了，可这一个却又开始握起来。

微笑没有浮现在他的眼睛上。他比较着死亡与生存。这是突然做出动作之前那个时刻。子弹刺耳地回响在铺石路面上。它的声音在发抖。那个被询问的人大口大口地喘气，他再也无法不说话了。

所有人突然擦他身旁而过，沿着街道向下跑去。那动作太快或者太慢，他根本来不及去感受它。一扇窗户打开了，可是立即又关上了。他始终连那句预先想好的话都说不出来。当他再次转过身时，那里已经没有人了。

也许他只是那只手滑动了。

寂静让人止不住要咳嗽起来。

她双手捂住脸，不是要保护，而是要掩饰。

那块石头朝下的一面湿漉漉的。一看到那个沉睡的人，他就兴奋起来了。当推销员用脚把那封信从门缝底下踢进去时，屋里突然鸦雀无声了。那双手在长筒袜堆里翻来找去。"每具尸体都得掩埋。"他久久都没有抬起眼睛。街道上那只靴子引起了他的注意。"那么之后您去哪里了？"

那张开的嘴巴简直到了无以复加的地步。他把那个不知情的人扮演得入木三分。他刺激着她，要从她的嘴里套出事实真相。

这里有一股头发烧糊的味道！恰好那一瞬间她禁不住打起了哈欠，结果什么都没有看到。

推销员提出的这个问题中已经包含着答案。他举起那缝衣针，眼睛盯着针尖。地面黏糊糊的。在一个物体旁，他又试着提出这个问题来。他们中断了交谈，直到他听不见为止。从那握成一团的手指之间挤出一些糊状东西。他在垃圾桶里找到一只烧焦的鞋子。"近距离射击时，会留下火药的残迹。"那上衣鼓得离身体太远，看样子不太可能是被水流冲刷造成的。她很快摆弄起自己的手指甲。推销员嫉妒起片刻之前的自己。

那下水道井盖对于这口箱子来说太小了。面对某个词语，那个谈话会跳着绕过去。那匹马又在同一个地方受惊了。难道篱笆上这道粉笔线是一个标记吗？

他的目光无法离开那个物体。突然间，死者的身体发出了响声。那个来回摇摆的话筒总是沉闷地撞在什么东西上。大白天里却如此安静，他听到那风声就像夜风一样。他看得出来，那个女人差不多整天都呆在家里。他不由自主地谈论起自己来。推销员不假思索地站起身来。那封信没有被拆开。也许是他的眼睛跟他开了个玩笑。他已经习惯了提问。

这个男人身上有什么东西让他立即联想到了死亡。他设身处地，又回到那弹簧无疑从靠背椅软垫里弹出来的时刻。那故作的笑声让他觉得疲倦。街上现在躺的不是那个死者，而是遗留下的一个信封。这块地毯本来要用于一个更大的房间！一个拆封刀可以轻而易举地挪作他用。死者脸上的一个小小的细节引起了他的好奇。他踏在一块从来还没有人踩过的污渍上。看样子，他提问的不是那个人，而是这个物体。虽然连个人影也看不到，可这房间看上去像有人居住。那个烟头在马路上留下了黑色的印记。直到最后一息，那个垂死的人还以为那临近的死亡是一种幻觉。

那些物体相互之间的距离现在要用射程来测量。

他结结巴巴地说着话，要留给她说话的机会。也许他只需要改变一下视角，那么他就会把一切弄个明明白白。"您肯定是把我错认成另一个人了！"

第二次与这个刚刚认识的人打交道是最为困难的。他远离开每一块窗玻璃。不知说了一句什么话后，突然在座的都一声不吭了，之后两人相互都无话再可说了。他似乎同样可以对着一块石头这样说话。

手指向内弯曲着。听筒自己不再发出响声。她身体前倾，因为她要开始讲话了。死者躺在二楼上面。那瓶子底儿被打掉了。作为无辜者，她却给人留下了很不好的印象。

推销员觉得在楼梯间里很自在。那个被咬过的苹果上还留有齿痕。每粒细小的灰尘都被翻动过了。她让他回忆起一些根本不存在的东西。

一声爆炸，所有的人都四散奔逃。

当他抬头看去时，有几只苍蝇落在他手上。他相信自己听错了。她眨了眨眼睛表示认同。这里到底有多少扇门啊！因为疲倦，他多走了几步，越过目的了。那门把手磨损得太厉害了，上面什么都无法辨认出来。那些物体无用地摆在周围。

这里有没有地方可以让人不受打扰地交谈啊？那个被询问的人坚称自己是土地的主人。当推销员敲门时，他听到里面慌慌张张的动静。房子前面停着一辆不起眼的小车。

他心想着只是摸一摸那外表，不料他的手指头却从一条缝隙中碰到外表里面那个冷冰冰的物体上。尽管人家能够看到她，可她却装腔作势地说着话。所有的柜子里都堆放被遗忘的物品。这个问题用另外一个问题问答了。他坐得离她很远，她不得不大声地说起来。

突然间，他又变得健谈起来。爆炸的那一瞬间，鸟儿都拍打着翅膀飞起来，天花板上的灰泥随之掉落下来。她像出售商品一样出售回答。正是营业时间，商店却关门了。听到那响声时，她什么都没多想。有人跑向电话亭。那个针眼几乎辨认不出来了。只要还有液体随之涌出来，这个涓涓细流就不会间断。他不想去做什么比较。

这张照片展示了受害人还在享受幸福时光的样子。一个小小的动作透露出她已经来过这里。电话和门铃同时响起。那个物体经过了太多只手的触摸。那地毯减弱了他的脚步声。他关上的那扇门又弹回来了。这个尸体是一个序列中的一个数字。他一再让自己相信显而易见的事情。那音乐让他的动作放松下来。她清点着所有属于她的东西。当他注视着她时，她正好在看别处；而当她发现了他的目光，现在又朝他看去时，他却又把目光移向别处；而当**他**现在发现了她注视的目光而又朝她看去时，**她**又望向别处了。他不小心咬到巧克力包装纸上。他还没开口问，她就已经回答了。她压根儿就没有任何房间的钥匙。"您想得太多了！"

为了确认镜子里的影像是不是**他**，他身子动了动。在他说出那句玩笑话之后，出现了一个停顿。这期间，那句玩笑话慢慢变得严肃了。她所认识的人里，没有一个能够符合那样的描述。看上去，仿佛他在奔跑，可是当他走到近处时，却让人看到他在溜达。她显得非常热爱生活。

响声之后，他立即寻找发出那个响声的物体的名称。当她发觉他想跟自己搭话时，立刻就避开了。"您怎么知道我的名字呢？"他从她的眼神中看出她要站起来。那只猫用爪子在镜子后面寻找自己。那玻璃掉在地板上，安然无恙。推销员避免在她对面做出令人意外的动作。他立即就看到了，那个男人手里什么东西都没有。刚才那是枪响，还是爆炸声？"如果说子弹是从一把确定的枪射出的话，那么，这把枪的种种特点就铭刻在这颗子弹上。"

他们互相问好之后，都不知道接下来该说些什么，于是手足无措地站在那里。

他突然吃到了苹果上的那只瓢虫。

她把手指放在嘴唇上。

他屏息凝神倾听，生怕漏掉什么。

当他的听力突然变差时，他首先会以为视力变差了。

当他抬起头望去时，他觉得她跟自己低着头时记忆中的样子不同。

他没有坐在沙发最外侧。由于愤怒或者恐惧，她的声音在发抖。那一连串的问题让那个被询问的人晕头转向。他以为有人在叫自己，虽然那只是一阵响声而已。她找不到那个罐子的盖子了。他看不到她说话的那张嘴。虽然天气已经凉了，可墙壁还是暖融融的。所有的窗户都敞开着，却空空如也。

那个被害者在她那儿从来没有说起过别人。棱角分明的石头到处都有。他竭力想说服她重复那个词，却白费气力。对于他自己提出的问题，他似乎也不知道该怎样回答。

死者的衬衣是敞开的，因为有人听过心跳。

他一定还得净身。

她十分不解地望着他。他比那些被询问的人还要累。这地方很多人都戴这种手套。那个名字对谁都说明不了什么。没有一个细节能够指向另一个细节。他甚至无法再想像现在几点了。她坐在他对面一把空椅子上。他不知道接下来该说些什么，因为他没有在一个回答中找到对手。他坐在那里，因为找不到清晰的思路而沮丧。

他说了点什么。

"牛奶还是茶？"

5 追踪

当你力图通过询问那一个个人物和探究那一个个物体，从本来不计其数的可能性要达到那惟一可能的事实上时，那么遭遇的则是与之相反的企图，那就是让事情停留在那不计其数的可能性上，或者至少阻止限制在那个惟一可能的事实上，或者不是通过错误的回答，就是通过对物体的错误排列把提问者引到那个错误的惟一可能的事实上。

然而，在谋杀故事中往往是这样，如果询问者不受那些借用**手段**使其可能无法做出判断的情节左右的话，那么现在就会设定情节，要强劲有力地使其判断成为不可能，因为它们是直接针对他本人的，并且试图通过除掉他而使所有的问题化为乌有。

以往那些情节的手段在于，那些情节压根儿就不会被看得出来是强劲有力的情节，而这个强劲有力的情节，现在至少对那个情节就是冲着他而去的人而言，似乎立刻就会被看得出来是强劲有力的。如果他真的被处理掉了，那么这个狡诈的情节当然又会派上用场，它会把他及其周围的那些物体如此来排列，从而使他要么再次一无所获，要么再次指向那个错误的事实。他躺在山崖脚上一块大石头旁，脑壳摔得粉碎。他的死让人误以为是一个意外事故。

在谋杀故事中，情节描述到这个地方，那个当事人往往就要动身去继续调查，或者走访询问。他已经发现了限制可能性多少的线索，并且继续去寻求一个能够进一步限制可能性多少的结果。为了阻止把谋杀情节现在描述为他的行为，那么案犯无论如何都要再次采取行动。

他跟踪起那个当事人，或者他让他来跟踪自己。在这个故事中，那无法确定的感觉会告诉被跟踪者，他被人跟踪着。

安全起见，他不会四下张望，而是走非同寻常的路，不断变换方向，走走停停，又突然改变前进的速度。

不过，他自然不会选择这样的方式，那就是跟踪的人发觉被跟踪者已经觉察到他了。他会混在人群中，但不会在人太多的地方，那样跟踪者就会偷偷溜掉。他停留在人群那里，去跟人聊天，虽然他还从来没有跟这些人聊过天。

他会胡说八道，要让别人注意到自己。他会做一些普遍不被认可的事情，因为他在想，当人们不屑于某些事情时，更多就会把注意力放在他身上。

他的举止异乎寻常，就是至少要更多地引起一个人对自己的注意，而不是那个违背自己的意愿注意他的人。

跟踪者只是在他引起的那些响动中得到描述，或者是在那些不是他引起的响动中，因为他是跟踪者。即便他得到描述，那他此刻也不会被认出来的，而且后来也不会再次被认出来。那双手一般都会藏起来，无论如何有一只手，他把礼帽低低地压在额头上，脸孔通常都会在暗处。

被跟踪者从不转过身去，所以他要利用一切至少可以给他提供自己身后发生什么的影像的物体。他，作为别人注意的对象，自己本身就是注意力之所在。他的注意力不仅针对的是跟踪者，而且首先是自己的身体，也就是跟踪的目标。他心里明白，不知在什么时刻，他身后那个人就要让跟踪转变成相遇。他随时都得为这个时刻的到来做好准备。他心里明白，那个人不只是跟踪他：跟踪的终点会是跟踪者力图要抓住他。被跟踪者在等待着这个时刻。在这一时刻，最重要的事情就是转换角色。

在谋杀故事中，情节描述到这里，往往都是这样，那就是跟踪者抓住被跟踪者：

推销员从一堵墙边走过。

他觉得箱子并不完全是空的。他叉开腿，骑坐在一把椅子上，椅子宽阔的金属靠背至少护住了他的胸部。他就是闭着眼睛也能重新找到这个地方。他在练习回避。此刻天已经彻底黑了，他觉得不会再有人来上门打扰了。没有发出笑声。他不想再去数数了。他看到照片上那个摄影师的影子。他身后的门无声地关上了。他从那些禁止指示牌上学习语言。他懒得说话了。那些痕迹让人看不出任何动作的头绪。"有人在你们这里洗过车吗？"看被害人倒下的姿势，好像他向后要去抓住自己的脚脖子似的。铁丝网栅栏上挂着柠檬皮。头发被轧断了。

那儿从泥潭里伸出来的是什么呢？片刻间，他不知道，黑暗中，那两个身影是相向走去呢，还是已经各奔东西了。直到有人向他说出了那个名字之后，他才意识到那个物体是一把刀子。他已经想到过要利用日光。当他把上衣挂在钉子上时，扣环撕裂了。他刚来没多久。没有人看得出来他的手是湿的。他看见一扇窗户后面有支蜡烛忽明忽暗，而现在其他地方到处都亮着电灯。上次来这儿时，这片铁皮可没有放在这里！

他注视着面前滑来的那一页纸。他避开无关紧要的东西走去，好像他的生命与之休戚相关似的。他无端地敲打起一个钩子。背上的重担让他荡来荡去，所以他成了一个不确定的目标。好在他没有戴表，所以人家也不会向他询问时间，他也就不用低头去看表了！

他发觉自己的大衣上沾着秸秆。为什么这里的地面夯得如此实在？那个孩子正在吹一个纸袋子。他注意着每一个不同寻常的动作。那伤口没有散裂成一道道。趁着四周漆黑一片，他方便了一下。他压根儿就不知道自己这样四处乱逛了多久。他触摸着那地毯的表面。他只听到了自己的呼吸声。那灰烬比他想像的要暖和一些。

那两个相向而行的人从很远的地方就开始找寻一个他们可以望去的物体，直到他们相互擦肩而过。

门被插上了。"因为他没有固定住处，所以无法监控他的动向。"那个问话者再也想不出什么问题来。他的背上痒痒的。他慢慢地按下门把手，结果发觉门已经锁了。看样子，不像是死者自己戴上帽子的。走路时，甚至连大衣刷刷的声音都让他局促不安。那床垫发霉了。当他走上灯光明亮的街道时，他听到篱笆后黑暗的花园里有人在说话。

一个坚硬的物体落在一个流动的东西上。他在一摊积水中洗了洗手。背负着沉重的负担，他早就不再觉得这是一种工作。他从上衣里伸出一只不需要的手臂。如果他想跑过最后这一段路，他不太可能及时地停下来。

他跟人正好聊得如此兴奋不已，所以人家也就让他一口气把话说到头。当他抬腿走过那水管时，他尽可能抬高膝盖。他活着。那门是朝里开的。只有一个推销员才会这样用手接水喝。电话铃响了，快去接，他说，他就来。

单凭那风的话，这些衣物不可能被吹得这样乱七八糟。

他违心地竖起耳朵倾听着。他练习着，在恐惧中仍然不忘记观察。如果他现在需要帮助的话，他不会冲着空无一人的房间问，这儿有人吗，而是这儿没有人吗。他也不能蜷缩在低矮的树丛中。那洗涤槽里没有滤网。他的手慢慢地伸到床垫下面。他蹑手蹑脚地走动着，连地板下面的老鼠也不会受到惊扰。如果他要监视某个人的话，或许也会坐在这同一个位子上。

他只用手就挤干柠檬的汁液。他看着每一个上衣被风吹得鼓起来的人。突然间，他说话的声音变得十分沉闷。只要他呆在死角里，他就是安全的。允许描述的只有被跟踪者的恐惧。

他内心所有的一切都向外迸发。那条路可以当做逃生路。他鼻孔周围都发白了。任何响声他都觉得太吵了。那液体一下子形成了一块块结晶。消音器破坏了这支枪的平衡。

也许跟在他身后的只不过是个小孩子，在模仿他的一举一动。是那窗帘在抖动呢，还是窗帘后面有人在动？黑暗中他睁开双眼。现在所有人已经开始互相告别了。蹲在角落里的那个人突然站起来。当他奔跑时，他对这周围的环境置若罔闻。有人把手搭在他肩膀上，但是他却没有转过身去。那是一声让人平静的叫喊。

当他屏息凝神坐在屋里时，听到外面有人正在捣鼓本来就开着的门。"微笑没有浮现在他的眼睛上。"一只陌生的手的黑影遮住了那个安睡者的脸。回忆早就不再伤害他了。她把湿淋淋的手指伸向他。那些静静伫立的物体让他重新理智起来。一只鸟诱惑他飞起来。他帮助自己穿上大衣。他抬起手准备敲门，却又让它放下来，并且继续走去。那牌子上写着是条死胡同！难道说那个臆想中的跟踪者之所以如此紧跟着他，仅仅是因为他以为自己被跟踪了吗？在他身后，那钥匙被拧了两圈。为什么所有人突然都变得彬彬有礼呢？

他无法看清那个物体是不是在移动。那扇门就是**不想**闭起来。这样的黑暗是一种惩罚。他让那位女士顺其自然。

由于饥饿，他觉得那堵墙都可以享用。走过去的时候，他看到了铺石路面上那些弹痕。他的手不自然地无所事事。他不敢坐下来。那笑声是一个男人的笑声。

他在楼梯上停下来，一只脚高，一只脚低，随时准备继续跑去。有人用一枚钉子在玻璃上划来划去。当他再次晃动那玻璃杯时，那些冰块已经化了。那袜子后跟上有一个洞！他身后那人的脸在镜子里很暗。那水滴从很高的地方拍打在地上。

当他在里面时，第一扇门可以朝外打开，而第二扇门则要朝里开，这样一来，他虽然可以安然无恙地走进去，但是如果他立刻再想出去的话，那就被困住了。那地毯上的灰尘让他心神不安。那火柴现在竖立在摩擦面上。另外那个人在看他时，并没有把头转过来。"他在那鼓起来的上衣里面不只穿着一件衬衣。"

刚才他还说个没完没了，他的沉默现在必然会引起人家的注意。他手上拿着一个鱼头。他无拘无束地说着话。没人觉得他身上有什么引人注意的东西。这些容器个个都可能窝藏什么。他只是把右手伸向电灯开关。他经常用舌头舔嘴唇。他装出一副热情友好、乐于助人的样子。他不喜欢看到空瓶子四处摆得都是。他使自己面前这个人进入一场谈话。当他踩到烟头时，里面冒出一丝火花来。

他心里感到不安了，因为现在好像没有人跟着自己。所有人都戴上帽子走了。他的血管在膨胀。他听到有响动，好像有人在踮着脚尖走动。一丝风就足够了，那钥匙从他手里掉下去。

他找开关时找错地方了。墙前堆着沙袋！这是远近惟一的建筑物。不管他四下张望也好，还是不四处张望也罢，二者都会引起怀疑的目光。

他很早以前就把那个物体放在那里了，而它现在才倒下去。这样的恐惧至少让他有了自信。他说话时，他下面有个塞满了的烟灰缸。他已经徒劳地打过一次电话。他走进一个没有任何陈设的房间。在变质的黑色水果表面上，他看到了白色的霉点。他只能躲进角落里。那堵墙让他无路可逃。一个看起来醉醺醺的人就躺在他的桌子下面，朝上呆呆地望着他。他可以毫不费力地透过窗户看去。也许另外那个人只是和他同路而已。也许是他听错了。他一次又一次地注视着那个物体，仿佛他在它身上漏掉了什么似的。他屏住呼吸，侧耳倾听。那空荡荡的沙发与他面面相觑。

所有的词他都说错了。他想要用来做点什么的那只手被忽视了。他告诉身边所有的人他将要走哪条路。他目光向两旁瞥去，勉强应付。因为他知道有人在观察他，所以连那些日常往往被忽视的细节都变得十分明显，让他感觉就像是刻意的行为。

他发觉人群中有人做了一个不太自然的动作。他们在离他还很远的地方就开始沉默不语了。他一打开门，整个房子里所有其他的门都砰砰地关上了。他用双手揉着自己的膝盖。当栗子掉落在街道上时，他惊叫着跳到了一旁。

他说话时，他的眼睛直勾勾地盯着前方。背后有人在走来走去。突然间，他觉得那个身体无边无际。当钥匙已经从外面插进锁眼时，他才冲着门跑去。他蹲了下来。他忘记了自己要找什么，可是仍然找下去。

他还不能死，在这个故事中，人们对他的情况还知道得太少。他借口要系鞋带，走出门去。只要碰到人，他都要停下来询问。他练习着其他动作，免得让人从那些动作上认出来。为什么偏偏这儿下雨的积水还没有干？他试着将空着的那只手伸到大衣内兜里，可不巧的是，那口袋就在空着的这只手一侧。所有的物体都如此摆放着，仿佛它们这样摆放就是暗中守候着他似的。

他等待着没有被监视的那一刻。果核已经在他的手里握了太久。当他们注视着他时，他每次都是拉开随时要走的架势。当他们看向别处时，他就又显出一副随随便便的样子。一块木板被塞进淤泥里！那辆车开得很快，无法看得清车牌。由于思绪混乱，他觉得喘不过气来。当他回忆时，一个童话产生了。

这会儿电影院里谁在笑呢？是演员还是观众？雨中站着一个身影。他在思考着，哪一个动作会是错误的。那水泥还没有凝固。那响声折磨着他，因为他什么都看不到。由于佯装出笑脸，他觉得脸上依然不是滋味。脚下下水道里咕噜的水声出乎意料地伤害着他。正当他全神贯注地观察着一个物体时，他的手被人抓住了。

他只是犹豫不决和小心翼翼地打声招呼，免得因为说话分散自己的注意力。他走进灯光圈里，而他身后那个人刚好穿过了最后一个灯光圈。这时，最大的危险正在临近。他或许正好可以拿这些树枝当荆条用！他把椅子顶在门把手的球体下。那敞开的街道是最安全的地方。因为他饿了，他就认为所有的人一定都饿了。

他写字的动作看起来就像是竭力在寻找什么似的。"走路时，由于脚的交替运动而产生的脚印比脚本身要大一些。"脚指头一阵痉挛，正是他现在最终需要的。那门把手火热。本以为还有一级台阶才到下面，不料他的脚却重重地踩到地面上。"刀伤表面是平的。"

他们成群结队地走在人行道上，尽管每个人都想确立自己的位子，可是他们不是人人都能并排有个位子。他突然再也弄不明白物体的用途了。他被观察的时间越长，自己的动作就越发被限制在被观察上。他把什么东西递到面前这个人手里，不过以为那人还没有拿住这个物体，于是他又抓向那个物体，生怕它会掉在地上，而那人此间已经抓住这个物体，并将它往自己怀里拉，以为对方眼下又不想把这个物体交给他了；他随之立刻又松开手，于是这个物体便掉在地上了，因为对方此间也发觉自己弄错了，并且松开手。

虽然他还没有开始跑起来，可他已经在逃离。他一定要训练自己的机智果断，以便他根本不用在危险来临时，才去想方设法集中精力。

他完全变了一种声音说话。有人在使劲地眨眼睛。突然间，他无法把那句事先已经想好的话说完。借助比较，他或许能够轻而易举地美化自己的处境。刚才他还站在窗前，现在就站在门口了！他为这自然而然的事而感到惊讶，正因为这样，直到此刻，他觉得物体都变得很亲切。他不能老想着自己。那条狗并没有叫，直接伸嘴就咬。

他在射程范围内。他听到有人朝他跑来，不过那人在他身后几步远的地方停住跑动了，像他一样走着。他接受了一个特征，像面具一样。没有人会想念他的。街道一片死寂。

他听到隔壁房间的灯打开或者关上了。没有任何东西在响动。他徒劳地想收回自己所说的话。他不厌其烦地摆弄着一个他或许能够用来防身的物体。他没有雨伞。他看看天气怎么样，从而显出一副无忧无虑的样子。每一步都要考虑周全。

像动物一样，让他恐惧的不是那静止不动，而是那突然的运动。他站在这里，挺惬意的。他无望地寻找着同伴。"您看到有个陌生人走进房子吗？"他笑起来时，毫无反抗能力。这个危险的动作会需要一个准备动作，从中他可以辨别出这个动作。

他不能迫使自己朝着一个他自己无法改变的方向走去。他异常焦急地走进那栋房子。他不敢把手里这个物体换到另外一只手上去，因为这个动作会让他片刻间两只手都被占住了。他不想去看跟在身后的那个人，因为他以后也不想认出他来。

他跌跌撞撞地走着。他想吹着口哨来表明自己无忧无虑。他来来回回地走着。当他走进那个陌生的房间时，他立即跑到窗前，向外望去。当他又要喘气时，他片刻间注意力就不集中了。有人与他同步走着，这样一来，他就无法分清那各种各样的脚步声。在蹲下去之前，他要做出充分的准备，以便让人家觉得他不怀恶意。

他无法承受任何响动。从耳语当中，他只能听得到那许许多多的咝咝声。每个停住不动的身影他都觉得是跟踪者。他不理解，有人要从他这里得到什么。为了避免嘴里的香烟掉下去，他大笑时头向后仰着。

他必须不断地给自己想出一些新问题来。他冲着那个他黑暗中撞上的物体大吼。他按住沙沙作响的大衣，免得漏听什么。他愤怒地搅着咖啡。惊吓之后，他的腋窝开始发痒。

他一直假装自己在倾听，直到脸上的皮肤都麻木了。他小心翼翼地绕过那辆停着的轿车。演练时，他一定要比在紧急情况下更能忍受。没有人偶尔抬起头来。"一个送啤酒的马车夫显得不太可疑。"

他等待着水壶里突然溢出来的那一滴水。他前面的那条线是一张嘴。没有人竖起大衣领子走路。由于惊吓他瞪大了双眼。他僵直地站着。他不能观察。"这不一定是女鞋吧！"

他手里那个物体突然掉在地上。他握了好久，连自己都不再觉得它的存在了。他手握得特别紧。当有人跟他搭话时，他向后一靠。那个迎面而来的人扭过头去，免得过后还要证实他看见过他。墙上的灰泥鼓起一个个包，诱惑着推销员去弄破它们。他向要坐到他身旁空座位的那个人做自我介绍。他觉得那木屑有股味道。当他经过时，人家停下不扫了，可是后来他等着人家继续扫下去，却白等了一场。他一直坐在那儿，直到所有的椅子都被放到桌子上去。

他找不到从走动到跑动的过渡。看到桌子放在屋子中间，这让他心里忐忑不安。行动受到干扰的人更容易受到攻击。他观察着天花板上水的反光。窗帘轻轻地飘动着。那些落地窗都关着。

他看到了自己想看到的东西。他慢慢地适应了那惊吓，甚至**玩起**惊吓来，可是当他意识到自己在玩着惊吓时，又吓了一跳。

他从不左顾右盼。可是，通常情况下，行人时不时都四下看看，哪怕他们认为自己并没有受到跟踪。他把每个动作都扯到自己身上。鞋子有些夹脚。很长时间以来他都生活得无忧无虑，所以从来就没有想过自己会发生什么事儿。他走近房子拐角时，绕了一个很大的弯。那张纸就是执意不让他把它捡起来，千方百计反抗着，他的指甲都撞出血来了。

在绝望中，他把每个词都听得十分仔细。虽然所有的**物体**都离他很远，可他却觉得空间很压抑。他本应该好好练习，在困境中，在受到跟踪者穷追不舍的紧逼时，依然找得到那钥匙孔。黑暗是**绝对**的黑。有人挨着他坐在沙发上，坐垫跟着颤动起来。

他又花费了太长的时间去拧紧那只罐子。他觉得惊吓的外形就像是断成几截的箭。他慢慢腾腾地走着，一步又一步，可走路的方式会让人猜测到，他之所以走得这样慢，是因为他竭力克制自己别跑起来。

他不敢再扣上西装上衣的扣子。他一下子变得清醒了。他刻意不去想，那扇门的合页该上油了。他似乎可以不用做这些一再重复的、千篇一律的动作，因为他在做一个动作时就完全是这样了。当他走上大街上，没有看到有人向他走来。突然间，有一个陌生的声音参与到谈话之中。由于害怕，他的双脚疼起来。片刻间，他以为那是一张陌生人的脸。现在他不能预先想像了！恰好是他空着的那一只手够不着的身体部位开始发痒。墙上看不到任何影子。那地毯的边卷了起来。他感觉到气流的阻力。他身上没带纸和笔。街道上热乎乎的。终于有人迎着他的面走来。他感到钱包那令人欣慰的压力。当那个物体意外地从他手里掉下去时，他的嘴唇抽动了一下。在一个局外人看来，他和那个跟踪者之间没有任何关系。他的鞋底上一定沾了很多泥土。

他一边观察着那些物体，一边琢磨着，它们会不会就是陷阱呢。在这个时刻，再也没有门敞开着。他呆在这四堵墙之间无法忍受。他尽量避免任何不规矩的动作。他到处寻找可以和人说话的地方。他从来都不用手碰自己的身体。当他进门时，他想替那个出去的人关上门；而那个出去的人也想替这个进来的人关上门，于是两人都在自己的一边握住门把手，并同时按下去。如果被跟踪时间久了，连他自己都不会再当回事儿的话，这样未免就有危险了。

他心情平静地穿过广场。他想起鹅卵石小房子里那浸透尿液的报纸碎片。在一个长期无人居住的房间里一定有蜘蛛网。一瞬间，他在那个湿乎乎的污迹里看到了什么东西的影子，可是他现在尽管目不转睛地看着，却怎么也认不出它来。

他试图把那个躺在地上的人摇醒，却白费气力。就连挪动一把椅子，他都觉得是关键的错误。那辆汽车倒着向他开过来。所有的物体现在都很滑。

他毫不惊讶地喝光杯里的水。一旦他想到那个致命的词，就再也摆脱不掉了。他听不到身后有什么动静，这也让他惴惴不安。他的双手眼睁睁地逃离开他，迅速得他都无法跟得上。那个手提箱太显眼了！那空荡荡的门还在微微晃动着。一间电话亭是透明的！

他紧紧地抓住那根链子，好让它不再摇晃。黑暗中的身影是一个女人。此时此刻，当他害怕起来时，他才分得清前后。他手里的铅笔突然从资料上滑下来。他错误地走在围墙另一边。他想着想着就出声了。即使那些迎面而来的人注意到他，他们以后要回忆起的则是另外那个人。救援来得太早了。

他没有时间去蹭掉鞋子上的泥土。那只猫正在舔着水洼里的水。这个谋杀他的案件以后会这样描述的，仿佛他的死只是自然发生的，没有外力干预。黑暗中这件物体会有许许多多的可能！他的手帕上没有绣字母！他们互相认识，可是他们并不知道他们早就认识。他的每句话都是一个借口。

他高兴的是，那些可见的东西中，没有一个会使他回想起什么来。至少他还在新鲜的空气里活动着。那消防楼梯空无一人。

在做出那个令人惊讶的动作之后，他一定要如此长久地把这个动作掩饰下去，直到它被那个观察者重新解释为一个自然的动作。他觉得，仿佛所有的物体一下子都自成一体了。走在平坦的街道上，他问自己是不是头不晕了。面前那个人的两眼相距很远，他简直无法同时看进两只眼里。

他克制着自己不去爬楼梯。他盯着一块污迹。一个新的动作产生了。他们久久地跟踪他，直到他感到自己安全为止。他横躺着，好让自己成为更狭小的目标。电线的影子还在抖动。

他希望能继续往前走，可是并没有当真。

他再次仔细地观察。

他把手心朝上。那瞳孔已经习惯了一动不动地呆在眼睛的中间。他似乎非得要竭尽全力才能停下前进的脚步。他真的抓着一根救命稻草。他要超过某人，这让他心里很不舒服。他观察着大雾中那些变幻不定的轮廓怎样变成轮廓清晰的身影。当他要随身关上门时，那个后来的人正好也要出去，并且奋力把门拉向另一个方向去。一条条碎布片挂在树上！

他试图要确定那个物体开始在其中活动的瞬间，可是他又晚了片刻才发现这个活动。

他走得忽快忽慢，想这样来拖累那个观察的人。蜘蛛网挂在他的脸上。当情况变得危险时，他感到那些物体一下子变得模糊不清了。他走过时，车里静静地坐着几个人，目光都直盯着前方。他应该先做什么呢？他四面楚歌啊。

他更加猛烈地动起来，借以抵御那万千思绪。那个被咬过的苹果已经变色了。他突然忘记了自己在刚过去的一刹那做过什么。他的思想成了逃跑的思想。这到底是怎么回事呢？他每一步都像踩在虚幻之中。他扔掉了手里那捆东西之后，徒劳地等着听到落地时发出的响声。他一边在衣兜里找来找去，一边心不在焉地望着前方。他的动作就是那些相互交织在一起的焦急动作。他站在那里，一条腿的膝盖顶着另外一条腿的膝盖窝。

他从一群都想要确保自己座位的人身边挤过去。为什么另外那个人到底都不肯超过他呢？感官变得越来越迟钝了。只喊一声救命是不够的。

所有人都让门开着，因为他们以为这扇门必须敞开着。

他自动说起话。在那个使他踉踉跄跄的石头前面，他绕开了。每次他都立即想到最坏的结果。他无法回避这个词。他的笑声改变着他周围的环境。正是由于那个突然的动作，他想借来阻挡住那个物体，这家伙立刻彻底变卦了。他们等待着虚弱最初的征兆。

当他摸索着找开关时，他碰到的不是开关按钮，而是一只手。宁静的意义已经发生变化了。

他似乎现在非得知道，那条狗听见什么名字才会应声呢。黑暗保护不了他。这条路上没有绷着绳索。那个词太长了，他不可能喊得出来。在恐惧中，他试图让不动的东西动起来。

他一直都还盼望着，那或许针对的是另外一个人。附近没有什么可以抓得到的东西。死者有什么独特的姿势吗？

他向人展示出他会啐唾沫。他找不到任何别的词语来替代这一个词语。他还未到如此临近的地步。凡是他能够挪动的东西，他都可以拿来当武器用。他觉得自己如释重负。所有的点都离他同样远。

鸟儿的影子或许会提醒鱼儿有危险。又过去了片刻，什么都没有发生。

他全身都发痒。当他看到有人迎着自己走过来时，便慢慢地从衣兜里抽出手来。衣服妨碍着他自由行动。一把子弹上膛的手枪也是用来吓人的手枪。上衣有一枚扣子没扣上！

他没有看到什么颜色。破破烂烂的女人长筒袜在他面前的街道上飘过。

他跟跟跄跄地穿过那电线杆的影子。

他只能走他可以留下脚印的地方。

一切都光滑得可怕。

每个动作都会成为最后一个。

他或许会靠着转身来消耗时间。

他无法隐藏，他做好逃跑的准备。

他也许之所以听不到那脚步声，是因为那个紧跟他的人踮着脚尖走路。

他试图如此来调整自己的脚步，以便总是有人迎面而来，或者能够听得见。

他用其他手指攥住拇指。

在那条狗附近，他不可能开始跑起来。握紧的拳头是**冲着**他来的。

在他到达安全地之前，那个时刻就不会停止。如果他用线路将那些跟踪者连接起来的话，他几乎看到的是一个圆圈。

他**必**须转过身去。

每个想法都会触碰到一个伤口。

绕圈子最不引人注意的方式就是螺旋形。他一切都放弃了。

他每个动作的尝试都被他们同样反复地模仿。

那个绕着圈子走的人总是蹦蹦跳跳走路。

他还能够转动钥匙。

一个冰冷的物体触碰到他的脖子。

受到死亡的威胁，他呆若木鸡。

千万别做出错误的动作！

他为这死亡的危险而感到羞愧。

他张开自己的双手。

他呼吸着。

"那可能是一片片雪云！"

他坐到那鹅卵石小房子上面。

他等待着。

他装作死去的样子。

"那里！还有那里！还有那里！"

6 询问

在谋杀故事中知道某些事情的那个人，或者被别人认为知道什么的那个人，在被追问之前，肯定会和追问的人卷入某种关系之中，而正是这种关系使得后者有机会去追问。

对于被询问的人来说，这种关系无论如何都是一种"暴力存在"：如果拒绝回答的话，很有可能会对拒绝回答的人本身造成某种后果。因为恰恰是询问者才有机会设定这种后果，他们可以通过将后果展示在被问者面前来勒索他。不回答无论如何都会导致某些后果。谋杀故事进行到这里，被问者或者陷入一种非个人的法律暴力，或者一个人的非法暴力之中，这个人可以独断专行地设定这样的后果。可是就连法律也像是一种勒索。

无论是合法还是非法，两种形式的暴力询问都会以不断重复"如果不是这样"开始。如果被问者不回答，那么就会针对他采取一种行动。

如果针对被问者的行动还是不能让被问者回答，或者他的回答明显是错误的，那么这个"如果不是这样"就会一再重复。

如果被问者还是不回答，那么人家就会针对他采取另外一个行动。

如果通过这个行动，被问者依然不回答，那么针对他的就会是另一个行动。

他不行动的次数越多，也就是说，他不回答的次数越多，对他采取的行动也就越多。

这些行动中的每一个无非那个用语言表达的问题的另一种形式。这种"如果不是这样"的堆砌会漫长地进行下去，直到被问者要么开口回答，要么暂时给出回答，要么压根就丧失了回答的能力。

即便被问者不回答，人们也能从他的行为举止中推断出可能的答案来。他的每个手势都是一个可能的回答。他的表情的每个变化都是一种暗示。人们试图从他的每个动作上得出结论。他做的任何动作都有含义。就连他不做的动作也在暗示什么。每一个服务于日常和明确目的的动作都超越了自身，具有某种特别的目的。

保持沉默的被问者做了什么或者什么都不做，都是一种信号。他不再是以自己的意愿做事。他的每个举动都可能传达一种信息。他的每个动作都是不情愿的自我暴露。

对于询问者来说，关键是要将那些揭示日常行为的词语挑选出来。它们寻求揭开被问者的动作、手势和表情里的秘密。他把夹克衫上的一粒纽扣解开又扣上了，这意味着什么呢？偏偏就是一排扣子当中这一粒，这意味着什么呢？他独独翘起拇指来，这意味着什么呢？为什么他要这么频繁地在脸上擦来擦去呢？他的着装意味着什么呢？他两只脚之间的角度意味着什么呢？用手指打榧子说明了什么呢？拉耳垂呢？嘴角的唾沫呢？

不管被问者做了什么或者没做什么，就连谎话，沉默的方式，都是一个可能的回答。就连被问者的睡眠也可能对询问有利。他睡觉的姿势表明了什么呢？他睡梦中都说了些什么呢？为什么他在沉睡中现在又不说话了？他在沉睡中伸出手来在找什么呢？

在谋杀故事中，被问者总是试图破坏这种无数次要求他回答的暴力关系。通常在谋杀故事中，他根本不知道是谁在问他，也不知道询问者是谁派来的。

对于被问者来说，现在重要的是要这样去回答或者不回答，才能得到他无法提出问题却想要的回答，也就是获悉谁在问他或者谁叫人来问他。

询问者和被问者，这两个人都想得到一个回答，不过一个是采用暴力，另外一个是使用技巧。

这一章节，至少是在谋杀故事中，通常是这样结束的，无论是不回答，还是回答有误，被问者都可以如愿以偿地得以逃脱。与此同时，最终正是他，为了得以逃脱，他使用了暴力：

威胁的人首先使用的是文字游戏。

他把重心换到了另外一条腿上，推销员看出来他又要踢自己。在他伸手去抓之前，先用手指练习着动作。撞击让他后退了几步。鞋头向上飞了出去。他感到那些材料似乎也跟随他的心跳颤动起来。即便现在孤身一人，他还是机警地保持先前的姿势。"看来得我们帮助您恢复记忆了！"一开始他还以为是到了夜里才这么昏暗。

他没把这个偶然事件当回事儿。他说完一句话后奇怪地嘟嘟囔囔。他们肯定还要抹去他脸上的冷笑！他的动作现在成了防御动作。

他习惯了被人恶意对待。他刚听到句子开头的那个疑问词，就哆嗦了一下。他们给他举出的每个例子都令人害怕。他充满好奇地倾听着一个故事，而他们则认为那就是他自己亲身经历过的。他想，也许他能让自己在痛苦中感受到那些物体。他低下头之后，突然一下子想像不出他对面那人的模样。"您想听什么？"因为他瞥见一个物体，它的使用范围就标在自身上，所以他想，只要这物体还能用，他自己就不会发生什么严重的事情。他以为，自己必须记住在这里所感受到的一切，这对他而言慢慢地成了一种折磨。他沉迷在一个想法中，就像是别人对某种游戏入迷那样。"他睡觉很轻。"

当他一下子说出了事实之后，感到有些尴尬。他听到手指间的香烟在咝咝地燃烧。他不能往后靠。另外那人在房间里夸张地走来走去，以此证明，**他有权**自由活动。和这个刚刚认识的人单独呆在一起，他觉得沉默成了一种负担。一只鸟飞了起来，发出鸣叫。

陌生人可以听到的动静，他什么都没听到。最后就连咳嗽，他都跟别人不一样。在他再次苏醒过来的那一刻，所有的词语都毫无意义了。就连他祝愿别人度过美好的一天都被认为是在掩饰什么。墙壁是隔音的。这里有一把椅子！

他回答着问题，头都没抬一下。晚上还戴着墨镜的人实在可疑。"我非得要说得更清楚吗？"他抗拒着不肯醒来。在他身体上轻轻抚摸的那只手是他自己的吗？他再也无法安静地坐着。他看人的样子，就好像所有人都认为自己被人盯着一样。至少能活动一下手指是一件多么惬意的事儿啊！

他之所以觉得绝望，是因为他熟悉一些状况，能够拿来和自己现在的状况进行比较。他不习惯这个新环境。他觉得承认事实有些可笑。就连睡觉时他也无法摆脱那个跟踪者。所有人都安慰他，因为**他**没有安慰他们。"您没有把知道的事情都说出来！"现在对他来说，一瞬间就是很长的时间。

他都是**后来才**加入到每一个事件里。这幅画上只有一个人眼睛上方没有黑道。

他观察到，他的对手脸上挂着内在的微笑，因为他自然而然地把茶杯拿在手里。只有当他们能够看透他的思想时，才能将他包围，不过那是不可能的。动作刚一开始，他就知道会打中目标。表示肯定的话说了很多，他紧张地等待那个表示转折的"但是"。他们给他留出时间，要让他说点什么。他摇了摇头，以此来试探一下他还有多大自由活动的可能。他们在他面前摆了很多物体，想从他摆弄物体的动作中看出些什么。之前打电话时，他无法谈及此事。他的微笑可能有很多含义。

说话时，他却想着别的事情。他在门上看到香烟烧过的痕迹。因为疼痛，他把脸转向一边。那墙对他而言太高了。他说完那句话后，才意识到自己在说谎。他们想给他提几个问题。他看着前方，好像面前是一条空空如也的大街。这条拉链卡住了！他们绕着弯儿询问那些属于他的东西。说话当间，他肯定突然想起了什么。"我们的耐心到头了！"沉默慢慢地变得可以忍受了。为了逼迫他回答，他们的脸上没有做出任何表情。

他装模作样。每次他们观察他时，他就装出一副被看穿的样子。新鲜空气会对他有好处的！他们留意着他声音中的尾音。当有一个人试图往他身上吐唾沫时，他却被口水呛了一下。他们还需要他。

每个词他都可以用来绕弯子。由于这样的疼痛，他可以使自己不会忘记。他们只能给他带来肉体上的伤害。有人冲着他喊了一个名字，是别人的名字。"您还有什么要说的吗？"他让那物体落下去又把它举起来是什么意思呢？为什么要描述这个无关痛痒的过程，而不描述另外那个无关痛痒的过程呢？

他计划好自己的每一个动作。他扔掉火柴的动作不只是为了扔掉火柴。他们给他描绘出一个他自己无法掌控的未来。他衬衣的颜色本身还不会有什么特殊的含义。也许他的双手比他本身回忆得更好。闭一次眼睛就意味着

"是"。这个房间外的景色很好。只有从脖子的动作上才可以看得出，是他在说话。他们已经低声询问了他太长时间。疼痛的叫喊不是什么口供。

他想出来对他们永远都不会提出来的问题的回答。他甚至都不能用手去揉揉眼睛。他撒谎之后，吸气所用的时间比撒谎前要长一些。假如他认为自己有罪的话，他可能会咀嚼得更慢些，使劲吞咽，把腮帮子撑得圆鼓鼓的。他们想让他承认，他是自愿跟着来的。

虽然他此刻没有任何感觉，可是他却觉得，仿佛一丝轻柔的触摸也会引起无法忍受的疼痛。他们不过是先警告一下他，后面可有他好受的。他随身携带的那些东西与可能发生过的事情没什么必然联系。他活不了多久了。他们从他的眼白中得出结论。他背靠墙坐着。打在脸上的一拳让他又醒了过来。他们问他为什么带着一些别人不可能随身携带的物体。

他睡着了，还紧咬着牙关。

"我们想跟您出去散一小会儿步！"

就连他把玩鞋带都可能是一种暗示。当他想把勺子再次放入水中时，盘子却不见了。他没有口误。他身后这个空荡的房间让人很不舒服。这要放在以前的话，人家恐怕会剪掉他的睫毛。他们在他耳旁晃动着一串钥匙。他没问自己在睡觉时是否说过话。他用嘴唇保护着牙齿。不管怎么说，疼痛总还可以消磨时间。

他就要大声喊出来了。

他不想拥有观众。他们试图成为他的朋友，这样就可以让他的思想变得不确定。每次他说话结巴时就会产生某种别的含义。他把手举起来，高过了肩膀，也会被认为有恶意。

他衣兜里装着剪下来的报纸片段，是关于那起事故的。他的意识变得越来越敏感了。他们必须要让他因为疼痛而显得令人讨厌。他们谈到他的财产时就像在说自己的财产。听到这个词时他想到了什么呢？一会儿他会被带到一个地方，在那里他什么都不需要了。

他不想解释自己为什么在场。有那么一瞬间，他的心都不跳了。他数着窗户有几个角，虽然他确切地知道那个数字。他闭上眼睛等着挨打。有那么一会儿，他坐在那里，眼神惊慌失措。他想念着疼痛。他又吞咽了一下，这让他很生气。"您就是那位幸运的所有者吗？"受挤压的空气发出了嗖嗖声。他们挑了一把腿很高的椅子给他坐。他伸直了脚尖也够不着地面。他不能把嘴唇闭得太紧，免得他们会认为他想要隐瞒什么。

他只想再吸一口气。他觉得现在就连碰到圆形的物体也会让他疼痛。他们已经在缜密安排，好让他的死显得像自然死亡。他一下子想不起来他还能想什么。他的哈欠只打了一半，就被吓住了。因为双手被捆着，他无法保持方向。他们详细记录下他的神情。在他的对手挥拳打过来之前，他的血管就开始膨胀起来。

他目光呆滞地盯着自己的鞋子。他什么也听不见，什么也看不到，什么都不想，只能在疼痛中感受着自己在场。鼻子前面这个拳头的味道让他想起了什么。这是一个杀人犯！他的行为不再受自己控制。他躺在一个坐满了人的沙发下面。这个杀人犯一口黄牙。他们向他大声喊叫了一堆无关紧要的词汇，中间掺杂着一些问题。窗玻璃上糊着报纸。靴子的靴筒搭在一起。脚脖子要过一段时间才能复原。一个死了的推销员对他们来说没有什么用。

当他被人掐住脖子时，他迫不得已虔诚地仰着头。惊吓让人看不清文字。他长着那种永不显老的脸。他突然不知道该怎样去造一个句子。他不想再听，也不想再看。

他想说些什么，讲到一半却突然意识到，他想说的东西实在不值一提，可他们却从各个方面逼他把话说完。百叶窗没有完全拉上去。"他死得活该。"在他离开之前，一定要说一句狠话，可是他无法离开。他没想着要大喊大叫。他屏住呼吸仔细打量着那件物体，连最小的裂痕也不放过，就像是要看个够。当他顿住时，他们还认为他刚刚说漏了嘴。没人听明白那是个笑话，所以出现了令人尴尬的间歇。

他没有看到那个身影，但是却注意到了第一个危险的动作。他的笑声现在成了奢侈品。他们想方设法让他永远也不会忘记这一分钟。电灯开关离他的指尖太远了。他徒劳地提前设想着疼痛。柔软的坐垫消减了那一拳的冲击力。在关键的时刻，恰巧他的嘴里又塞得满满的，所以又一次无法说话。对他来说，回忆的困难在于被忘记的不是一个物体，而是一个词。这仁慈的黑暗啊！他们触摸着他说疼的位置，但是他没有身子一颤，或者他虽然颤抖了，但是却晚了一秒：他应该在被触摸到之*前*就身子一颤的。"那个提问的人在仔细地锉指甲！"他们开始做起自己的动作，就是要让他觉得，这个动作暂时只是一种警告，如果他表现出配合的姿态，这动作随时都会中止，但是不会排除以暗示过的方式一做到底：也就是说，不是用一个词，而是用一个动作来胁迫他。他们缓慢地改变着询问他的方向。这样一来，他必须不时地将头转向提问者，他会在这样缓慢的动作中变得疲惫。有人把手伸到他的腋下，不过却不是为了搀扶他。

他竖着朝门走进来，但却是横着出去的。这把椅子没有座板了。他们不许他低头。慢慢地，他觉得轻松了。那

推销员

块手帕只有一个地方有皱褶。这个房间布置得让人觉得没有人气。他出汗不是因为害怕。当那个瓶子被塞到一堆瓶子之间时，反作用又把这个瓶子给顶出来了。他们用手指触碰着那些摆放的物体，然后又观察指尖留下的痕迹。

他已经没有能力再去回应他们的动作了。他闭上眼睛时，觉得有些恶心。他们一边不停地询问他，一边假装温柔地抓起他的手腕。他缓慢地呼吸着，以此赢得了很多时间。他强迫自己平静下来。他们只是在等着天完全黑下来才动手。有人问起他的健康状况。

他已经不知道自己的身体是什么姿势了。他们的势力范围越小，就会越发贪婪地将它发挥到极致。以后他很可能不会重新认出这些物体。他不能表现出怒气。自己的脚都不记得怎样走路了。他们把一个光滑的物体塞进他的手里。他有过前任。他们肯定是弄错人了。因为他一无所有，所以他们无法用破坏财产来吓唬他。疼痛越来越强烈，简直会要命。他突然感觉到，就是现在，此时此刻，他偏偏忘记了什么东西，却无法想得起来。他希望能一个人呆着，于是就使劲摆弄着自己的衣领。这一点让他很高兴，至少还可以偷偷地玩手指。

他千万别因为呆滞的目光而暴露自己。

"我吓到您了吗？"他用双手捂住耳朵。他的对手向他

演示着，他怎样在使用暴力之前脱掉上衣。他想像着要怎样逃走。他们用玩笑消磨着他的等待时间。他们把玩一个物体，在那上面演示着有什么好事在等待着他。"他是个激情洋溢的漫游者。"他们推着他转身时，他的衣服里落下来许多沙子。他们把已经知道的事情又问了一遍。当他们生气时，就一板一眼地分开说出自己的话。

他不是他们的朋友。另一个人在挥拳之前，他则在他肩膀上拍了几下。"与这样绚烂的色彩相比，日落简直算不了什么。"他们特别注意词汇在句子中的位置。向上翘起的鞋子让他与周围的环境协调一致。两次挨打之间的等待对他而言已经变得十分自然。现在他们允许他做一切他想做的事情，因为这样他就会暴露自己。虽然空间足够大，可有个人还是紧贴着他走过去。他以后就笑不出来了！听到把手举起来的命令，有个独臂人举起了手。他姿势上最小的变化也会让他们问个不停。现场会造得像不幸坠落一样。

他们许诺给他的那些物体，他想像不出来，所以他们也就无法通过许诺来套出他的回答。他们当着面确定的那些事实，说出来都是命令。现在，每个动作都是错的。他不停地走神。墙上粘着一根头发！他们要求他把那个故事再讲一遍。

他看得最多的就是他们的耳轮。他们在提问时还不能问得过于详细，免得暴露自己。他不能讲话，因为门还开着。那是一把公务手枪！他们等着，直到他喘不上气来。就连一根牙签都可能被他用来自残。所有人都是各自家庭里的父亲。他们在争吵，应该让谁去开门。即使他闭上眼睛，也不能停止去看。不管他把手放在哪里，都觉得它是多余的。"你来接管他吧！"当其他人收拾完他，准备把他移交给下一个人的时候，偏巧此人总是不在。

在疼痛中，他仍然能感知到周围环境的许多细节，不过它们现在并不能分散他的注意力。他一个接一个地追溯着自己的思路，直追到第一个，要回忆起它来。在一个密闭的空间里，他们的优势要大一些。他在为谁工作呢？

他耳朵不聋。"当枪从套子中拔出来时，发出嗖的一声。"他的手格外地安静。头沉重得受不了。他希望迟疑不决的一刻快点出现。挂在下颌的那一滴血，拉得越来越长。他的目光像是被围困的野兽。他试图想像着自己身在别处，却是徒劳。一旦他现在回答了一个问题，那就会没完没了。就连疼痛也无法让他开口，哪怕是发出一声呻吟。

他不坐下来，生怕再站起来时还要耗费时间。"这并不像您想像的那么奇怪！"他手边的那个物体同样会离他无限远。一滴又一滴的血落在同一个地方。

他突然点了点头。他感受到的一切都让他痛苦。只要他身后还站着某个人，他就不会开口。他们需要更华丽的词藻来粉饰杀戮。如果外面地上有积雪，那么这咔拉咔拉的声响就是防滑链。他们找不到适合的话来刺激他。按照声音，他把他想像成另外的样子。没有其他人知道他此刻在哪里。

他不想正中他们的下怀，抬起头来。他一下子闻到了那杀人武器的味道。每次他们转过身去时，都一定会考虑到，他就在他们身后！突然之间，他不再绕弯子了，而是直接谈起那些想法。这个跳跃足够大。灯泡在恰当的时刻炸了。

他让这跳跃靠近自己。那惊吓的一刻还没有过去。他把自己的暗示隐藏在从句里。它们向他发出命令，他在这里应该有宾至如归的感觉。"您觉得我的领带怎么样？"突然他感觉到自己的双脚，吓了一跳。

他透过腋窝看着自己的对手。他转过身去，但是动作不够快。疼痛让他从昏厥中醒了过来。因为他的未来掌握在他们手中，他们现在说话直截了当。就在前一秒钟他还那么健谈，所以他的沉默格外引人注意。抽打来自于身后右边！但愿他们终于能够说得清晰明了，这样他才能为自己辩护！疼痛是如此剧烈，他真想脱下衣服。

之前他就缩紧了肚子。在他们眼里，他已经死了。被粗暴地叫醒之后，他先是朝着错误的方向看去。每次都是在疼痛到了无以复加的地步之前，他们就住了手。他必须要扶着什么东西才行。就连不属于他身上的东西，现在也会让他感到疼痛。他千万可别不说话了。他们画出他未来的面目。每次抽打都不会落在同一个部位。花园里橡胶水管的尺寸恰好能塞进他的嘴里。

他听到一块骨头断裂的声音。他开始数数。这些威胁者不可能提出这么一个无关紧要的问题来。他已经没有时间来消化这些想法了。他得不停地说话，不然他们又会开始提问。他的身体因为疼痛而颤抖着。他们想要了解真相。

他也在为这场折磨助阵。他不会再提那些愚蠢的问题了。他们抬起自己的鞋底给他看。头轻轻点一下就足够了。对他来说这是新的情况。他们让他第一个走出房间。他的肋骨间有一个坚硬的物体在往里钻。

他张嘴去咬一根手指。他已经无法再去倾听了。他耸了耸肩，好让那些禁止他一切动作的威胁者慢慢适应他的动作。就算他知道什么，也绝不会告诉他们。他们对付他很容易。他们从来不打他的嘴巴。房间里有一个人是多余的！他不知道，他们到底想要什么。他们又给了他一分钟时间。突然，在疼痛中间，有了一瞬间的耐心。

他一定是睡着了。当他无话可讲的时候，就在构思新的词句。他们给他看从他的额头抹掉的汗珠。他们现在做的也是一项工作。

他知道得太多了。"这个故事里没有一句真话。"他们在他身上寻找还没有挨过打的部位。他转着圈地跑，希望借此摆脱疼痛。突然，他吃惊地看着他们身后的一个点。

他们**现在**向他提出问题来，他害怕他们之后又会提出问题来。他的眼睛闪烁着。他生命力很强。抽打他时，他们脸上的表情也可以理解为同情。那压抑的空气让他喘不上气来。那块石头有小孩脑袋那么大。那句话说到一半就被人打断了。他们问够了。他的手指尖染上了深色。突然爆发的杀人欲望让他惊讶。一个动作接着另一个动作持续下去。

他现在再也不可阻挡了。他把全身的力量都集中在了那一拳上。

一阵响声，像是咕噜咕噜冒泡的声音。

一瞬间，那些打斗的人都一动不动。

从那张嘴里涌出一种奇怪的声响。

那个被掐住脖子的人咕咕作响。

呼吸的撞击让他后退了一步。

他紧紧地掐住脖子，直到他听见咔嚓一声响。

他的对手是橡胶做的。

现在**他**在把玩词语！

门只是虚掩着。

推销员的脚步停在最下面的台阶上，侧耳倾听。

天黑了，他开始说话了。

后怕出现了。

7 秩序的表面回归和第二场无序前的
风平浪静

　　谋杀故事的形式规则慢慢地排挤了日常现实。描述越局限于谋杀本身，这个现实也就必然越多地被排斥在外。人与人之间的关系或者人与事物之间的关系或者事物与人之间的关系或者事物与事物之间的关系，只有当这些关系能够表明谋杀故事所涉及的那一个关系，即谋杀犯与其被害人之间的关系时，它们才有描述的价值。那些日常关系已经不再属于这个故事了。

　　然而，一旦突然描述了一个日常关系，那么毫无疑问，它绝对就不会寻常了。无论是描述举起手帕这个动作，还是描述怎样准备一顿饭，或者描述墙上一块深色的污渍，一个人的手指甲，这些都不是为描述而描述，而是一个信号，一个线索。特别是对平时视而不见的无关紧要的事情的描述就是要引起人们的注意。

　　如果突然描述了某些对故事当下的发展毫无意义的

东西，那么它必然会对未来或者过去有作用。任何不合常理的描述，任何偏离，任何对日常事件的描述，这些都发生在特殊情况下，并且恰恰与之相反。任何对一个独立物体的描述，不管与对其他物体的描述相比更详细、更长，还是更不确切、更短也罢，都会引起猜疑。这个物体只是表面上显得无关紧要而已，而恰恰相反，它对于谋杀故事具有举足轻重的意义。

就在一句又一句对这个谋杀案的描述中，凡是对日常现实所描述的东西，都对这个谋杀故事意义非凡。也就是说，这个现实服务于这个故事。凡是现实里不属于这个故事的部分，则是不会被描述的：这个案件将这个现实排除了。如果出现了一个描述日常现实的句子，那么它看上去就像是一个异物。

然而，在这个谋杀故事的某个地方，现实似乎又参与其中了。于是，这个特殊的谋杀故事好像又变成了一个普普通通的故事。正是因为这个地方，这个谋杀故事似乎前功尽弃了。要把许许多多的可能限定在那惟一可能的事实上，这样的努力当下变得不可能了，也许是因为暴力的缘故。于是，这个谋杀故事现在好像在这里就结束了，没有任何说明，日常现实又返回到描述之中。如果它现在被描述的话，那么它对于这个谋杀故事就不再具有那个特殊的意义了。每句话现在都为自身而存在，什么都说明不了。在这个地方的描述不属于这个谋杀故事，它是对日常关系的描述，没有双关的言外之意。所以，这样的描述也会变得更为模糊。另一方面，它在描述句子里还会夸大那些日常事件，从而导致这个谋杀故事暂时破灭。这样的描述句子现在可以属于用于任何一个随随便便的故事，它们对于后来的真相大白没有什么意义。

什么都没有发生。一切都在按部就班地进行着，之前是这样，往后无疑也会如此。没有什么新的东西开始。没有什么故有的东西停止。如果发生了什么，那也是自然而然。

如果之前在寻找那惟一可能的事实与许许多多当下的可能之间存在过一种张力的话，那么现在的张力就存在于事件的匮乏与按照谋杀故事的规律可以期待的、接踵而来的事件之间，而后者会使得这个日常的故事再次转变为谋杀故事。

然而，故事到了这个地方，依然充斥着对日常现实的乏味无聊的描述。

那个从现实的乏味无聊中而闯入谋杀故事现实中的人现在又回到乏味无聊之中。这个谋杀故事对他而言曾经是一种偏离，这种偏离似乎被化解了。

他虽然还在期待着什么，可是他眼下什么也不能做。他干起自己习以为常的事情。可是现在展现在他面前的秩序让他忐忑不安，因为他突然间再也无法在这个秩序的物体之间建立起关系了。每个物体都独立存在，这让他不安。在这种种日常事物之中，在这重新回归的现实之中，他再也无法忍受了。由于他缺少这样一个关系，他也就失去了所有其他与那些物体的关系。现实让他觉得不现实。因为它没有被说清楚，所以分解成了一个个细节，而在他看来，这些细节互相之间再也毫不关系可言。他再也无法把刀子和面包，房间和门，垂直的东西和水平的东西，快和慢，之前和之后，之后和现在，词语和词语，字母和字母联系在一起。

事情到了如此地步，面对没有说明的现实，他感到恶心，他希望这个谋杀故事再倒转回来。

可是，按照谋杀故事的形式规则，他现在无法自行为之做任何事情。这个日常的现实只会又被外界的暴力排挤出去。可在这其间，他聊以自慰地等着：

他撕下那死皮。他还没有适应这个房间。他太快地苏醒了。大衣还没有干。他摸索着胸前的口袋。由于疼痛，他以为看到的东西是**听到**的。在坠落的过程中，坠落变成了跳跃。逃跑中没有人会敞着门。地上那一摊摊白色的污渍是被掐住的人吐出来的。

他的衣着很寒酸。他在前厅被箱子绊了一跤。他的手在水里泡了很长时间。他意识到自己一直在解衣服扣子。虽然只有他一个人，可是他却觉得空间小得让人难受。那液体颜色很深，他辨认不出来里面有什么东西。

他呼吸没有节奏，因为他毫无意义地看到手指甲没有长长。照片上那个人看起来像活着。回忆立即又活跃起来了。被扯下来的头发顶端还带着烫出的卷儿。

他感觉脸朝右边躺着时恶心的感觉没有那么强烈。他本来不想死。他知道自己失去了什么。他感受到的一切都是干巴巴的。他利用两次呼吸之间的瞬间抬起了头。不幸的是，他没带多少东西，没法把更多的时间用在把玩上。他转了转灯开关，可是什么事都没发生。房间很空荡，他简直想像不出再空荡一些会是什么样子。火柴盒子上没有印字，他也没法借着阅读来消磨时间。他把手伸向高处，动作却晚了一点儿。单凭肉眼来看，没有什么地方能引起人的注意。看到那个呼呼大睡的人，他激动不安。

他不知道该从哪个物体开始做点什么。他强迫自己至少要读一下报纸。就在这扇紧闭的窗户之后发生了一个故事。呼吸困难让他很受罪。他像一个绝望的人那样仔细搜寻着地毯。下午的时候，他能听到钟表的滴答声。人们看到的被害人照片大多是结婚照。对于他还没有习惯的事情，应该怎样才能戒除呢？

他发布了一条信息，尽管那里根本没有人。

他其实可以去看电影的。为了消耗时间，他又选择了两点之间最远的路来走。在雾中他听到了声音。他觉得身体的这种新处境很惬意。他想着，自己**可千万别**睡着了。他忽然无法再在门旁找到新东西了。一会儿他就已经把一切记得滚瓜烂熟。

他做着迈出一步的准备。就连在睡眠中，他也无法停止行走。那鹅卵石砌成的小屋渐渐变得有用了。为什么沙发椅摆在地板上呢？在半梦半醒之间，钟表的滴答制造出像滴答声一样一走一停的画面。现在他无法逃到理智的背后去了。每一步都像是一次环球旅行。

他生起气来，因为他找不到大衣背后那个洞了。他打开一扇假门。他突然注意到自己是右撇子。那些物体变成了一种毫无意义的字母组合。他犯了数数的强迫症，搞得自己也很难受。他又喘了一口气。他为这些物体发明了新的排序。他紧张地等待着身体的需要，好知道自己该做些什么。现实妨碍着他。如果他不知道接下来要干什么，至少他还可以一如既往保持冷静。

　　他尝试做出各种可能的动作。他使劲地观察着。在睡眠中发生的事情太少，所以他又醒了过来。他只能艰难度日。一个女人现在可能正在摆弄着花瓶里的花朵。他没有什么生意头脑。他毫无准备地迎来了一段空闲时间。通过供货，他可以让这件物体变成商品。在这个时分，所有的百叶窗都放下了。有人曾在这块地板上打磨过一件沉重的物体。从几处脚印上可以复原出这人走路的步态。他现在做的每个动作都是用来打发时间的。门和门框之间的缝隙很暗。那只昆虫是无色的。

　　他逐一仔细地看着墙。除了他之外，这里再也没有什么可以动起来的东西让他去密切关注。没有任何物体适合于来玩玩思想游戏。现在想要去回忆，已经为时太晚了。他数着能够看到的颜色有几种。那个动物生活在一个不需要用眼睛的地方。他站起来，又躺下，再站起来，又坐下。他尝试着在每一个物体上解读出一个尽可能长的故事来。房间静静地卧在这熟悉的四堵墙之间。也许口袋里有什么东西可以让他把玩一会儿。

　　他找不到什么事可做。他那破坏的怒火一开始只体现在眼睛的抽动上。他久久地嚼一块木屑。他做了一个最为普遍的表达绝望的动作，却并没有觉得放松。为了能够将故事继续编下去，他尝试了所有可能的句子形式。这个地方有一根白色的牛毛是从哪里来的呢？那无非一个死人而已。他久久地微笑着，超越了这样的理由。他甚至连衬衣上都有口袋。其他人比他先来过这里。这个房间太小，根本没法进行一场真正的打斗。在此之后，他才做起准备。又是下午的这种心跳！

因为他不知道谋杀犯的姓名，所以必须给他想出一个名字来。电话线也可以当做绳索用。他不敢太靠近窗户。当他倒下去时，尘土向他飞过来，过了没一会儿，他就能辨认出地面上一个个细节。那些物体现在变得毫无用处。当他醒过来时，他注意到自己的身体还没有告终。突然间，谁是凶手对他而言已经不再重要了。他睁开眼睛，注意到一切都没有改变。他一下子再也无法使用那些专门用来描述自己身体部位的词汇了。水渍来自一只倾覆的或者摔落的花瓶。

当他站着的时候，他毫无意义地担心自己会失去平衡。没有一件物体能告诉他什么。他把衬衣的扣子解开又扣上。他从事的工作没有任何交换价值。街上横七竖八地放着一些为死人敬献的花环。他终于可以解决一下内急了。每个平时下意识就能做的动作，他都用意志力控制着去做。他从刚才坐着的沙发上站起来，坐到对面第一个沙发上去，然后看着他曾经坐过，而现在空着的那个座位。他挑衅地盯着墙。在他头顶上的房间里有什么东西倒在地上。也许当他昏昏欲睡时，时间会过得快一些。他双手不安地纠结在一起。他看到的所有物体，都已经毫无用场了，所以，他对它们除了毁坏之外再也没有什么可做。这是一个宁静的夜晚。要是死者还能经历这一切的话，他或许会感到高兴的。

愤怒中，他既没有把门狠狠地一摔，也没有特别轻轻地关上。把家具重新摆放一下或许可以消磨去很多时间。他试图用谎言来拿现实打趣。他又一次穿着衣服睡了一夜。"在一个陌生的房间里，你要是想睡觉，那就得先把脑子清空。"苹果放在那里，被啃了的那一面朝上。

他尽可能不厌其烦地动来动去。他穿着上街的西装在房间里走来走去。家具摆设都上了毁坏保险。门前的脚垫滑下来了。他试着自己制造出疼痛感。他完全没必要地抖了抖枕头。他把硬币当做螺丝刀来用。爆炸声响起时，有个人迅速地去抓这个孩子。

他需要整个手才能抓住那个物体。没有人跟他说起过窗帘杆的事。"他不再是从前那个他了。"他把电话线从墙里拽了出来。他期待着一件倒霉的事情发生，以便他能让这事儿变好。他无法将一个物体与另外一个进行比较。每个过程都在顺利地进行着。他围在脖子上的围巾，末端很容易被人从背后抓住。他用指纹印满了整面玻璃。一瞬间，他的手离开了墙，依然什么都没有发生。

他刻意停了下来。他在制造一个个无用的形体。那件衣服还在滴水。当他意识到自己躺在哪一边时，他就实在无法继续忍受这一边了。大货车的门被关了好几次，才吧嗒一声扣上了。他直起身来，并没有别的目的。就连平静地躺着也让他觉得是一种负担。时间静静流淌，心跳声清晰可闻。

他把手套的衬里翻了出来。如果可能的话，这块石头正好可以塞进一个伤口里。他不知道该如何开始。当他问自己累不累时，他变得累了。他会玩的那些游戏全都需要一个搭档。他尝试着对自己保密，假装不知道每一个动作最后的状态。第一眼他就把这个物体和另外一个搞混了，他刚开始还试着用另外那个来做比较。他在所有可能的地方留下脚印。他写下一些文字，只是为了借助阅读来消磨时间。

他把冰冷带进了这个房间。他坐在那里，模仿着自然界的声音。他把东西从桌子上碰落，只是为了能再接住它们。他在练习如何机智果断地处理意外情况。他故意让事件发生，又让它们中断。他在思想中与一个颠倒的世界嬉戏。他拆开所有能拆分的东西，再把它们都拼在一起。他不能唱歌。每个动作都让他感到吃力。他忍受不了，居然什么事情都没有发生。没有任何物体能引起他的回忆。在这个时段，所有的想法都让他讨厌。一个松动的螺丝也许让他有点儿事情可做。

他不相信墙是凉的，直到他摸上去。听到声响后，他也想不起与这声响相关的故事。哪怕是有个人在观察着他也好啊！他命令自己要保持理智。无论如何他都知道怎样能消磨时光。他在逃亡，却没有追踪者。没有任何东西能让他思索。没有人失踪。他突然害怕自己会爆炸。也许这些东西是疯狂的？钥匙插在柜子上，诱人去开。他或许可以观察死者身上的植物和动物世界。也许那只是风吹过留下的痕迹。

他打哈欠时眼睛挤在了一起。他紧张地追随着身体的每个行动。地毯上最细微的灰尘也让他不安。就好像：如果水磨停止了转动，即使是在半夜，磨坊主人也会惊醒。在这里，他不会出什么事的。他有很多时间，虽然他觉得连最为平常的行动都能让他消耗时间，却什么都不做。

整个上午他什么都没想起来。窗玻璃边上的腻子还是软的。他们让他大概知道将要发生什么事。在受到惊吓之后，所有的东西看起来都变了样。如果他把衬衫往上拉过头顶，别人就看不到他了。就在这段时间，这个房间里有什么东西发生了变化。玻璃杯摔在地上却没有碎，让他吓了一跳。

他在练习如何快速反应。他在思考，为什么面包抹了黄油的那一面朝下掉在了地上。他还没有到达极限。当他注意到拉链不需要被扭转时，已经为时太晚了。

他做出一副无辜的表情。也许他现在无所事事，这才是关键的错误。已经干涸的那摊液体的边缘呈黑色。没有任何事情发生。他故意给感知到的一切都安上一个错误的名字，好去一一纠正。他觉得被吓死也是有可能的。在睡眠中他不会出任何事儿。

他感觉到那种气味如同用针刺鼻子。他观察风，也没有什么新发现。他的手指甲很短，里面没有存留下任何东西。在电影院里，他只是感知到了噪音和大脸盘。"他打碎了一个瓶子的瓶颈。"他给自己设计了一个陷阱，跳了进去。现在压根儿就不是采取措施的恰当时机。透过电话他听到短促而剧烈的呼吸声。这把枪不好用。他问自己，液体真的是湿的吗？"一个人眼睛的颜色是无法改变的。"这个地方看起来适宜居住。他喜欢仰视。他拿在手里掂掂重量的这个物体肯定是另一个。

他要找寻各种关系，只有一个意图：做生意。他把自己关起来，以此来分散注意力。只要他还能睡得着，事情就不至于那么糟糕。出于羞愧，他感觉到了重力。已经想过一遍的那个念头让他觉得恶心。一个不小心的动作就会毁掉这种田园般的宁静。房间里的物体上看不出发生过搏斗的迹象。他一整天都没有真正清醒过。他不知道该如何打发时间。他的目光又转回到现实。他一点点地醒了过来。睡着之后，他渐渐感觉不到四肢的存在。每个物体都妨碍他走路。在这里，哪件东西都不在原来的位置上。就连街道都可能是一个陷阱。

他走着之字形。那条狗在石头的威胁下退缩了，喉咙里发出呜呜的声音。自行车从房子角落里露出一截。他走动时会有人听到。"自从发生了这件令人伤心的事情以来，这房间就再也没人动过！"

他很高兴，终于可以空出两手来回走动。柜子的门不易觉察地动了起来。他被吓住了，半天才缓过神来。他站在一个很不利的角落里。他简直无法想像，其他人正在睡觉。做每一个动作时，他都在担心着动作结束的那一刻，因为他又会重新无事可做。他有意把眼下正在做的事情先做错。

他什么都不做，好让自己感到累。"谁知道这会有什么用！"他弯着腰，在洗脸池上一趴就是好几个小时。他和自己玩牌。他越是频繁地把滚烫的手心贴在冰凉的物体上冷却，他的手就越烫；那些物体越冷，他的手也就越烫。虽然有些无聊，他却一刻不得安宁。他研究着所有物体的特征。他想，这块污渍在玻璃杯的内壁上，因此想擦拭一下。长长的走廊空荡荡的，让人无法忍受。

他试着做出心情愉快时的表情和手势，可是却丝毫没有帮助。他试图将自己在物体上感受到的东西和人性去进行比较，却是徒劳。死者的脸上带着笑纹。

他把灰尘撒在那些物体上，这样有人动过后就会留下痕迹。柜子离门很近，他可以很快地把柜子推过来堵住门。正在熟睡的那只猫嘴角露出了牙齿。他比平时走路时脚步要慢一些。他想在每一件小事上发现可以消磨时间的方法。他想要失去所有的感觉。

他抖了抖身子。他反穿着鞋子。他醒过来了，心在跳动。

他无法想像，在别的什么地方会有别的什么东西。他甚至完全不能想像，除了他现在所处的这个地方，还会有别的什么地方存在。

他一整天都让那盏电灯亮着。他慢慢地把一个错误的盖子拧到罐子上去。周围的环境残缺不堪，他都快辨认不出来了。当他撞到某个物体时，他便用话语和表情来安抚它。他没有必要笑得那么久。他向自己脚下咔嚓作响的地板喊道，它应该放安静些。那货物的来源无法确认，因为它们是大批量生产出来的！出于不耐烦，他感到下颚疼起来。时间会治愈一切伤口。他的脚已经麻了。一切都近在咫尺。

他甚至都不会用钥匙了。他吃饭时，试着什么都不去想，就一门心思地吃饭。他觉得那条新路更有意思。他的手从靴筒里抽了出来。那乏味无聊并没有针对他所期待的什么事上。它没有什么对象。虽然还不至于冷得要命，他也不想睡觉。

要是他忘记了什么东西的话，那么他现在至少还可以试着去回忆一下。为了能和什么人聊天，他必须详细了解大家每天都在做的那些小事儿。他等待着，下一次呼吸后会发生什么。因为眼睛一下子看不见了，所以一开始他也无法动弹。伤口一跳一跳地疼。

他数过三后没有停，而是一直数下去。一声枪响要比很多声更让人感到不安。他还一直努力让自己保持原来的姿势。他练习忘记**将要**发生的事。他等着雨变小时，又感到一阵呼吸困难。

他现在无法忍受说出口的词语。他从房间这头走到另一头。他没有什么反复萦绕的想法。他听着老式电话拨号盘转动的时间，听出了拨打的号码。像每天一样，他在一个不熟悉的房间里醒来。他把一根火柴放在门框上面。时间在流逝，而他也渐渐意识到自己的想法没有变化，身体也没动。他越来越快地改变着自己的位置。他嗅着那些没有味道的物体。他走好每一步。他停住脚步，因为这样可以消磨时间。他缓慢地做着那些自然的动作，直到不能再慢了。他观察着一个个事物，无缘无故，没有诉求，也跟他毫不相干。他屏住呼吸，迈着小步。他提起箱子又把它放下来。他绝望地洗着手。他故意打了个哈欠。他试着去拆分那些已经被他拆分到不能再小的物体。

他是个推销员，只是不在房间里，而且孤身一人。

他考虑着，该怎样度过一个小时的时间。

他想用一只手去把另外一只手制造的灾祸补救上，可是用这只手却招致了又一次灾祸，只得再用另外那只手来补救，可是又引起了第三桩不幸，他想用第一只手来帮忙，直到他把一切都搞糟了，这才有点儿心满意足了。

像送牛奶的人和送报纸的人一样，这位推销员成了未被发现的死者的发现者。

8 第二个无序

在这个谋杀故事中，日常现实表面上的回归其实只是为描述第二个无序做准备。被描述的现实的乏味无聊应该制造出与所期待的无序之间最大可能的张力。

对这个故事来说，这个现在以暴力方式设定的无序表明对那所谓的日常现实的描述是正确的。当现在第二起谋杀发生时，这个表面上已经结束的，而且没有结局的谋杀故事依然在继续进行着。

那么第二起谋杀不能像第一起一样，用同样的方式来描述。在这个谋杀故事中，它一般不会被描述为正在发生的过程，而是已经发生的行为。被害人不是当着那些可能会当场经历过程的见证人的面死去的，而是独自一人。谋杀仿佛不是发生的，它是被**发现**的。被害人被**发现**了。有人碰到了被害人。人们之前并没有像寻找一个死者一样寻找他，而更确切地说是**查**找他，比如就是要从他那里获得有关第一起谋杀某些重要线索。

但是，从描述的方式上就可以看得出来，人们是否会在查找那个以为还活着的人时，却找到的是一具死尸。比如说，如果你离开这个当事人，就是为了获取相应的回报，因为你答应给人家通报信息，那么毫无疑问，这个当事人在返回时就再也不会有可能获悉那个可望得到的信息了。这期间，他已经成了一个被害人。

当一个人被孤零零地丢下不管时，这必然就会引起人们的怀疑。

在还没有人被描述之前，那么对物体的详细描述上就已经让人看得出来，有什么东西乱套了。这个尚未出现的人周围的物体都在不自然地快速动来动去，在对它们的描述中，则表明了这个后来才会被描述的人没有做出任何举动。在你踏进的这个房间里，被描述的是那些在地板上飞来飞去的纸屑，或者嗡嗡作响的电风扇，或者是猛烈飘动的窗帘，或者是咣当作响的百叶窗和门，或者在炉子上蹦跳的煮锅，或者从这些煮锅里溢出沸腾的水，或者是丁零当啷的窗帘杆，或者浴室里水龙头的哗哗流水声。

任何对那些物体一种就白天或者夜晚时间而言不同寻常的状态的描述同样一定会引起人们的注意。大白天里亮着灯。深更半夜里收音机的声音开异常大。尽管已经入夜了，可百叶窗却没有放下来。尽管下着雨，可所有的窗户都大开着。大白天里，百叶窗也依然拉得严严实实。深更半夜里，大门洞开。

对被害人描述则留待最后进行。描述被害人周围那些物体是为了逐渐划定案发地点。通过这样的方式，对被害人的描述最后就会变得彻底自然而然了。用来描述受害者的句子就像是在诉说着什么熟悉的东西，甚或知己的东西。如果之前称之为诸如一个打开的罐子，一张弄得乱七八糟的床，一块歪歪扭扭的床前地毯，一支闪烁不定的蜡烛的话，那么现在则是：那具尸体，或者更简单一些：他（或者她）。

通常情况下，从描述被害人的第一句话里还根本看不出来这个被描述的男人或者女人是否已经死了。甚至有时会选择一个词，它还可以不偏不倚地表达当事人的一个行为。这个被描述的男人或者女人不一定非得躺着，他或者她也许还会被描述成坐着。有时候，被害人甚至还靠在什么地方，况且手里还**拿**着什么东西。这时，所有那些被理解为无关痛痒的词汇都意味着动作。

这就是说，描述特意首先选取了被害人身上所有也适合于活人的特征，是的，它们被视为活人独有的特征，例如健康的气色，或者吃惊的面部表情，或者打眼看上去活灵活现的眼睛，或者带着讽刺意味撇起的嘴巴，或者伸着脑袋偷听。在一个女人身上，通常还会描述一种性感的姿势，或者有句话就是针对她身体上那些性感部位的。这样的描述想必会刺激这位观察者做出某种动作。对一个裸体女人的描述首先会展示出一个生命的画面。之后，描述才会从整体转向细节，也就是转向那种标志着业已出现的死亡的细节。最后描述的才是伤口，或者煤气的味道，或者脖子上的勒痕。这个出现在现场的人首先发现的东西，在最后一句话里才会得到描述。之前的所有句子都是一种对动作的描述，最后一句则是对静止状态的描述。

"她的嘴唇张开时，他听到了轻轻的声响。"那只瓶子不停地晃来晃去，却始终没有倒下。谈话间歇，他听到她隔着长筒袜在腿上使劲地挠。"今天会很热！"

就连一句问候的话，他都说得神秘兮兮的。

她把香水抹在那七个经典部位上。他替她撑着门，已经站了很久，可是她却仍然聊个不停。他不是被一个声响吓了一跳，而是突然想到了什么。他在电话里听到了那个不幸的消息后，还呆呆地盯着毫无意义的话筒。

她在抚摸那个布娃娃。

走到大街上人群聚集的地方，他总会立即去看躺在地上的人，去看那个脸被盖住的人，去看盖在身上的报纸，去看被毁坏的东西。他想压一压她的膝盖窝。他在自己的衣橱里找到了一件陌生的衣服。房间里只留下他和她时，他立刻找点儿事情做。手套的手指上下叠放着。要是他眼睛里没有那种闪烁的眼神的话，人们或许就会把他当成好人了。

她拒绝吃味道很辛辣的饭菜。他听她说话时，就忍不住去触摸她。

他观察着碎石里那片浸透了狗尿的报纸。画面上那个人脖子朝着一个奇怪的角度扭过去，只有被拧断的脖子才可能会那样。"房主经常去旅行！"那两个老太太对一个骑车的女人一无所知。谋杀犯模仿了被害人那暴露天机的叫声，为了让自己看上去没有一点恶意。然而，恰恰因为这个模仿的叫声和被害人的叫声不一样，所以反而引起了人们的注意。他坐得舒舒服服的。他强迫自己的头不许疼。他触摸那个女人之前，伸出舌头舔了舔自己的手指尖。尸体躺着的姿势十分怪诞。外面街上有个行人在深深地呼吸，就像是背着沉重的行李。

当他按下电灯开关时，屋里那一个个陈设品立刻展现他的眼前。一切都无可挑剔，对此他似乎与这个女人没有什么好交谈的。现在他可以确信，他就是她的意中人。他这样自然而然地让人注视，这让他不禁感到诧异。他不能让人看出来认识她。在光天化日之下，一切看上去都千差万别。他们说这句话的意思是某些迥然不同的东西。

她眼睁睁地看着他准备要触摸她。屋里嚓嚓作响。她固定好自己的发型。门自动关上了。"我们可别把整栋楼的人都吵醒了！"当窗户下面的声音消失了之后，他心里明白现在一定要格外当心。

他毫不费劲地说着话，一句接一句。他证明自己的博学多识。他根本就不是她所想像的那个样子。灯光弥漫着一种温馨的氛围。他走动时，那提包一再碰在他的膝盖窝上。她说的每句话都让他觉得很中听。"要是你心里没有邪念，哪会想那么多呢！"她重重地敲打着自己的脸颊。那双睁大的眼睛对灯光没有丝毫的反应。

在这些陌生的物体中，他并没有立即认出她来。她叫他过去，同时却没有说因为什么事儿。意味深长的沉默出现了。现在要把语言转化为行动是何等艰难啊。他感觉很惬意。每次她都最漂亮。因为所有的灯都亮着，想必里面会弄出什么响动来。他拉开一种不同寻常的架势靠墙站着。她的姿态引起了他一个个遐想。因为疲惫，脸面绷得紧紧的。在这样的时机，相互握手可是非同寻常啊。她和他聊这聊那。当他看着她对着浴室的镜子梳理自己的头发时，他就觉得，她在跟什么人较劲。她的皮肤平静下来了。

只有片刻时间，他还可以打量着她。在接着的瞬间里，他就只有眨眨眼睛的份了，而机会似乎就这样溜走了。她屏住呼吸等待着他最终开口说起话来。在白天这个时分，这种响声太大了。

他忘记了闭上眼睛。时间是早还是晚。她的名字很适合呼叫。门打开时让他吃了一惊。她背向他站着。早前，当他要去按门铃时，突然停住了，并且侧耳倾听。这一天可是开了个好头啊！"没有哪条法律禁止散步吧。"

他笨手笨脚地站着。死者穿了一件轻便的夏日西装。他用了"**商量**"这个词来暗示她知情。他注意到，她突然开始只说他的好话了。"您手腕上的伤疤是怎么来的？"

他一定要如此低声细语地说，好让人家根本就听不清楚自己的话。他尽可能站在离门很远的地方，免得门被突然撞开。她无法想像如何看着他吃饭。后面那毫无目的的动作就足以分散去他的注意力了。他鼓起勇气，从她的裙子上摘掉一根头发。他发现了某种红色的东西。他手里拿着大衣站在那里，而她还在兴致勃勃地聊个没完。这鞋子脏得出奇。那裙子与其说掩饰着她的形体，倒不如说使之更显突出。黑暗里，他突然感到手上黏糊糊的。他心照不宣地说起接到了邀请。她向他解释说，她用什么样的方法来护理自己的干性头发。也许就是因为那起谋杀，他才这么便宜地买到了这个房子。窗户都大开着，那些家具都淋在雨里。门没有关上，而是深沉地撞在什么东西上。她的脸上绷起一道道条纹。他在那些烟蒂上发现了红色的痕迹。有人在房间里！

他把灯泡拧了下来。他的脚踢到一个软乎乎的东西上。她的腋窝还发红。那扶手椅如此与众不同，它可以当陷阱用。

他任凭别人怎么去注视自己。这个姑娘发育得早。他听到绳索开始撕裂。她首先胆怯地问起什么东西更划算。一开始人们还希望，她会自己回来的。奇怪的是，起居室的窗户黑着。他想像过她的手会很热。她的形状很有挑衅性。终于他做起了吞咽运动。门把手剧烈地上下动着。在她的房间里，他甚至都不敢脱下大衣。看她的样子，仿佛在最后一刻，她还举起手臂防卫似的。这是他职业的一部分，那就是发现死者，他们曾经都过着离群索居的日子。

当他在黑暗中正要敲门时，手指的关节碰到的不是坚硬的木头，而是落空了。她的瞳孔缩成一团，她急于想做什么。他本来期待着这个受到惊吓的女人会发出凄厉的尖叫，可是房间里却始终一片寂静。她的脖子变得僵硬了。她对他所说的，不是什么真情。

他跟她搭起话来。

他相信这些手指会有所作为。究竟为什么没有人接电话？他问自己，深更半夜里，他会被什么响动给吵醒呢。她突然开始没完没了地说起一件无关紧要的事情来，借以让人看到她受到惊吓。这把钥匙从里面插在锁子里！

她简直在期待着得到他的问候。他们同时举起了酒杯。突然间，他觉得她说话变得自然了。她把那只猫的脑袋按到它的粪便中。他听到外面大街上传来硬纸被撕成两半的声音。她怕冷。

她要求得到他的回报。他说，她应该表现得平静些，尽管她已经很平静了。她看上去不像一个死人。他明知道自己不可为之而非得要去为之。如果那一摊污渍不过是尿液的话，那就一切都没有什么可说的。为什么挂上听筒这个动作不再被描述呢？

当他走进这个寂静的房间时，他四处探了探。那深陷的脚印表明有人突然跳了起来！"当你往一个刚刚挖好的坑里喷水时，这水就会在相关的地方更快地渗进去，并且会有气泡冒出来。"房间里变得安静了。现在他们必须开始采取行动，不管采取什么样的方式。照明很有利。这种触摸就是抓住。他的一举一动都在跟随她的动作。她有些地方的皮肤要比别处干燥些。他在哪儿都不脱掉大衣。她变得不耐烦了，因为他总是不肯坐下来。

他把这声叫喊跟一声愉悦的叫喊搞混了。她的手腕很粗糙。头发末端都分叉了。已经好久没有发生过什么事了，也该有什么事马上就要发生。她拿着熨斗注视着他。"第一下伤害极少造成血迹四溅。"她有点儿过早地开始笑起来。没有人手头有白纸。什么热乎乎的东西滴到他的头顶上。她在他身边感觉很安全。那手套留下了动物皮的痕迹。

她只是要分散他的注意力。

他立即意识到，到底是一个活人还是死人被藏了起来。逆光让人起初很难一下子辨清细节。他知道那个所要找的物体就在眼前，可是他看来看去，就是看不到它。还没等她手里的笤帚扫过来，他早早就抬起了双腿。她仰面躺着。不是什么大惊小怪的事情！即使他说的是显而易见的事，可他自己却觉得像一个个谎言。她忐忑不安地觉得，一再情不自禁地和自己做比较。那一跳持续的时间比他所想像的要长。他把她紧紧地拉到身边，这样一来，她的双手就不会对他有威胁了。她刺激他来反驳。他一秒钟都没有背对着她。她想从他那里知道什么。她的叫喊只是一个喷嚏。"这听起来挺诱人的！"

他只想从外面看一看这座建筑。他为这个此刻正在打电话的女人担心，因为她会说出那个棘手的名字来。甚至连他在黑暗中撞到的物体，他都厉声斥责。她的眼影与眼睛的颜色很和谐。她不停地把电灯开来关去。他身上有吸引她的东西。他愤怒地笑了。"您要往茶里加多少糖？"

他戴着一顶浅色帽子，上面饰有一条黑色带子。她很了解他，而他并不喜欢这样。他肯定亲眼看见了什么可怕的东西。她把汽车的座椅往前挪了挪。他西装口袋里没有放手帕！她的脖子很纤细。他神情关注地看着她就足够了，她不禁炫耀起自己过去那些所作所为来。慢慢地，他区分出一个个细节来。她的姿势是受到惊吓的姿势。

她抬起头看着他。她的嘴咧得很大，他觉得会看到血。她说话时，她的手指做出了一个个神秘的信号。他突然开始每句话都插嘴。他试图美化一下自己在愤怒时说出来的话，他重复着，开玩笑地夸张着。

这整个房间就成了他们的天地。她梳头时，喘息着。因为她的步伐跟他不一样，所以他一直在试图变换自己的步伐，好跟她一致。可是当他终于和她的脚步保持一致时，他却受不了这种相同的步伐。她把他叫到自己跟前，不是命令。这把钥匙是用玻璃做的。她一步一步地索求回报。他感觉到黑暗中有一个人在场，尽管他并没有听到或看到他。浴室可不是适合开这种玩笑的地方！由于惊吓，她的额头舒展开来。有人敲门后却没有应声，于是他就开始喊起来。这寂静好奇怪。

也许他只是因为紧张看到那些物体变了样。

他要试一试，他是否正是她密切关注的那个人。他把头往旁边歪了一点儿。她解读得如此之慢，还没等到她去翻页，他早就解读完了，并且此间不知道他该做什么呢。他们相互都有很多时间。如果那个被认为死去的人开口说起方言来，那他就不会是鬼了。他发现了自己去按门铃的那根手指上有什么东西。由于受惊，她既听不见也看不见。

他无处不在。当那个泡软的面包裂成两半时，他不禁哆嗦了一下。当他第二次说出她的名字时，他感到失望。她用的是一款很适合自己的香水。虽然她装模作样地摆弄着一个无关紧要的物体，可当他突然抓住她时，她却吓了一跳。她都已经下了车，他才想起来要扶她下车。他拿不定主意，她到底指的是哪个物体。他正好没有带她打电话需要的那枚硬币。房间里的一切迹象都表明主人是仓促启程的。因为他没有听懂她的话，他无论如何得笑起来。

他急促地抚摸着那个空空的地方，那个物体刚才还摆在这里。

她请求他，现在别丢下她一个人不管。在受到惊吓之后，她还做了几个咀嚼的动作，并以吞咽收尾，尽管嘴里什么都没有。无非就是让你赶紧出去！他很晚才发现了她那紧闭的双眼与大张的嘴巴之间的反差。窗户上的缝隙用胶布封起来了！他没有按下按钮，而是敲敲门，也许正是这样才救了自己一命。

他把长筒袜扔到她怀里。对她现在和他一起所做的一切，她都显得太警觉了。从房子里没有散出任何气味来。

他觉得那个响声是用手指甲在抓挠什么东西。那个死者躺在大街上，扭曲的姿势好奇怪。他回来时，敞开的门立即让他顿生疑窦。她试着拿开嘴里的头发。她比他要容易一些，可以借助一面镜子来审视周围的环境。在他的鞋跟上，沾着一片潮湿的树叶。"现在正是街上安静的时刻。"下雨烘托出它的形态。

没有他，她照样活得很好。她在把玩自己的双手。他听到硬币在自动投币电话机里掉进去。她不是他想的那样。她觉得哪个姿势都不舒服。有人在空中画着她的形体。她在死前还吃了苹果，这样的想像未免太幽静了。

她肯定是一边走一边写下这条消息的。头发上还有口红留下的印记。那床鼓起来的被子慢慢又沉下去了。她早就等待着他的到来。身体向前倒在了方向盘上。她不停地动来动去。

他必须要保持清醒！

她在淋浴时揉着眼睛。

他说话之前，先用手巾包住了电话话筒。她立即在他身后锁上了门。这是一个成功的夜晚。酒喝了一轮又一轮。她的耳垂还在晃动。她很满意。在紧锁的门前堆满了报纸、信件和牛奶瓶。

那是不幸的坠落！

她上气不接下气，简直说不出话来。灯光弥散着宁静的光辉。他们相互说着原原本本的句子。那个人家以为死去的人回来后却显得生气勃勃。他曾经有一次错把孩子的叫喊声当成了受惊吓的呼喊声。他无法描述那个声音。她的两只胳膊软绵绵地垂着。透过钥匙孔，他只能勉强辨认出一只倒扣过来的鞋子。每个人都想把最后一口菜让给别人。他立刻就觉得那个箱子不是空的。首先描述了那一双朝上突起的脚。她的微笑显而易见。浴缸很长，足够一个女人伸展躺在里面。突然间，他不再喜欢她的脸。如果谋杀已经发生了的话，那他就觉得更可怕。他听到在那紧锁的房门后面有水流的声音。这房间看起来像有人居住。她没有朝他转过身去，倒不是因为无礼。只要他们的身体还相互纠缠在一起，他们俩就相安无事。她还在等着客人来。

他做了一个助跑动作。他的动作已经不再听从于意志。

他们相互已经没有什么话再说。他轻轻地抚摸了她一下，仿佛要从她身上挥去什么东西似的。他的眼睛一直都睁着。之后，她的声音变得低沉了。他屏住呼吸，等待着水哗啦啦地流在空浴缸里。受到惊吓后，她的脖子显得很粗壮了。他拥抱她的时候，出于小心，他抓住了她的双手。两人都相信对方会把灯关上。他觉察到自己的胳膊搂在她身子底下。只要他一呼气，他就会犯困。"那个湿漉漉的罐子倒立着，从护套里出来透透风。这时，一切都告吹了。"屋子里如此宁静，要说出一句话都很费劲。门比他更强壮。四处都是扯下来的头发。在关键时刻，有人敲门了。笑声顿然消失了。他只是从脚趾到脖子打量着她。正是这个气味，世界上没有任何别的气味可以与之比拟。她很偏爱这样的气味。那只苍蝇一再试图要落在他身上。

他不喜欢给不认识的人打电话。这是不可能的，她不会死的。当他进入她身体时，她终于不再笑了。

他让自己放松下来。这扇窗户只能从里面打开。突然间，他没有了对手。他一边聊天，一边付钱。那声叫喊是冲着他来的。所有的物体都挡着他的路。他还没有触摸到她的身体，他手上就感受到了她那火辣辣的劲儿。那个男人深深地俯在敞开的马达罩子上。他从她的神色看得出来，她已经为这样的惊吓早有所备。他在黑暗中辨认出一个浅色的正方形。床还没人碰过。在他觉得不可能出现动静的地方，他发现了一个动静。当她躺在他身上时，他至少有了一个方向。头发在后背散开。"你什么都没有闻到吗？"就连空气都阻碍着他。当他把钥匙插进去时，碰到了软软的东西。他听到有人跳了一下的响动。他感到房间在旋转。椅子倒了。谁是最后一个看到她的？她猛然直起身来。

他一开始并没有看一看地面。他打开门时，刮来一阵风。那个寻找的人找到的是另外的东西，不是他四处要寻找的。打开柜子门时，有什么东西迎他的面扑来。好奇怪，他居然没戴帽子。大衣的衬里被扯下来了。一种液体从里面渗了出来。

两个人都相信对方会扶着那个罐子。她把毛发对着灯光。万籁俱寂。她的上身从床和被子之间夺拉出来。电话铃白天黑夜响个不停。

除了淋浴角落，她不可能退缩到任何别的地方去。他愚蠢地问她是否受了伤。当那个冲进来的使者随着她的名字说出的不是"有"，而是"是"这个词时，大家都惊呆了，就等着接下来发生的一切。

他用拳头砸着门，却没有绝望的勇气。他所听到的，也许只是一个音节。他不知道自己先要做什么。他忽然注意到自己捂住了鼻子，虽然他并没有闻到任何气味。他恼怒地寻找着晃来晃去的百叶窗的钩子。鞋子放在地上，鞋跟冲上。地毯的毛太短，她没法抓得住。她已经做好了出行的准备。那些抽屉横七竖八地从抽斗里拉了出来。"在惊吓中，鼻子和嘴巴之间的纹路显得更加清晰。"抽泣让他觉得很尴尬。他绕开地板上突出的一切东西。如果一头动物仰卧着，那会是个坏兆头。在这样的时刻，她那裸露的皮肤对他来说什么都不是。那只猫悄悄溜进一个陌生的房间里。

他不再跟她说话，而是自言自语起来。闻起来有股烧焦的味道。人们找到了她。尸体总是躺在屋子最里边一间里，或者一间房子的角落里。

她肯定认识那个凶手。当那个物体从桌子上掉下来时，他为自己的手感到惊讶，因为它居然比那个掉落的物体还要快，并且接住了它。他不用先俯下身子去看她。她的手心冲上。就在最后的时刻，她还试图保持尊严。当她重重地倒在地上时，发出了沉闷的响声！他笨拙地呼吸着。她知道得太多了。临死之前，她再也不曾看到过。现在该是那些表示静止状态的动词派上用场的时候了。她身上只穿着长筒袜。他根本什么也不能做。"您现在一定要非常勇敢！"他开始实施许许多多行动。他跑了一步。毛发从她的拳头里掉出来。他跟她说话就像是对着一头动物。这个女尸眼睛里含着泪水。

9 错误的揭示

谋杀故事进行到这里,似乎已经有一个人要对所造成的无序负责。那一个个行为事态都指向他。他是最后被人看到和被害人在一起。他之前就已经针对被害人采取过这样一个个行动,因此,这个谋杀行为现在表现为与之相关和关键的结局行动。这个人和被害人在激烈的交谈中,很可能在争吵的过程中受到关注。推推搡搡受到关注。一种充满仇恨的目送方式受到关注。

这个人和被害人之间有某种关系,而被害人出于这个人的缘故曾经要求改变这种关系。被害人拥有一个物品,而这个人想把它据为己有。被害人制止了这个人打算在他身上实施的一个行动。被害人做出了一个举动,而这个人又不愿意听之任之。被害人妨碍了这个人想要和一个第三者建立起来的一种关系。被害人所处的位置正是这个人想要拥有的。

被害人的死给这个人带来了好处。在谋杀发生时，这个人并没有去别的地方。在谋杀发生时，这个人一瞬间并没有受到关注。这个人对谋杀表现出过分的吃惊。谋杀发生之后，人们发现这个人神情恍惚。

在案发地点留下的一些痕迹都明确地指向这个人。

这个人在行动之后洗了手。这个人对谋杀表现出过分的吃惊。这个人表现出一个有罪之人的举止。人们碰到这个人时，就像他手里依然紧紧地握着那把刀柄。

这个人清除了一个个痕迹。

人们看到这个人选择了一条不同寻常的小路离开案发现场。

这个人说话语无伦次。这个人被缠绕在重重矛盾之中。这个人的面部特征就像一个罪犯。这个人长着一双罪犯的耳朵。

这个人作案后立即把衣服送去清洗。这个人作案后突然花了很多钱。

这个人在血迹里留下了自己的指纹。被害人拳头里的毛发就是来自于这个人的头上。被害人还会把这个人姓名的第一个字母写在落满灰尘的地上。

这个人是个远近闻名的射击好手。这个人长着一个长下巴。这个人眼神狡猾。这个人属于另外一个民族。

这个人逃跑了。这个人在被捕时反抗过。这个人拒不回答问题。这个人矢口否认。这个人连无关紧要的事情都不肯承认。这个人提到一个大家都不认识的第三者。这个人装得好像他说出了真相。这个人没有固定的住处。这个人没有稳定的工作。这个人名声很坏。这个人装作无辜的样子。

所有这一切都是有罪的证据。

谋杀故事写到这里，虽然所有的事态都明确地指向这个人，可是只要他还没有认罪，就可能会有疑点。尽管一切确凿无疑，可是你还是不能确定，因为还缺少关键的那句话。恰恰是谋杀发生的时刻，没有人亲眼看到其完完整整的过程。对于这个瞬间，只有事后的目击证人。你虽然可以说：肯定就是这个人干的，可是你却不能说：就是他干的。只要这个人没有说出那句话，虽然可以认为他有罪，但只是有条件的。关键是，要用计谋或者暴力引诱他说出那句话，只有这句话才能让审问者不安的良心得到平静。

在这个谋杀故事中，有一点是可以肯定的，就是那个看起来特别像罪犯的人反而是无辜的，在谋杀故事这个地方的结尾，这一点也会被显现出来的。

但始终有这样一个人，他觉得那些无声的罪证如此天衣无缝，值得让人怀疑。在他看来，这个人的罪**太过头了**。

正是这样一个人，他在那些证据中找寻着破绽。可唯独糟糕的是，常常会出现这样的情况，他同时也是那个被认定为有罪的人，所以根本没有机会去找寻破绽。不过你尽可以放心的是，他会找到这种破绽的，无论如何在这个谋杀故事中如此。不然的话，这或许也就不能称之为故事了：

"2"是一个美妙的偶数！

站在一具尸体旁边的推销员从一开始就显得很可疑。他发现的第一个东西是一件雨衣。他甚至都没有俯身去看那具尸体。他们尽量拍摄一张最为生动的照片。"所有的物体都是对行为的讲述。"他们把他扣着的西装从肩膀上往下拉，这样他的胳膊就不能动弹了。他们把大衣扔到他头上。下身沾着一些枯萎的树叶。他们祝他做个好梦。两个当官的人出现了。一股苦涩的液体涌上他的喉咙。"这双手什么事都做得出来。"它们可以变得让人很不舒服。他从大街上就看到自己房间亮着灯。为什么他踮着脚尖走路呢？

他们小心地剪下他的手指甲。他们不允许他洗手。他们天生就是些心地善良的人。一所好监狱就是这个世界上最安静的地方之一。

他们把他夹在中间。手湿漉漉的，但是握得很紧。为了让自己保持清醒，他咬着手指。他们当着他的面讲了一个笑话，为了向他表明，他不再是他们中的一员。他的每个行为方式都预示着他有罪。他实在悔不该多管闲事啊。

他们用手指掠过他的下巴。一开始他把火当成了向日葵。他们满意地看着他的汗珠。他重复了那句话，但是有一个小小的变化。对于问题，他既不能犹豫不决，又不能回答得太快。在尸体周围，所有人都轻手轻脚地走动。他的每个动作都符合他们对他的想像。他说得很流利。对于这个事件，他没能跟踪到最后爆发的时刻。当他俯下身子去看这个垂死的女人时，她的目光刚刚变得浑浊了。打开柜子时，他什么都没想。他承认了一些事情，可那根本谈不上是口供。鞋带太容易断掉，没法用来勒死人。他高兴过，天突然下起雨来。

就像没有别的指望一样，他们喝着咖啡。箱子衬里上留着一个长形物体压过的印迹。墙上的划痕也可能出自一个孩子之手。他案发时刻穿的是什么样的衬衣呢？他向他们讲述了自己的生活习惯。因为他跟那些慌忙逃走的相反，一动不动地站在那里，所以立刻就引起了他们的注意。听到那一声爆响，他们朝着不同的方向看去。一看到他们，虽然没人发出命令，他还是举起了手臂。他好像呼吸很平静。他一直都做好了起跳的准备，虽然没有机会跳起。

他长着一对招风耳。他走路时有些外八字。他的彬彬有礼只是为了分散注意力。那人肯定立刻就死了。当所有人七嘴八舌地跟他说完话以后，突然出现了一个奇怪的宁静瞬间，随之让大家都难以继续开口说话了。

他并不想靠着回答问题来分散人家的注意力。他从来没有见过像她手上那样红的指甲。他们往他的双唇之间塞去一根香烟。他说了很久，只为了收回一个词。他的嘴角变白了。用手枪自杀的现场是很容易伪造的。在他身旁，那液体在不知不觉地滴落。在自己的职业生涯中，他几乎不会接触到流血的动物！房间里弥漫着一股紧张的气味。他像疯了一样冲向死者。

他们紧在肩膀的上方抓住他的手臂，指头从那里捏进去会让人疼痛难忍。在挨打**之前**，他已经感受到身体做出回应。他的耳朵可疑地闪着光。这只手套显得比本来的样子要大。他据理以争来维护自己对一切可能的财产的所有权。**他们**正是在这里闹着玩的！

他们同情地望着他。没有人问起他的过去。尸体在讲述着自己的故事。为什么他要造成她是在**外面**遇害的假象呢？以后他可就没有坦白的机会了。从他的脸上就可以看出他有罪。他们强迫他站着。他的每个故事中都缺少前故事。

他只是**找到**了那个物体而已。从射击角度可以推导出受害者在最后一刻跳起来了。刚才这一捆东西还是个人。在提问的间隙，他养精蓄锐。他的手比他的思想快。为了避免自己忘记那个词，他想出了那么多辅助记忆的词汇，可到头来还是把它忘掉了。他们轻轻地叩着指尖等待着他回答。只要他看着对面的人身上任何一个地方，那人立即又会提问。为了嘲弄他，他们给他的故事添枝加叶。

当他回避开所有人的目光时，就不知道自己该看向何处。通往门口的路，要不了几步就可以跨过去。当他低下头时，他们已经在等待着他坦白。一受到惊吓，他就得喝口水。

他们表现出一副仿佛理解他的样子。突然，他的讲述从过去转换成现在。他们在他身上简直就是浪费时间。他就是不说他们想听的话。他到底靠什么维持生计呢？当他玩了一次词语游戏后，他们的脸色阴沉下来。他们直勾勾地盯着他，就是试图来扰乱他的呼吸。他们以刻意的礼貌态度来对待他。他蹲在一个没有靠背的椅子上。他们已经让其他人服软了。

他立刻皮开肉绽了。任何描述都适合于他。在还原谋杀现场时用物体来代表人。门把手有两次被压到底。他的每个动作都被分解了。他双脚朝里放着。"这个时间洗手太反常了！"他的沉默意味着顽固不化，他多说话就意味着别有用心。为什么他的吞咽动作一下子这样夸张呢？

他们向那个物体提出一个个问题来，如此咄咄逼人，仿佛它们是在针对一个人似的。无论他站在哪里，他都逃不过他们的手心。他的供述是如此的清楚，因为他不断地又翻供。她就躺在那边！脸上的化妆不合情理。他不知道自己在说什么。他们已经离他这么远，他们到头无非一个词语而已。"凡是有炊烟升起的地方，肯定就会有人家。"手套"啪"的一声打在他的脸上。他突然想起了"雪"这个词。他还从来没有这么近距离地观察过地面。他不想按照他们所要求的那样去咬紧牙关。他们总是笑得太早。他做出一个轻蔑的手势，真的扔掉了什么东西。他不厌其烦地将裤子上的烟灰掸掉，好让他们看看，他们都干了什么好事。他徒劳地试图尝试说出自己所想的。

他们推断他无罪。在这个时间，人们大多不会成群结队。"老太太们最好还是忙活手里的毛衣针吧！"他左顾右盼，他们以为他在寻找逃跑的路。他们把他的头按到桌子上。如果他们不是事先知道就是他的话，可能就不会再认出他来。从现在开始，如果他们问他，他们那边墙上的表是几点的话，他决不回答。

就是他承认了，他们也不会再相信他。当他们提问时，他吹着口哨。他们当中的一个人偷偷地冲他笑了笑，仿佛他可以向他吐露真情似的。如果他们在说出从句前要喘口气的话，他就可以打断他们。作为一个无辜的人，他却最像有罪。他们觉得尸体脸上的表情认出了熟人。当他们拉上窗帘时，他变得十分安静。"这不是我的帽子！"这么久都没人碰他，以至于这一下抽打让他觉得很有人味。那材料是消音的。思考这件事他最好还是交给他们来做！他们强迫他去触摸那个物体。把尸体放在这样一个地方非常奇怪！"你要尽力去回忆！"不是**他**这个人，而是他身上那些所谓的特征让别人认出了他。

他们让他跨越一个障碍，要观察他的鞋底。他们之中的一个在数他眨眼的次数。如果这么详细地去描述一具尸体，那他不可能真的死了！他露出后悔的表情。他会对他们俯首帖耳！当他端着一个装满水的茶杯时，手颤抖得更加明显。是什么让他在这种天气时还要跑到室外去呢？他无法再看着他们了。外面大街上有个女人在笑。他有权利撒谎。"那些站在对面的人向证人比划着嫌疑犯展示给证人的姿势和动作。"他的举止非同寻常。这个异乎寻常的态度归结于一种突然的死亡。与这种喊声相比，死亡的叫喊简直就是一种令人舒服的声音。"我没有杀过人！"

他们审视着他的反射。房间里灯火通明。他不能抱怨自己社交太少。一开始有人叫她的小名，可是因为她一次次地都没有回答，人们就用她的全名来喊她。他无法想像她的痛苦。"你早就该这样说了！"他已经到了如此地步，甚至根本再也没有必要尽力调动自己的意志去进行自卫了。就像在一部喜剧电影里，听到令人吃惊的消息之后过了一会儿，他们才又继续之前的动作。

他们越是一本正经地和他说话，就越发无拘无束地和他周旋。欲加之罪，他已经习惯了。她还想试图用大声喊叫来威胁那个不认识的人。他们听够了。他们直勾勾地盯着他，这依然帮不了他们。正当他准备要向他们坦白一些事情时，他们却那样激烈地冲他说起话来，弄得他就插不上话去。从她腿上那些已经干了的汗渍，他们认为她拼命地逃过生。突然有个陌生的声音加入到交谈之中。他避免朝着发出声音的方向看。他们没有给他带来疼痛，而是不快。他们蔑视他，因为他不曾是凶手。他们嫉妒地观察着，他怎样站起身来。这不是他们最后一次看到他。他要让他们看到尽可能多的动作，因为那些都是一个自由人尽可以做到的。当他们给他打电话时，他插在口袋里的手都不会为之一动。走出去时，他把门开得老大。

当他走进电影院时，一个人影从角落里扑向他，并且把他的票撕碎了。

他错过了什么吗?

电子表显示的时间比他手表上要晚一些。她的手指甲颜色已经变黑了。

他突然站住不走了。

她睡得太安静了。

这个麻袋就是一个人。

现在!

10 真相大白前的宁静

在真相大白之前，谋杀故事开始围着自己绕圈子。一切通过描述已经熟悉的东西，还要从头到尾再演绎一遍。所有可能的关系都要再次讲述。怎样可以将那一个个事件错位的图像安排得让人一目了然呢？

每个物体都会被再次追问它的故事。为表现在一个物体上每个特别的、不同寻常的状态都要寻找出故事来。

努力确定每个物体的故事，它与那些别的故事一起就会产生那个惟一可能的事实。

描述进行到这里，通常都会出现地地道道的宁静。从外部来看，不再发生什么异乎寻常的事情。这种描述是对思想的描述。那些指向谋杀的物体一再相互关联起来，并且彼此交换。每个物体都会受到审视，看它是否在自己的位置上。每个现在不在原来位置上的物体都会受到审视，看它是以何种方式变换了自己的位置。

这里显现出来的秩序无疑就是表象。要寻找的是那个隐藏起来的矛盾。寻找那个被忽略的信号。有什么东西不能衔接在一起呢？哪一个人是因为一句话或者一个动作而暴露了自己呢？那些始终让人不安的孤零零的物体之间的联系在哪儿呢？

对于给自己提出这些问题的人来说，那些物体显现出最大可能的混乱。他所思索的每个状态都好像已经最终定性了。他面对这些物体无能为力。这个案件似乎已经终结了。当然情况是这样的，让他所看到的不过是些尚不完整的句子，其中始终缺少的是那一个词。某些东西被遗忘了。有一个细节的意义没有被认识到。

那个当事人对他所发现的事情一再念叨个不停，就是现在要来说明自己回避了什么不说。这只是涉及到一个细节。因为缺少了这个细节，每个物体看起来都是独立存在的。

在讲述了所有那些故事以后，展现在他面前的那些物体便处在彻底的宁静和平静之中。这样的宁静和平静激起了他那难以平静的回忆。他的每个结论都找不到最终的结果，这让他陷入了混乱。他之所以陷入混乱，这是因为，虽然所有的物体都在自己的位置上，但他却觉得它们乱七八糟，一团混乱。

在谋杀故事中，真相往往都是因为一次偶然的事件才大白的。真相大白是这样出现的，犹如在描述着一个个科学发现一样。在一次日常行为中，那个当事人突然发现了什么东西。一件发生在他身上不顺利的事导致了这个发现。也许朝着一个不同寻常的方向看一眼，或者偏离开那习以为常的路，或者在不同寻常的时间醒来，这就足够了。

案件的真相大白不是通过思考得来的，而它是可遇而不可求的，来自于外部，通过偶然。他必须时刻做好这样的准备。

当真相大白突然出现时，他会吓一跳。在谋杀故事中，真相大白之前，会出现成堆的句子，它们只是由名词构成的。然而，在谋杀故事中，后来依然不会描述，真相大白究竟发生在哪里。而只会描述的是，这个当事人发现了它。从此之后，描述只表现那些由于真相大白而出现的行为。故事进行到这里，虽然人们知道这个当事人在那些物体之间建立起了一目了然的关系，但是要说出这些关系，那就得等到揭开真相的那一刻。

从发现的那一刻起，对循环往复的思想的描述就变成了对行为的描述。从发现的那一刻起，所有的思想都沉默了，无论如何在谋杀故事中如此。直到揭开真相，谋杀故事就只剩下情节了：

再也没有什么东西看起来比空虚的游泳池更空虚的了。

他仔细地记下自己的回忆。一个手指头弯曲得特别厉害。他错过了往天花板上看的时机。看到尸体，他退后了几步。这些物体之间形成了一个角度，其中必有特殊的缘由。他试着想像，事情曾经发生过。由于不舒服，他的呼吸变得没有节奏了。那张报纸停留在它被扔去的那个地方。每个可能的故事都无休无止，没有结果，这让他感到迷惘。那些他所熟悉的细节表明了谋杀，就好像它是在没有谋杀犯的情况下发生了似的。当他的手按下门铃按钮时，房间里的物体都没有动静了。那座椅靠背向前倒在了方向盘上。在那些百叶窗叶片之间，出现了一个浑圆的小洞。她虽然受到了惊吓，但是她手里盛满水的杯子没有溢出一滴水来。那拨火钩突然又出现在了原来的位置上。那把刀子上的鸡毛让他觉得很好笑。透过那厚厚的玻璃，他观察着那一个个听不到声音的动作，那是等待的人群听到死讯后做出的反应。当他看到自己的脸时，立即就可以想像出很久以前曾经发生在自己身上的故事。可当他看着她的脸时，却根本想像不出在他看到她的这一刻之前发生在她身上的故事。门底下的缝隙够宽的，那股细流不用引导就可以流出来。

那辆自行车倒卧在那里的样子，仿佛是它自行倒下的。有好几个百叶窗同时放了下来。她竭尽全力，抓着死者膝盖摇来摇去。帘子下面肯定没有露出鞋子来。两人都喝了死者生前最喜爱的饮料。那些假窗还真的就是假窗。泡沫在障碍物前堆成一团。脸上那奇怪的污渍让死者看上去像活着一样。那条腿奇怪地拧着。因为第一声炸响显得无关痛痒，所以第二声传来时就再也没人抬头张望了。有人伸着两只血淋淋的手冲进房间里。那只猫在地上留下了湿乎乎的足印。为什么她始终都不愿意摘下手套呢？当他走到大街上时，被一辆货车那敞开的黑乎乎的货箱吓得退了回来。他尽量避免去看那双靴子。有人替死者挂上了话筒。那条毛巾刚刚被人用过。他要是起码能够把那种气味说成是甜的就好了！他第一次觉得这些物体真的不会说话。他关上那一扇扇门，费了太多的时间。当他摘下话筒时，在听筒里只听到了一声很响的喘气声。他会是从报纸上得到这个消息的吗？因为那条蚯蚓身上沾满了沙子，想必附近就有沙子。你听到的真的是结结巴巴的声音。在这个时刻，没有人会想到什么行为规范。他们都奋不顾身地扑向她的财产。在子弹从门里穿出来的地方，木头都劈开了。由于害怕，他失去了重心。那个倒在地上的垃圾桶表明是惊慌逃走的。那个水果无疑是后来弄碎的。清洗剂也无济于事。

他靠着那只伪装的脚站过。当他用手挤压水中的海绵时，再也没有细小的气泡冒上来。大家一下子都散开了。他放弃了要扣上大衣的想法。一团泥巴从高处扔到了大街上。那个蹒跚走动的人两手再也够不到头了。手指痉挛般抽搐。他一直都在怀疑，连这谋杀都只是要把他从什么更糟糕的事上引开来。一扇百叶窗曾经打开过一条缝。栽倒时，他还尽量不让自己显得可笑。桃子靠近核的那部分果肉已经干了。挤压时，香烟的盒子裂开了。听到这声爆裂，每个人都在瞬间把眼睛闭上了。为什么她在谋杀发生之后将头发染了？他栽倒在地上，只有一个突发心脏病的人才会这样栽倒在地。那张报纸并没有在他身上展开来。那只被追赶的猫的眼睛滴溜溜地转动着。电话里传出的声音突然被忙音打断了。惊吓给他身体指了一个方向。她的瞳孔跳动过。他竭力要捡起那张纸时，手指甲都划出血来了。他听到一个响声，就像受惊的马发出的叫声。他用剃须刀片在绳索上刮过，没有遇到任何阻碍。当他用力地拉开车门时，有个东西迎面倒下来。雨停之后，一点风也没有了。只有一个方向他们没有看过。在一团混乱之中，他打眼就看到了一个人影，可紧接着就再也看不见了，真让他失望。他听到了血在血管里奔涌着。听语气，那个声音是冲着一个孩子或者一个物体而去的。他穿了一条没有卷边的裤子。

这个杀人犯的人性就表现在他那一个个拼写错误上。在这个和谐的房间里，每个动作和每个声音都是从那些之前的动作和声音中自然而然地产生的，可是因为这一声叫喊，突然有几个自然的动作和声音被跳了过去。一开始有好多人都觉得那是冲着自己来的。在一片寂静中，在他还没有想到苦杏仁这个词之前，就已经闻到了它的味道。那些动作是被告的动作。一位后来的人高兴地冲进门来。那个绝望的人显现出梦游者的神态，让他难以忍受。谋杀发生之后，那些先前准备出售的商品还一直堂而皇之地摆在桌子上。由于惊吓，本来温热的水都让他觉得滚烫。这些事实总括在一起也仍然不能得出那个事实。没有人会料到这样的场景。随着惊吓而来的是对于惊吓的尴尬。尽管他们都十分安静，可是他们的在场仍然打扰了他。那个孩子手里抓着一把气球向他跑来。当凶手弯起手指时，想必他已经挺过了死亡的恐惧。停在那里的汽车，发动机仍然开着。他是竖着进去、横着出来的。他想找个能隐藏起双手的地方。当他把刀子从木头里拔出来时，木头发出了响声。牙刷毛朝上留在那里了。由于拥挤不堪，所以被害人死后好一会儿才倒在地上。报纸层层叠叠地滑到了街道上。血先从耳朵里涌了出来。他简直无法用什么词来描述。他只是走开了一步，可是回来时却有了很多新消息。他先是蹲着，之后就倒下了。他不用去看，也能判断出来房间里躺着个死人。

在他还没有意识到真相大白之前，他的身体就已经感觉到了。他思索的那些物体突然好像变得发疯似的。他的呼吸变得紧促了。那个软乎乎的水果从他的手里掉下去。他把自己遇到的不幸又重新演示了一遍。他平时从来都没有仰着睡过觉！他踩到了花园的皮管子上！洗发膏从软管中流了出来。钟表的指针可能被每个人拨过了！

他正好扶住了落地灯。

他找不到火柴盒。他被绊了一下，他猜那是个障碍物。他用手指尖伸进口袋里，以免弄脏了衣物。他立即就清醒了。

原来他是忽视了这一点！

那双靴子里还热乎乎的——

从手套里探出的拇指尖——

杂物间门上来回晃动的挂锁——

牙齿上的口红——

臭水沟里的一绺头发——

百叶窗——

夜里灯火通明的空房间——

垃圾桶——

碎石砌成的小屋——

捉迷藏游戏——

乳头——

晾衣夹——

按钮——

就是这一个个物体。

在真相大白的那一刻，他吓了一跳，仿佛那谋杀又一次发生似的，而他眼睁睁地看着。

他穿上大衣准备离去。

11 真相大白

描述真相大白具有描述谋杀的形式。而在此之前，要描述的是最大可能的秩序。这样一来，由于真相大白所引起的无序便会越发凸现出来。也就是说，要再次专门描述的是那些有序的东西。

对于这个后来加入其中的人来说，秩序再次以一种特殊的形式展现出来，因为他最后会让案犯真相大白。当下的秩序越有游戏性，越无忧无虑，真相大白的效果也就越发明显：游戏作为秩序的特殊**形式**又发生了。

在这场游戏中，每个参与者都只专注于眼前的事情，而丝毫不去考虑可能会发生的事情。

真相大白就发生在一场庆祝活动之中或者娱乐的过程中。它就发生在平平常常的活动之中。

真相大白之所以产生影响，是因为它打断了那些事件的进程，首先是对所有未参与其中的第三者是一种干扰。也有这种可能，人们一开始会以为它是游戏的一部分。就连那个被揭露的人自己一开始也试图把真相大白当做玩笑看。他甚至以游戏的态度参与到真相大白的过程之中，因为他开玩笑般地坦白出某些东西。他也以游戏的态度询问他自己一同参与过的这个故事的一个个细节，就像一个说了梦话的人问别人，他到底都说些什么呢。

他的一个个问题和这个后来加入其中的人的一个个回答是如同一场问答游戏开始的。这个游戏似乎从一开始和事实真相毫不相干，并且只是作为一种假设发生的。然而，它们后来在潜移默化的过渡中逐渐转化成一种严肃的审讯。在这个过程中，严肃的转折点只有在事后才会确定。

一开始是那个嫌疑犯提问，现在一下子是另一个人提问。

真相大白不是以暴力形式发生的，而是依靠技巧。案犯说漏了嘴。

对于那些到此为止还将信将疑的听众来说，他说漏嘴的那一刻就是十分惊讶的一刻。就像是在谋杀现场一样，他们都退缩回去了。就连揭露了凶手的那个人也吓了一跳。虽然他确信此人有罪，可是现在，当这个被揭露的人亲口坦白出来时，连他也觉得这真相大白不在情理之中。

在吃惊之后的一瞬间，真相大白会对所有的人带来尴尬。在谋杀故事中，那个被揭露的人则利用这种尴尬再次来迷惑公众。他控制住了公众。一旦公众落入他的掌控，他也可以不厌其烦地向他们讲述自己的故事。他做着各种准备，要使那些在场人的证词变成不可能。而与此同时，他也澄清了那些尚未澄清的问题。就像谋杀故事的规则所要求的那样，他提到了自己行为的动机和目的，因为按照他的想法，他的听众中再也没有人可能会有机会把听到的东西告诉别人。

然而，后来却表明，无论如何在这个故事中如此，就连这个过程也属于那个揭露凶手的人所采用的技巧。

正因为如此，他才落入对手的掌控之中，好让这个对手变得一清二楚。不过他预先已经考虑到了，凶手再也无从下手了。比如说，他用来威胁的武器，恰恰不是对着那武器的方向，而是突然威胁着**他**。

他试图逃跑或者干脆放弃。

如果他要逃跑的话，在谋杀故事中一般都会以他的死亡而告终。而凶手的死亡则终结了这起案件。

因此，在对真相大白的描述中，会澄清那些在人们的想像中难以再完美的种种关系。再也不存在什么秘密。之前那些过程和状态之所以表现得那样地模糊不清，是因为以此便可以提出那个询问明确结果的问题。现在所有的过程和状态都一目了然了。每个问题都有了自己的答案。再也没有什么疑惑了。所有内在的东西都浮出了水面。物体和人之间的所有关系都得到了澄清和确定。每个行为都可以从开头追踪到结尾。每个被描述的物体都和另外一个被描述的物体相关。每个人都和另一个人相关。每个确定的物体都和一个确定的人相关。每个确定的人都和一个确定的物体相关。再也没有什么身份、来历和动机是模糊不清的。

在谋杀故事中，之所以容忍了无序，是因为在这个故事中，最终肯定会出现秩序，即使这个秩序通常都令人失望：

"这看起来像一个孩子，尤其是你要经常呼叫他才行！"

他在人群中自由自在地活动着。在所有的声音中，他最先听到的是叮当声。他自己动手去拿饮料。她向他投来毋庸置疑的一瞥。他斜抓着酒杯。直到现在，他还一句话没说过。他屏住呼吸，等待着自动点唱机的第一声音乐。他没有观察任何人。只要灯光一亮，他就试图去跟自己对面那个人握握手，可是灯光一再那么快地暗下来，他一次次都抓空了。当他想要伸手去拿那个酒杯时，有人抢在他的前面，可是当那个人看到他也伸过手去拿那只酒杯时，手又缩了回去，随之两人没能达到默契，谁该去拿那只杯子，最后，一个第三者把那只酒杯拿走了。他试图躲开迎面走过来的那个人，可是却躲到了和那个人同一个方向，于是他现在又躲到另一边去，可是那个人此间也已经躲到这个方向上了。他站在门前，用手抓着门框，就像是个推销员。他径直向房间里面走去，没有左顾右盼。当他从背后叫他时，他一动不动地站住了，或者是迅速地转过身来。这里没人能逃得出去。

他试来试去想把那根蜡烛立起来，可它就是不肯立着，这又让他几次犯难。正好轮到他时，瓶子却空了。看样子，他很久都没有拿过什么东西了。他的手指一次次地从开关上滑落。躺在地上的这个男人是谁呢？他一直在把玩那个晃来晃去的花瓶，直到它倒下去。他喝得越多，就觉得那些物体越圆滑。他看到了就连在梦里都没有见过的东西。他试图就像无意间一样将酒杯碰倒，并且立刻接住它。可是他还没有开始做起来，先于这个"无意"的"怎么做"却让他不知所措。他盯着她那双亮晶晶的眼睛。所有的评论都是针对那些说话人所看到的东西。只要人家跟他搭话，他都给出十分理智的回答！他向自己对面那个人打听着他自己正好想知道的事。他也为交谈助绵薄之力。两人都想抢先坐到空着的椅子上去，同时又不想让对方看出来。当他无意间掠过那把刷子时，给那些站在周围的人脸上溅上了水珠。那软乎乎的黄油慢慢地从刀子上滑落下来。他在所有的口袋里找一块手帕。他用一只劈开的手指甲抚摸着那个女人的后背。当另外一个人弯下腰时，他也弯下身子。他在一块肉上闻来闻去，它成了一个逗乐的玩意儿。他打消了敌意，笑起来了。当那只苍蝇爬到杯子边缘时，他又把它赶回去。

他绊了一跤，有个硬邦邦的东西从他西装上衣的口袋里掉了出来。他向那位女士解释说，她的丧服使得她与众不同，让人感觉很舒服。如果他注意到了他，他也不会表现出来。他打着哈欠，从人群中挤出一条路来。他的手指摸索着，在皮肤上碰到一块不平的地方。当他要和另一只手达成默契而去扶住倒下的物体时，他的动作显得那样笨拙，让所有的人都觉得碍手碍脚。他需要两只手，可是一时又找不到把手里的酒杯放下来的地方。居然有一个指甲没有剪！当他抱歉地耸起肩膀时，碰到了人家从身旁端过的托盘。

他好像总是冲着什么东西走过去，可是每次又都拐了弯。当他想放下手里的杯子时，可那护垫不翼而飞了。他远远地问候一个自己根本不认识的人。他站在队尾上，可是过了好一会儿才发现，他前面那些人根本就不是站队的。他把一个物体咬在牙齿之间，好让自己至少空出一只手来。他为那位女士打开门，可是她却从侧门走出去了。他问候谁，谁就跟他身后的人打起招呼。他用手里的刀子把领带拨正。他没有告诉任何人，隔壁房间里躺着一具尸体。

有一个人，他们不会再问起他。

大伙都聚集在一起。

他那么快地向门把手抓去，手都打滑了。他久久地玩着手里的一个物体，因为他找不到放的地方。只要他一动，周围那些物体也就动起来。他想去跟她握握手时，却抓空了。他一再将错误的盖子拧到罐子上。所有的座位都有人了。虽然他描述不出他的长相，可是他会认出他来的。没有人看到他时心里会想什么。他跟人死死地握手，这对他有所暴露。他是如此的不明智，所以他只好跟自己一个人玩来玩去。他注意到自己是第一个使用这个物体的人。他背靠墙站着。他突然使劲地揉起自己的鼻子。那个靠垫慢慢地倒下来。真相大白通常都发生在密闭的空间里。

他的目光无法从她身上移开。那个握在手里的桃核慢慢让他感到不舒服。那条挂在墙上的花园水管显得与其他陈设格格不入。当他用头指向它时，她点了点头。"为什么您现在才告诉我呢？"他随时准备着，万不得已时立刻停止笑。他由着它靠近自己。他一边徒劳地忙着打开瓶子，一边漫不经心地跟她聊着天。他想把书重新插回去，却没能成功。那些寻找的人离得越近，这个被藏起来的物体就越来越大。她的鼻子让他回忆起死亡。要是他执意坚持说出最后那句话的话，那么他就会默默地承认，他认为自己有罪。

他一直盯着一块空荡的地方，可是那里突然出现了一个身影，让他吓了一跳。他惊讶地看到壁纸上那块黑乎乎的污渍。如果他能猜到是谁在背后摸他，那他就赢了。他镇静自若地问起一把拨火钩。他想喊她却不知道她的名字。他们中的每个人都曾经从一个垃圾堆旁走过。当他第一次当众说出那些话时，它们都成了错话。他追上去把她故意丢失的东西还给她。桌子上空出的地方让他吓了一跳。只是一眨眼的工夫，而一切或许都成了别的样子。

他打听这里有几个出口。这个房间里多了一个出口。他不敢再去触碰另外一个物体。他不高兴地坐到一边去，不过也不算太远，只要别人一叫他，他立即就能过来。这房间里摆着许许多多的物体，其背后很容易藏起身来。她请求他别再做进一步的描述了。他的视线已经模糊了。他就是一个劲地跟自己本人过招，他构不成任何威胁。突然他开始将自己和其他人区分开来。在游戏中，所有人都说是**他们**干的。

从那个被撞到肋骨的人缓慢的动作中，他觉察到，他们都要让对方注意到这个人。如果他说他**知道**这事儿，那只能表明，他并不敢**肯定**。他的所有举动都来得太晚了。他拿起帽子，却并没有走开。"您问得太多了！"听到可怕的响动，眼睛就会自动**闭**上，可是看到吓人的场景，**眼睛就瞪得老大**。这里每个人似乎都认为这种气味没什么特别。凶手被揭穿之前，不再描述所有与案情有关联的人。

他们请求他快点进入正题。他有意让水龙头的水滴滴答答地流着。当所有人都慢慢地不再说话以后，只有他还继续说下去。他试图给那只伸出去打招呼却被忽视的手追加上另外一个意义。对一个只有一个人可以回答的问题，却有几个人在回答。眼下的现实在某种程度上符合他的一个个想像，那就是他再也无法忍受它，自己要努力去改变它。没有足够的空间让他叉开双腿站立。每个动作现在都可能是致命的。"这和我有什么关系呢？"

他示意的那个人并不是在游戏中摸过他的那个人。出于放松，他们不得不摆弄着那些物体。他们盯着他，好像他是个怪物。另外那个人做出一副高兴的表情。推销员说出的那些话突然间跟摆放在这个房间里的那些物体不再有任何关联了。第一瞬间，他们只是觉得受到打扰了。他一直还以游戏的口气在说话。他手里那些多余的东西扭曲了他所说的话的含义。它们不是用来开这样的玩笑的。他用手里举着的杯子指向案犯。

当他刚才还想像的事情变成现实时，他自己吓了一跳。那个嫌疑犯背对着其他人站着笑起来。推销员仍然保持严肃的神情。大家都原地一动不动。在这样的时刻，他居然绊了一跤，只有孩子们觉得好玩。名字还没有说出来。"您的想像力可真丰富啊！"这时做出一个动作来或许会让人怀疑。那个被揭穿的人的脸上露出轻松的表情。那一个个回答像连珠炮似的。在这个房间里，他和旁边的人之间的距离突然变得比其他所有人之间的距离都要大。他承认自己有罪。有人呼着全名跟那个被揭穿的人搭话了。"我怎么可能同时出现在两个地方呢？"推销员讲起那个故事来。在这个故事中，终于一个接着一个句子出现了。那个被揭穿的人的脸虽然没有变样，但是脸色却变样了。他摆脱不掉那种气味。所有人依然期待着，这样的真相大白要么是误会，要么还不是最终的真相大白。那个被揭穿的人好像在一起玩着游戏。听他们说话的口气，仿佛他们在排练着各自的角色。"然后我在逃跑途中把靴子扔掉了？"推销员小心翼翼地啜饮着酒水。他第一个觉察到那个胖孩子那毫无意义的悲伤。这孩子受到嘲笑靠墙站着。那个被揭穿的人禁不住满脸都在冷笑。尽管他们大家都希望揭开谜底，可他们却又感到失望，因为真相大白以后谜语本身也就不复存在了。"我怎么会如此靠近了他，而又没有被他发现呢？"那个被揭穿的人突然窜来窜去。"谁都别想活着离开这个房间。"

他们无言地相互对视着。由于受到惊吓，豆大的汗珠吊在下巴上。衣服在那些受到威胁的人身上瑟瑟发抖。那个被揭穿的人一边朝着他们走过来，一边不停地吹着欢快的口哨。他可以活动的自由空间还不够大，他难以彻底施展出生杀大权在握的架势。他们都简直不敢相信。反正他到了孤注一掷的地步。他们注视着他，就像注视着一个无可救药的人一样。他们退向墙边，相互挤作一团，脚上踩来踩去。他关注着他们做出的每一个动作，并且伴随着自己的一个个动作。他自己都不知道是怎么回事儿，就突然轻声说起话来。他用空着的那只手在身后摸着去抓住门把手。他握着武器的方式透露出了他的绝望。"是我干的，是我干的，是我干的！"

一切都呆在自己那毫无意义的地方。一开始，那个被揭穿的人感到颇为尴尬，就这样在人群中被人揭穿了。他事先就激烈地行动起来，好让他们也跟着动起来。"我是迫不得已，只能杀了她！"通常情况下，被揭穿的人都经历过一段痛苦的青春。"在逃跑的路上，我把那只手套弄丢了！"只要他还站在地面上，他的笨拙就没有危险。因为手里拿着酒杯，所以他们无法把手臂举起来。那个孩子在武器的游戏范围内动了动。那种气味是绝对不会弄错的。直到此刻，还没有人习惯了事态的严重性。恐惧使他们彻底麻木了。他的眼神里出现了朦朦胧胧的东西。"我从一个死人跟前跑开了！"他让大家都把鞋子脱掉。他把帽子歪戴在头上。他们默默无声地看着他。第一把抓向那个期待的物体，却落空了，第二把随之又抓去了。突然间，他们听到了他的呼吸声。他毫无用处地张开嘴巴。在大声呼喊之后，他突然不动了。推销员倒在一旁。那个凶器蹦蹦地掉地上。"你完蛋了！"他们都玩累了。

这期间，饭菜已经凉了。这是案犯的声音！那个被揭穿的人无法退后一步。那些散步的人感到很吃惊，一边是一丝不动的墙体突出部分，一边是那个身影突然地动作，形成了鲜明的反差。这个身影是从突出的墙体后面闪现出来的。当他用干巴巴的指尖抚摸干巴巴的掌心时，他禁不住浑身打起颤来。推销员几乎是满不在乎地打落了他手里的刀子。那个被揭穿的人不停地摸着那个疼痛的地方。片刻间，危险的是，大家都不把这个故事当真。他变得健谈起来。他现在还可以够得着那扇自动关上的门，现在还有机会，现在还有机会，现在还有机会，可是现在为时太晚了。他心不在焉地笑起来。沙发下面露出两只光着的脚来。个个都在期待着现在发生什么。那个孩子的眼皮不像成年人那样频繁地眨动。他尴尬地跳动着。"他先是朝着那个吓人的地方看去，然后又把目光移开了。"一扇窗户挑衅似的大开着。

他开始动起来，仿佛他要试探自己似的。他咬着下嘴唇。也许这个威胁只是一个试探。眼睛随着脑袋一起转动。嗡嗡的声音是一台摄像机发出的。

"您站在那里别动！"

他们迈开大步朝他走去。

他跳起来，他以为自己是从二楼跳下去的，而他实际是从一楼跳出去的。

所有这一切，都是因为他在关键的时刻没有想起那个正确的词语来！

发动机已经启动了，逃跑准备就绪了。

当他将众人推到旁边时，激起了大家的不满。看样子，就像他们两人相互在挑逗似的。每个人都指着另一个方向。"你放我过去吧！"为什么没人开枪呢？那个隐藏起来的人听到那些搜寻的人有说有笑的。当他说出真相时，大家都多么激动啊！他站在两个互相喊话的人之间。那辆车子的左前灯没了。当他提问时，周围的孩子们都在糊弄他。在奔跑的过程中，那些不断变换的画面让他觉得像是在梦中一样。她动起来是多么的美啊！人们轻蔑地看着他们。大衣里的钱包沉得要命。那个逃跑的人流起鼻涕来。成年人都想这样啊！墙边有个人在探头探脑。他不会跑远的。

他动得太早了。当他从藏身之处走出来时，一开始没有人看出他就是那个藏起来的人。他横穿过房间。篱笆太高了。

下雨了，所以他不会有事的。

他将上衣从肩膀上脱下来，就像他再也感觉不到威胁一样。他不知道，他疼得该把手放到哪儿去。

他渴了，所以他不会有事的。

他藏起了双手。有个人胳膊流着血，从他身边跑了过去。突然冒出来很多人。

天晚了，所以他不会有事的。

只有一个动作是指向他的。那只手变得大得可怕。"我要死了。"他做了一个分腿跳。他抬起左边的肩膀。他惊恐的样子吓坏了一只动物！他一边跑一边以自己为轴心转着圈。他本来不想伤害任何人。

他甩起胳膊。现在他觉得害怕也毫无意义了。

他感到了**疼痛**，所以他不会有事的。

当他死的时候，对于观众来说他早就死了。

那些随后参与其中的人已经辨认不出他来。突然间，每个过程都无法停止了。他想让整个世界跟他一起同归于尽。一切都在严格地按部就班进行着。他蜷缩在一个并不存在的角落里。他不情愿地抬起了头。那个纸袋子不肯从他的脚前离去。一堵横着的墙！他已经再也没有时间变成自己了。有人递给他一把椅子。他竭尽全力，试图再次吸入空气。他挣扎着装死了。人们已经在**议论**他了。他挠着！他死了，就像走路时鞋带慢慢松动了一样。如果真下过雪的话，这会儿雪也停了。

12 秩序的最终回归

　　如果这个案件不复存在的话，那么谋杀故事就会回到现实中去。为了勾画这个现实，其日常性就会再次得到——陈述。这里要表明的是，它不再提供什么故事。一切都井然有序，就算什么东西无序的话，那无论如何也不会再去描述的。由于谋杀而引起的偏离现在被清除了。所有的东西又各就各位，或者在自己的方向上移动着。那个几乎没有澄清的谋杀已经过去很久了，它已经不再是真实的了：

　　孩子们已经在玩杀人游戏了。

（1967年）

监事会的欢迎词

贾晨 译

先生们，这里天寒地冻，我不知道，自己该如何解释这种状况。一小时前，我从城外打来电话，询问会议的准备工作是否一切就绪，可是电话无人接听。我很快赶到这里寻找门卫。可我既没有在门房里找到他，也没在楼下的地下室或者大厅里看到他的踪影。最后，我终于在这个房间里找到了他的妻子。房间里很黑，她坐在靠门的一张凳子上，双手从背后抱着脖子，将头深深地埋在两膝之间。我上前询问她出了什么事。她一动不动地回答我说，他们的一个孩子刚才在滑雪时被一辆汽车碾死了，她的丈夫出去了，因此这里的房间没有供暖。所以，我也请求在座的各位原谅，我报告的内容，不会太长。如果各位能够将椅子稍微往前挪挪，可能会更好些，这样我不必大声嚷嚷大家也能听见了。我不想发表什么政治演讲，只想给各位报告一下理事会的经济状况。我很抱歉，窗户的玻璃在暴风雪中打碎了。为了阻止雪片吹进来，在各位到来之前，我和门卫的妻子虽然用塑料袋修补了窗户的破损处，不过这项工作——正如各位所看到的——并没有十分成功地阻挡住雪片。希望雪片吹进来的嚓嚓作响声不会妨碍各位认真倾听我陈述结算审核结果。当然，在这方面，各位完全不必担心，我可以保证，理事会的上层领导一定会秉公执法，按章操作。（假如有人听不到我的讲话，劳驾将座位往前挪一些。）我不得不在如此的情况下问候大家，对此我深表歉意。倘若不是暴风雪袭来，那个孩子就不会滑雪橇，更不会滑到汽车前面出事。之前，当那个女人用线绳在窗前扎塑料袋时，她告诉我说，事发那会儿，她的丈夫正在收拾储藏煤的地下室。突然，她听到下面传来她丈夫的吼叫声，那时，她正在会议室里摆放会议用的椅子。这个吼叫声——正如她自己所说——令她良久伫立，侧耳倾听。不一会儿，丈夫出现在门口，手里还提着装煤的煤桶。他的目光转向一旁，低声吐露出这个噩耗，第二个孩子带回来的消息再次证实了这个噩耗。由于各位的名单在门卫那里也有一份，因此，我要向到场的各位，在座的每一位表达我的问候。我指的是：到场的各位，在座的每一位。（外面风在作响）我感谢大家，在这样的数九寒天里顶风冒雪来听我的报告，这一路确实也不近。也许，各位在路上可能会想，即刻将踏进一间温暖的屋子，雪片被窗户的温度融化，大家可以围坐在暖和的炉旁取暖。然而，各位现在依然裹着大衣坐在桌子前，更别说房间里放着暖炉了，就连大家刚进门走向椅子时从脚后跟磕掉的雪都还没有融化。我们只看到墙上一个黑色的洞。在这个房间里，在这所荒凉的房子里还有人居住时，那里曾经安放过取暖炉子的锡管烟囱。我感谢大家，尽管如此，各位依然来到这里。我要向各位表达我的谢意和问候，欢迎各位，非常欢迎各位！首先，我要向那边坐在门口的那位先生表达我诚挚的问候，您现在所处的这个黑暗的位置，正是之前那个门卫的妻子坐过的地方。我问候并感谢这位先生，几天前，这位先生接到了关于会议通知的挂号信，并得知将在报告中对理事会的结算审核结果加以公布，他也许认为此事无关紧要，尤其在这样一个数日鹅毛飞雪的寒冬腊月，然而他随即也意识到，理事会的上层可能出了问题：房梁似乎在嘎嘎作响。我说，他也许也觉察到，房梁在嘎嘎作响。不，嘎嘎作响的不是理事会的房梁。（真抱歉，外面好厉害的暴风雪。）他上路了，迎着风雪，冒着严寒，从城外出发前往这里；他必须在下面的村庄里停放汽车，之后沿着一条狭窄的小径来到上面的这个房子。中途，他坐在一家客栈里阅读报纸上关于经济领域的报道，直到报告快开始。沿途上，他在森林里遇到了另一位同样赶来听报告的先生：那人靠在十字路标上，一只手扶稳帽子，另一只手紧紧握着一只冻硬的苹果，前额和头发上都落上了雪。我刚才说：他头发上落满了雪，并且啃着一只冻硬了的苹果。之前那个先生来到他身边时，他们互致了问候。接着，第二个先生把手伸进大衣的口袋，随即掏出一只冻硬的苹果递给之前的那个先生。这时，暴风雪把他头上的帽子掀了起来，两个人应声而笑。是的，他们两个人都笑了起来。（请各位再往前挪动一点，否则大家就完全听不到我说话了。因为房梁仍然嘎嘎作响，注意，我指的不是理事会的房梁。大家每个人都将有权得到决算年度的份额，关于这一点，我想在今天这个不同寻常的会议上通知各位。）当这两位先生顶风冒雪共同前进时，在下面的村子里，载着其他几位先生的豪华轿车也已经抵达。这几位先生身上厚重的黑色大衣在寒风中轻微飘摆，他们站在车的背风处打量着眼前那摇摇欲坠的农舍，思索着要不要上去。我刚才说：农舍。尽管，面对眼前的路，他们无疑也在犹豫和踟蹰，但最终有一个人还是成功打消了另外几个人的担忧，让他们不要担忧理事会的现状。他们在客栈阅读了经济报告之后，便蜷曲双腿，上路前行，来到了这个报告厅。他们对理事会真诚的担忧指引着他们一步步来到了这里。一开始，他们用脚使劲在雪地上踏出一个个清清楚楚的脚印，后来便愈加疲倦地一步步拖腿前行，渐渐地在身后形成了一条路。其间有一次，他们还驻足回望，想着返回到谷底停车的村庄：阴霾昏暗的天空中，雪片盘旋着落在他们身上。他们望着前方一个接一个向后延伸的脚印，心中猜测着脚印的缘由：这是那个门卫的脚印，在他听到孩子的噩耗时一路奔跑留下的；他曾多次面朝前跌倒，也没用手去做身体的支撑来保护自己；他曾多次僵直地躺在冰冷的雪地上，倒在寒冷中；他几次在跌倒后用颤抖的手指抠入积雪；他几次在摔倒后用舌头舔着苦涩的雪片；他无数次对着那狂风暴雪的天空，仰天长啸！我重复一遍：那个农夫无数次对着那狂风暴雪的天空，仰天长啸。他们也看见了两排脚印，通向前面上方的摇摇欲坠的农舍，这是之前那两个先生留下的。这脚印，是他们谈论理事会状况和通过新股份发行上涨的资金时留下的；是他们咽下玻璃般硬的绿苹果时留下的；是他们迎着风雪前进时留下的。最后，终于所有人都来了，来到了这间房子，当大家迈进敞开着的房门时，已经是夜里。先前的那两位已经坐在那里，膝盖上像现在那样放着便签纸，手指间摆弄着铅笔。**你**们等待着，等着**我**宣告报告开始的欢迎词，以便**你**们能够记录。我向在座的各位致以问候，并感谢各位的到来：当大家记录我的讲话的同时，我要问候那两位在来听报告的路上啃起冻苹果的先生；我还要问候另外四位先生，在你们风尘仆仆地开着豪华轿车，行驶在积雪覆盖的路上赶往村庄时，你们的轿车撞死了农夫的儿子：农夫的儿子，门卫的儿子（梁木现在嘎嘎作响，农舍房顶的梁木在嘎嘎作响，这是厚重的积雪所致。嘎嘎作响的不是理事会的梁木，结算结果显示正常，上层运作也一切正常。梁木弯曲作响的原因只是因为天花板出了问题。）我还要感谢那个农夫为此次会议所做的一切。几天前，他为了粉刷这个房子，搬着一架梯子，从下面的村庄攀登到这间房子。他把梯子扛在肩上，用弯曲的手臂将它扶稳，左手提着一只装满石灰的桶，桶里插着一把破了柄的刷子，他等孩子们用雪橇将堆至与窗户齐高的木头运到院子后，就开始粉刷墙壁。这位农夫一手提桶，另一手搬着梯子，步履艰难地向上攀爬，孜孜不倦地为报告做准备工作；孩子们叽叽喳喳地用雪橇运走木头，为他们父亲的刷墙工作开辟道路，扫清障碍；孩子们的围巾在风中摇曳着。现在我们仍然能看见地面上白色的圆圈彼此交叠：那里便是农夫曾经放桶的位置，每当他爬上梯子，粉刷下一处时，便把桶放在下面形成白圈；门口的黑色圆圈，即现在夹杂着灰尘的雪片吹进房间的地方，是农妇在吃饭时端来的盛着热汤的锅留下的印记；接下来，他们三人坐在地上，或者蹲坐在自己的脚后跟上，把勺子浸在汤里，大吃起来；在这时候，农妇站在门口，胳膊虚搭在马甲上，哼着关于雪花的民谣。孩子们迎着歌声按节拍拖起步子，脑袋也跟着有节奏地晃动。（我请求各位，千万不要感到丝毫不安：对于理事会，没有什么理由好担心的。大家听到的嘎嘎声，是房顶的梁木发出的，那是因为房顶上积雪太厚，压得房顶嘎嘎作响）。我感谢那个农夫所做出的一切。倘若不是因为他的孩子在下面的那个村庄被车碾死，他应该就会在报告现场，那样他就能听到我的问候，我也就会问候并感谢那个农妇，同样也会问候那些孩子们，并衷心地感谢他们为会议所做的一切。我尤其感谢在座的各位并向你们致以问候。但是，我请求大家，坐在自己的座位上别动，以免大家走动的脚步加剧屋子的晃动。好厉害的暴风雪啊！我刚才说：好厉害的暴风雪啊，请大家安静地呆在座位上。我感谢你们每一个人的到来并向你们致以问候。只是房梁已嘎嘎作响，我说过，房梁已经嘎嘎作响。我说过，你们应该安安静静地呆在座位上，以免房子坍塌。我说过，我已经说过，你们应该安安静静地呆在座位上。我说过，我已经说过，我已经告诉过各位，你们应该待在座位上！我问候你们！我说过，我已经说过，我问候你们，问候你们每一个为股息红利而来的人！我问候你们每一个人！我问候你们，我

（1967 年）

一个农家保龄球道上
有球瓶倒下时

谢莹莹 译

一个寒冷的冬日——那是十二月中的一天——两个正在柏林短暂逗留的奥地利人，一个大学生和他做木匠的弟弟，吃过中饭后在动物园站上了开往弗里德利希大街的城铁，他们要去东柏林探望亲戚。

到了东柏林，两人向经过车站的人民军士兵打听，在哪儿可以买到鲜花。其中一个士兵告诉了他们，但他并不回头也不用手给他们指路，而是紧盯着两个新来者的面孔看。还好，两个人过了街很快找到花店了，其实，在车站出口处就可以看到花店的，回想起来，向人询问纯属多余。两人在花店里犹豫不决，不知道该买盆栽还是鲜花，这期间，店员招呼其他客人去了。虽然店里盆栽的花不少，而鲜花只有黄色和白色两种菊花，他们最终还是选定了鲜花。

大学生比较能言善道，他让店员选黄白各十朵菊花扎好，并且花不要开得太大。木匠捧着这一大把花，小心翼翼过了街，再走过一条地下通道到车站另一边的出口处，那儿是出租车候客的地方。虽然已经有好几个乘客在等车，电话柱上叫车的铃声也不断响着，不过没有司机去理会。他们两人还是没有多久就坐上了出租车，他们是惟一没有大包小包拿着行李的客人。坐上车，大学生把地址告诉了司机，那是东柏林城北区。司机关了收音机。车子走了一段时间后，大学生才注意到收音机没有声音。

他往旁边看了看，发现他弟弟过分小心地用双臂抱着花。他们没有什么交谈。司机没有问他们从哪儿来。大学生有点懊悔，只穿了没有厚衬里的夹大衣就踏上旅途，靠下摆的地方还掉了一粒扣子。

出租车停下时，外边显得比较明亮。大学生已经习惯车内的环境，望着车外，一下子难以看清外边的东西。他十分吃力地发现，街道的一边是一些小菜园，园里有低矮的小棚屋，街道另一边的房子离街道比较远，即使近一点的，也很低矮，看起来也很费劲。小树和一些灌木上都披着白霜，怪不得外面忽然变得那么亮。司机应乘客的要求开发票，不过他找发票本找了半天，大学生因此可以从车窗向外仔细观察他们要拜访的人家的窗子。这条街平时少有出租车开过，出租车，特别是停在这儿的出租车，肯定会引人注意的。难道他们的姑姑还没有收到他们昨天从西柏林发出的电报？窗子后头没有人露脸，也没有人开门。

大学生一边把发票折好，一边下车，他弟弟捧着花，笨拙地跟在他后面下车。大学生突然觉察到自己用一根手指拨开额前的头发。他们走进前院，向着门口走去，门上挂着的门牌号正是大学生以前曾经写信给姑姑时所写的号码。他们犹豫不决，不知道由谁按门铃，还在商量着时，终于其中一人按下门铃了。听不见屋里铃声响，他们两人退到门口阶梯下离门稍远的地方。木匠从花束上取下大头针，不过没有打开包着花的纸。大学生记得从前他还收集邮票时，姑姑在每封信里都夹了东德发行的纪念邮票寄给他。他们两人还没有听见屋里的铃声响，门忽然咔嚓一声开了。当门开了一条小缝时，两人才听到铃声，进屋后好久，铃声还响个不停。进屋后在楼梯口两人傻笑了一下，木匠把包花的纸拿下塞进口袋里。上面的门打开了，至少应该是这样，因为当两人走上楼梯可以向楼上望去时，见到姑姑已经站在开着的门往下瞧呢。从这个女人见到他们后的表情可以看出她没有收到电报。姑姑叫了一声格里高尔——那是大学生的名字——就立刻跑回屋里，很快又出来了，两人还没有上到楼梯口的平台，姑姑已经拥抱了他们。她的举止让大学生忘了所有应守的礼数，呆呆地看着她。不知道是太惊讶或是其他原因，她的脖子变得特别短。

她回到屋里，打开所有的门，连床头柜的门也打开了，并且关上一个窗户。等到她从厨房出来时，才发觉还有一个客人，就是刚才在过道上把花送给她的那个人，他现在百无聊赖地站在房间里。大学生告诉姑姑，这是她另外一个侄儿，以前她去奥地利度假时曾经见过的，姑姑的反应是：一语不发到另一个房间去，让两个客人在相当窄小刚刚随便收拾了一下的客厅里站着。

她回到客厅时，外边天色已经有点暗下来了。姑姑拥抱了他们两人，对他们说，在门外，还在楼梯上时，汉斯——木匠的名字——吻了她的嘴，她就觉得奇怪。她让两人坐下，将咖啡桌四周的椅子摆整齐，一边找着花瓶。她说，还好，今天她买进了蛋糕（大学生奇怪她用"买进"一词，而不用"买"），这么贵的花！门铃响的时候，她正好躺下要睡午觉。"那边"——她说话时，大学生眼睛望着外边——"是个养老院"。你们两人会在这儿过夜吧？汉斯说，他们刚在西柏林吃过午饭，且——道出吃了些什么，现在真的不饿。他说话时，手放在桌上，于是妇人看到汉斯被电锯锯掉一截的小指头，那是他有一次做工时不小心发生的事情。她没让他把话说完，就告诫他，既然自己曾经弄伤过膝盖，以后做工的时候就该专心一些。大学生的大衣在过道上已经脱下了，看见他背后的床铺，就是妇人刚才还睡在上面的床铺，就感觉更冷了。她注意到他的肩膀冷得缩在一起，就说，冷的时候她自己就躲到床上去，边说边把一块电暖器片放到大学生背后的床上。

　　厨房里的水壶已经响了半天了，但响声好像没有变大，是否他们两人起先没有注意到水壶响？反正无论怎么样沙发扶手是冷的，连沙发的套子都是冷的。大学生双手捧着咖啡杯，过了一会儿他自问，为什么想到用"无论怎么样"这样的词汇？妇人猜测着大学生脸上的表情，快速地往他的咖啡里加牛奶，大学生说的下一句话是，原来房间里有台电视机，妇人自然按照自己的理解去行事，她手上还拿着牛奶瓶，便一步跨到电视机前，把电视打开了。这时大学生低下头，看见咖啡上面结着一层奶皮，那奶皮肯定是很快结成的。他注意到弟弟的咖啡同样是这样，是的，事情一定就是这样的。从现在再开始，他注意不再把看到和听到的在谈话中说出来，害怕妇人又把他说出的事实拿去**解读**。电视机开始发出沙沙声，但是声音和影像尚未开始清楚出现，妇人便已经关了电视，坐到他们身边，一下看着这个，一下看着那个。可以开始了！大学生发现自己半开玩笑半迷糊地说出这句话。他本该先吃一口蛋糕，蛋糕还在嘴里时喝一口咖啡，但他先喝了一大口咖啡，自然没有吞下去，而是含在嘴里，所以当他张口吃蛋糕的时候，液体就流回杯里了。大学生先前半闭着眼睛，可能这是他弄错次序的原因，可是当他张开眼睛的时候，看见姑姑看着汉斯，他正笨拙地用整只手抓了一把巧克力饼干很快地塞进嘴里，就在妇人的目光下。"这简直令人不敢相信！"大学生叫起来了，其实说这话的是妇人，她说的时候一边指着床头柜上的书，那是一位著名外科医生的传记，大学生很快地纠正了自己，书签是一张小小的圣徒像。没有理由不安了。

　　三个人开始聊天已有一会儿了，就好像他们并非在桌旁或随便哪儿坐着，两弟兄也不像刚进门时那样老是交换目光，聊天时间越长，环境对他们两人就越显得自然。"自然而然的"这个词汇在他们的聊天中也越来越频繁地出现。姑姑说的话，大学生很长时间觉得不可信，不过现在随着房间的温度逐渐升高，他可以在想像中写出妇人说的话，写出的话在他看来是可信的。房间仍然很冷，连已经不那么热的咖啡都在冒气。自相矛盾的现象越来越多，这想法在大学生脑海里闪过。外边没有汽车开过，而姑姑说的话多数以"外边"开始，直至大学生打断她的话，不过当妇人停顿时他马上就道歉，说他打断她的话不是自己想说什么。现在没有人想第一个开口说话了，其结果就是停顿，木匠突然打破沉默，他说起不久就要参加奥地利联邦军队。因为汉斯说的是姑姑不熟悉的方言，她听成了"从匈牙利来的 Stukas [1]"，于是大叫起来。大学生用了好几回"外边"这个词使她安静下来。他注意到，从这时开始，每当他说一句话时，妇人立刻就跟着说一遍，好像不相信自己的耳朵了。这还不够，大学生刚开始说几个字时她就点头，于是大学生也渐渐变得没有把握，有一次话说一半就停下，结果是姑姑善意地微笑着，接着说声"谢谢"，好像他帮助她解开了字谜似的。事实上大学生在这之后看见窗台上的一份东柏林的报纸《柏林晚报》，那上面的字谜格子有许多还没有填。他很好奇，请姑姑让他看看字谜，他用的词是"überfliegen"[2]，不过当他看到字谜所问不过也就是通常出现的那些，稍微不同的只有一个，问的是"近东一个有侵略性的国家名称"，于是把报纸递给他弟弟。虽然弟弟上午已经猜过西德《星报》上的字谜了，可是马上就很想猜这张报上的字谜。不过，使他不舒服的不是汉斯寻找铅笔的举动，而是现在空荡荡的窗台。他有点不耐烦地

---

[1] Stuka：德语俯冲轰炸机（Sturzkampfflugzeug）的简称。
[2] Überfliegen：双重含义，本义是"飞越，飞过"，转义是"浏览"。

让弟弟把报纸归位，他还没有说出口就觉得"归位"这样的措辞很可笑，所以就没有说出来。他站了起来，说想四周看看，说着就走出门去。他纠正自己说，其实是姑姑走了出去，他跟出去的，声称要看看其他房间。不过事实上，大学生想起，"声称"一词，是刚才电视开着时德意志广播电视台的播音员用的，其实根本没有人说起过那个词。

到处一片相同的景象。"到处一片相同的景象。"妇人给他打开房门时说。大学生回答"这里边也冷"。"那里边。"妇人纠正他。"你们在外边这儿做什么呢？"汉斯问，他手里拿着有字谜的报纸跟着他们去走廊上了。大学生说："我们还是进去吧！"汉斯问道："为什么？""因为我这么说了。"大学生回答说。其实没有人说过什么。

姑姑重复说客厅还有点咖啡等着他们喝，大家回到客厅，厨房里传来锅子的碰撞声，如同神秘的森林深处农家保龄球道上球瓶倒下的声音。注意到这个比喻，大学生问姑姑，她生活在城里，怎么会想到这样的比喻。他这么说的时候，同时想起诗人胡戈·冯·霍夫曼斯塔尔[1]在一封信里也用过同样的措辞。当然，那儿的比喻是邀请人参与诗人协会，与这儿厨房里的锅碗碰撞声传到客厅的比喻不可

---

[1] 胡戈·冯·霍夫曼斯塔尔（Hugo Von Hofmannstahl，1874—1929）：奥地利作家。

同日而语。

因为大学生侧头仔细听着，所以这位不断解释两位客人举止的姑姑说她要到阳台上给鸟儿撒点蛋糕屑。她快速地抓了一把碎屑到另一房间去，在那儿她抱歉地喊道，她得经过那个房间才能到阳台去。大学生现在注意到，刚才厨房里锅子的碰撞声比喻的是鸟儿，妇人在阳台上预先摆放了空的烤盘，鸟儿跳来跳去，徒劳地用喙在空盘子上啄来啄去。两个人看着姑姑像是理所当然地在阳台上的动作感觉到有点生陌生。之所以陌生，那是因为他们从未见过姑姑在外边，而他们坐在里边看着，这是一出罕见的表演。当变得不耐烦的汉斯一再问"房屋突出的部分"用什么词可以表达时，大学生吓了一跳。这时，正在照片簿上找一张照片给大学生看的姑姑回答说"阳台"，大学生没让姑姑把话说出口就及时插话说"Erker[1]"。他大吸了一口气，直到放松下来。又顺利过关了！一张纸巾立刻把溢出的咖啡吸干了。

即使他们没有说出来，其实他们三人都一直想着送电报的邮差，邮差到现在还没有来。不过事情明摆着，今天都快临近黄昏了，姑姑还没有去看信箱呢。她让汉斯拿着

---

[1] Erker：建筑用语，指建筑物的凸出部位，或者转角上的挑楼。

信箱钥匙下去看看。他手中拿着钥匙的样子多奇怪啊！大学生想。什么事？姑姑困惑地问。不过汉斯手上拿着钥匙回到客厅了。"一个工人在一间客厅里！"大学生喊道，他想开个玩笑。没有人反驳他。大学生想，这不是什么好兆头！那只他到现在都没有注意到的猫摩擦着他的腿，好像为了安慰他。姑姑想起一位妇人，她的名字她一时想不起来，那是一位老妇人，姓名带有贵族称号。幸好奥地利取消了姓名中的贵族称号。

此时外边天色暗下来了。大学生上午在《法兰克福汇报》上看到一首日本诗，是关于黄昏的。"四周的昏暗随着火车尖锐的呼啸声显得更加深沉。"火车尖锐的呼啸声使四周的昏暗更加深沉。没有火车开过这一带。姑姑试了好多不同的名字，汉斯和格雷戈尔一直注视着她。最后她把电话机拿到桌上，手放到电话机上，自然是还没有拿下听筒。她蹙着眉头，还在按照字母顺序拼读寻找那个忘却的名字。当她对着听筒说话时，大学生也还注意到，她点头示意，让他看看她手上拿着的一张他小时候的照片，"在照相馆里父母身边坐着"，手中拿着一个皮球。

"跑着、拿着、吸着……"每当大学生看相片或者图像时，他想起的总是动词的这种形式，现在也一样："在相册里，坐在父母身边。"

姑姑在电话里起先以"您"称呼对方——这让大家感到轻松。听筒放在耳边等了一会儿后，她忽然间改用"你"，这让大学生吃了一惊，汗珠立刻从腋下冒出来，汗水让人发痒，他挠着痒时，深信弟弟跟他一样，因为他也在腋窝下狠抓。没有更多的事发生了，只不过接到电话后，姑姑的弟弟和弟媳从东柏林另一个区动身，不久就到了，为了来看从奥地利来的侄儿，他们并没有在底下按铃，而是像熟客一样敲门进屋。妇人从有阳台的房间里拿来两张沙发请新来的客人坐，接着到厨房为大家泡茶。厨房里响着锅子的碰撞声，叔叔患有哮喘，拼命拍打胸口，他的妻子不久就开始谈起西柏林的学生。她说，恨不得抓住他们的头发，一个个吊起来。大学生从洗手间出来了，手变得很干燥，不得不向姑姑要润肤霜。妇人又按照自己的意思解释了他的话，为大学生连同他的弟弟一起喷了"托斯卡"香水，这正是那位她记不起名字的老妇上次带来的。最后，该离开的时候到了，他们两人只被准许在东柏林逗留到午夜。叔叔打电话叫出租车，当然没有人接电话。虽然这样，先前发生的一切慢慢地使大学生安静下来了。大学生和弟弟已经穿上大衣，和姑姑走到过道上了，手中还握着电话筒的叔叔和婶婶留在客厅里。手已经放在门把上，他们还等了一会儿，看看是否有出租车回话。他们已经下楼了，

姑姑走在中间，当

没有什么"当"。

姑姑的手插在他们臂弯里，三个人一起走到电车站，牙齿冷得直打颤。他们没有零钱，姑姑塞给他们几个硬币好买车票。电车到站了，他们为了能够及时到达弗里德里希站一边很快上车，一边与姑姑告别。

当大学生觉察到他们并没有上车，已经为时太晚了。

（1969 年）

守门员面对
罚点球时的焦虑

张世胜 译

"守门员眼看着足球滚过球门线……"[1]

---

[1] 足球比赛解说词中常用的句子。

当安装工约瑟夫·布洛赫——他以前是个著名的守门员——上午去报到上班时，他得知被解雇了。至少布洛赫将下面这件事情理解成了这样一个通知：当他出现在工厂门口时，工人们都在那里站着，只有正在吃早餐的工头抬头看了他一眼；然后他就离开了建筑工地。他在街上举起手臂，但从他身边开过去的汽车——尽管他根本不是为了叫出租才举起手臂的——不是出租车。后来他听到一个刹车的声音，布洛赫转过身去，他身后停着一辆出租车，出租司机嘴里咒骂着。布洛赫再次转过身，上了出租，让司机开往纳什市场[1]。

那是一个美好的十月天。布洛赫在一家摊铺前吃了一

---

[1] 纳什市场（Naschmarkt），维也纳市中心的一座市场，以其国际化氛围著称。

根热香肠，然后从很多摊铺中间穿过，往一家电影院走去。他所看到的一切都让他感到烦心，他试着尽量少去注意。在电影院里他松了口气。

事后他觉得很奇怪，当他一言不发地将钱放在售票处的转盘上时，女售票员似乎自然而然地对他的表情回应出另一个表情。他注意到银幕旁边有一个电子钟，钟面上有亮光。在电影放映中间，他听到了一声钟响；他很久都没有搞明白那是电影里的声音，还是外面纳什市场旁边教堂钟楼上传来的声音。

又到了街上，他给自己买了些葡萄，这个季节葡萄特别便宜。他继续往前走着，一边还吃着葡萄，把葡萄皮吐在地上。他去询问的第一家旅馆把他拒绝了，因为他随身只带着一个公文包；第二家旅馆在背街一条巷子里，门房亲自把他带到楼上的房间里。就在门房还在往外走的时候，布洛赫就躺到了床上，一会儿就睡着了。

晚上，他离开了房间，把自己灌醉了。后来，他又清醒了，就想给朋友们打电话；由于他的这些朋友都不住在城区，而电话机又不把硬币退出来，很快布洛赫就没有零钱了。他向一个警察打了个招呼，以为能让他停下来，但警察并没有搭理他。布洛赫在想，警察是不是没有听懂自己在街道这侧冲他喊叫的话，然后又想着女售票员如何自然而然将装着电影票的盘子转向他的。当时他对那个动作的速度感到很吃惊，几乎都忘记从盘子里取出电影票。他决定去找那个女售票员。

当他到电影院时，那些橱窗正好暗了下来。布洛赫看到一个男人站在一架梯子上，把今天放映的电影的名字换成第二天的。他等了一会儿，直到他能够看到另一部电影的名字；然后他就回旅馆了。

第二天是个星期六。布洛赫决定再在旅馆里呆一天。除了一对美国夫妻外，他是早餐厅里惟一的客人。他听了一会儿他们的谈话，因为他以前曾经跟着球队到纽约去参加过一项锦标赛，他勉强能够听懂他们的话。然后他很快就走出旅馆，去买几份报纸。因为是周末版，那些报纸都特别沉。他没有把它们叠起来，而是直接夹在胳膊下拿回旅馆。他又坐回先前的早餐桌，有人已经把它收拾好了，他把那些广告副刊取了出来；这让他很抑郁。他看到外边有两个人拿着厚厚的报纸走在街道上。他屏住呼吸，直到他们走了过去。现在他才注意到他们就是那两个美国人；刚才只是在早餐厅里看见他们坐在餐桌旁，等到他们到室外后他没能认出他们来。

他在一家咖啡馆里花了很长时间喝自来水，那是他们盛在杯子里跟咖啡一起端上来的。他时不时站起来，从专门用来摆放杂志的那几张椅子和桌子上取出一份画报。当那个女服务员从他身边拿回那堆画报时，她用了"报纸桌"这个字眼。布洛赫一方面很难忍受翻看那些杂志，另一方面，他在彻底看完一本杂志前也不能把它放到一边去。他时不时稍稍朝街上看两眼，画报页面和外边不停变化的画面所形成的反差让他觉得轻松。往外走的时候，他自己把那份画报放回桌子上。

纳什市场上的摊铺已经关门了。布洛赫一边走着，一边不经意地将脚边被人扔在地上的蔬菜和水果往前踢着。在那些摊铺之间某个地方，他方便了一下，撒尿时，他发现那些木棚的墙壁上到处都被尿弄黑了。

他昨天早些时候吐出来的葡萄皮还在人行道上。当他把纸币放在收钱转盘上时，那张钱在转动时停住了，布洛赫有了机会能说点什么。那个女售票员答了句。他又说了点什么。因为这不同寻常，女售票员就看着他。这就让他有了机会继续说下去。等他进了电影院之后，他想起来那个女售票员身边有一本小说和一个电炉子。他往后靠了靠，开始注意区分银幕上的细节。

下午稍晚一点的时候，他坐电车出了城，进了体育场。他买了张站票，然后却坐在自己一直没有扔掉的报纸上；前面的观众改变了他的视线，这并没有影响他。比赛中，大部分人都坐下了。布洛赫没有被认出来。他把报纸留在地上，又在上边放了一瓶啤酒，在终场哨声响起之前，他走出了体育场，以免待会儿太拥挤。体育场前停放着很多几乎空荡荡的公共汽车和电车——场内举行的是今天的重要比赛，它们都在那里等着，这让他很吃惊。他上了一辆电车。他在那里独自坐了很久，后来他就开始等待了。是不是裁判员给了加时？布洛赫抬头向上看去，发现太阳开始落山了。他没有想要用这个表达什么，他低下了脑袋。

车外突然刮起了风。几乎就在三声长音组成的终场哨声响起的同时，司机和售票员都登上了公共汽车和电车。人们从体育场里涌了出来。布洛赫想像着，自己似乎听到了很多啤酒瓶掉在球场上的声音；同时，他还听到灰尘拍击车窗的声音。先前在电影院的时候，他往后靠，现在，当观众挤进电车车厢的时候，他往前俯身。他觉得似乎体育场里刚刚打开灯光设施。瞎扯，布洛赫说。他以前在灯光球场是个糟糕的守门员。

在城里，他费了好长时间找电话亭。等他找到一个空电话亭时，发现那里的听筒已经被扯断了，丢在地上。他继续往前走，终于在火车西站打了电话。因为是星期六，他几乎没找到人。后来，他以前认识的一个女人接了电话，他说了好一阵子，她才知道他是谁。他们约好在火车西站附近一家饭馆里见面，他知道那里有一台自动点唱机。他往点唱机里扔硬币，让其他人选歌曲；他就这样消磨着时间，一边等着那个女人。在这期间，他看着墙壁上足球运动员的照片和签名。几年前，一个国家队前锋租下了这家饭馆，后来他去了海外，执教那些野蛮的美国联赛队伍中的一支，联赛解散后他就不知去向了。布洛赫跟一个姑娘聊上了，她坐在点唱机旁边一张桌子旁，胡乱伸手向后抓去，总是选着同一张唱片。她跟着他离开了饭馆。他想要跟她走进最近的一个门洞，但是那些大门早就全都关上了。等到他们打开一扇大门时才发现，依照歌声判断，第二道门后面正在举行祈祷仪式。他们走进位于第一道门和第二道门之间一部电梯里，布洛赫摁了顶楼的按钮。电梯还没有上行，那个姑娘就又要出去。布洛赫摁了二层的按钮，他们在二层走出电梯，站在楼梯间里。这会儿那姑娘变得温顺些了。他们一起沿着楼梯往上面爬去。那部电梯停在顶层那儿，他们走进电梯，下来了，然后又回到街上。

　　布洛赫在姑娘身边跟她一起走了一会儿，然后他转身往回走，去找那家饭馆。那个女人已经在等他了，身上还穿着外套。布洛赫对那个姑娘的女友说——她还在点唱机边的桌子旁等着——那个姑娘不会回来了，然后他跟那个女人离开了饭馆。

布洛赫说："我觉得自己很可笑，你穿着一件外套，而我却没穿外套。"那女人钻进他怀里，傍在他身上。为了伸出胳膊，他假装要给她指什么东西看。然后他却不知道该让她看什么。他立刻有了一个愿望，想要买一份晚报。他们穿过好几条街道，没有看到卖报纸的人。最后，他们坐公共汽车去了火车南站，但是那座火车站早就关了。布洛赫假装吃了一惊；而实际上他也真是吃了一惊。那个女人在汽车里就已经打开手袋，把玩着里面各种各样的东西来向他暗示：她不自在。他对她说道："我忘了留张纸条给你。"但他并不知他自己想用"留"和"纸条"表达什么。不管怎么样，最后他独自上了一辆出租车，往纳什市场方向去了。

由于电影院星期六有夜场，布洛赫甚至来得还太早。他走进了附近一家自助餐厅，站着吃了一份肉饼。他试着在尽量短的时间里给那个女服务员讲一个笑话；等时间到了后，他的笑话还没讲完，他在一个句子中途停了下来，付了账。女服务员大笑起来。

他在街上碰到了一个熟人，那人想问他要钱。布洛赫骂了他一句。当这个喝醉了的男人抓住布洛赫的衬衫时，街道暗了下来。那个醉鬼吃惊地松开了手。布洛赫知道电影院的灯箱广告会暗下来，他很快走开了。在电影院前，他遇到了那个女售票员；她正要上到一个男人的车里。

布洛赫朝她看过去。她已经在副驾驶位置上坐下了，她对他的目光有所回应，其方式是，她在座位上把身下的连衣裙拉直了；至少布洛赫把这个动作理解为一种回应。没有发生什么事件；她把车门拉上了，轿车就那样开走了。

布洛赫回到旅馆。他发现旅馆的大堂还亮着灯，但空无一人。当他从挂钩上取下钥匙时，从格子上掉下来一张纸条。他把纸条打开，那是账单。就在布洛赫手拿账单站在大堂里看着门边惟一一口箱子时，门房从库房里走了出来。布洛赫马上向他要报纸，同时眼睛还看着敞开着的通往库房的门，显然门房刚才在从库房里搬出来的椅子上睡了一觉。门房把门关上，这样一来，布洛赫就只能看到一架放着一只汤碗的活动梯子。门房走到自己办公桌后边才开始说话。但是，布洛赫已经将关门理解为一个否定的回答，于是他沿着楼梯走上自己房间。在相当长的过道里，他只看到有一扇门前有一双鞋。他进到房间之后，没有解开鞋带就把鞋子脱了下来，也把鞋子放在门外。他躺到床上，立刻就睡着了。

半夜里，他被隔壁的争吵声吵醒了一会儿。可能也只是因为他的听觉被突发而至的清醒弄得紧张了，以至于他将隔壁的声音当成了吵架。他用拳头砸了墙壁一下。然后他就听到水管里的流水声。水又被关上了。安静了，然后他又睡着了。

第二天，布洛赫被房间电话给吵醒了。人家问他是否还要住上一晚。就在布洛赫看着地上的公文包时——房间里没有摆放箱子的地方，他马上说了声"要"，然后就把电话挂上了。他从过道里取回鞋子——可能因为今天是星期天，鞋子没有擦过。之后，他就离开了旅馆，连早饭也没吃。

到了火车南站，他在厕所里用电动剃须刀剃了胡子。他在其中的一个淋浴间里冲了个澡。他一边穿衣服，一边读着报纸的体育版和法制报道。过了一会儿，就在他还正读报时——淋浴间里相当安静，他突然觉得很舒服。他已经穿好了衣服，就靠在自己那个淋浴间的墙上，用一只鞋踢着木凳。这个声音引发了外边的淋浴间女管理员的一声询问，由于他没有回答，她就来敲他的门。布洛赫还是没有回答，那个女人在外边用一条毛巾（或者是别的什么东西）抽打了门把手一下，然后就离开了。布洛赫站着将报纸看完了。

在火车站前面广场上，他遇到了一个熟人，那人正要坐车去郊区给一场低级别的比赛当裁判。布洛赫把这个消息当做了玩笑，也跟着开起了玩笑，他说，那他自己也可以马上跟着一起走，好去当个边裁。就在那个熟人已经打开他的海员背包[1]，给布洛赫看了看里面的一套裁判服和一网兜柠檬时，布洛赫还跟刚才对待裁判的第一句话一样，把这些东西也当成了开玩笑用的道具，他继续跟这个熟人开着玩笑，他说，既然他跟着一起去，就该马上替他背起那个包。甚至在已经跟熟人坐在开往郊区的火车里、背包已经放在膝盖上时——再加上时间是中午，车厢里几乎没人，他仍然还觉得自己只是在开玩笑。但是，空荡荡的车厢跟他这种不严肃的举动有什么关系，布洛赫却没能搞清楚。这个熟人背着帆布包去郊区，而他——布洛赫——跟着一起去，他们一起在城边的饭馆吃午饭，然后一起——如布洛赫所说的那样——到"一座名副其实的足球场"去。当他独自坐车回城时——他不喜欢那场球赛，这些事情在他看来对双方都是作假。这一切全都是违例的，布洛赫心想着。幸运的是，他在站前广场没有碰到谁。

在公园边上一个电话亭里，他给前妻打了个电话。前妻说，一切都好，但没有问他什么。布洛赫很不安。

他在一家花园咖啡馆里坐下，尽管季节不对，但这家咖啡馆还在营业，他要了杯啤酒。过了一会儿，仍然没有

---

[1] 海员用的帆布背包，大多用防水帆布做成，用来装旅行随身物品。

人把啤酒送来，他就走了。那钢桌台上没有铺桌布，刚才把他的眼睛给晃了。他在一家饭馆的窗前站住。里面的人坐在一台电视机前。他观察了一会儿。没有人朝他转过来，他继续往前走了。

他在普拉特公园[1]跟人打了一架。一个家伙从身后把他的夹克拽了下来，另外一个家伙将布洛赫的脑袋往下猛按。布洛赫稍微弯下身子，踢了前面那个家伙一脚。后来，那两个家伙将他逼到一家甜品铺子后边，把他打倒在地。他倒了下去，他们走了。布洛赫在一间厕所里把脸和衣服洗干净了。

在二区一家咖啡馆里，他玩起了台球，直到电视里该播体育新闻了。布洛赫让女服务员打开电视，但他并没有看，似乎那一切跟他没有什么关系。他邀请那个女服务员跟他喝点东西。当她从后边的房间——那里面正在玩一种被禁止的游戏——回来时，布洛赫已经站在门口了。她从他身边走过，什么也没说。布洛赫走了出去。

他回到纳什市场，在看到那些摊铺后边堆得乱七八糟的果蔬箱子时，他又觉得，那些箱子似乎也是一种玩笑，不是认真的。就像没有言语的笑话！布洛赫心想着。他很

---

[1] 普拉特（Prater）公园：位于维也纳二区的一座面积很大的公园，内有游乐场。

喜欢看没有言语的笑话。这种作假和装模作样的印象："这种把裁判哨子放在海员背包里的装模作样！"直到他进了电影院才消失。电影里有个喜剧演员在路过一家废品店时似乎顺手拿起一只小号，然后自然而然地想要吹起来。布洛赫毫不作假，明白无误地认出了这只小号，也认出了所有其他物件。他安静下来了。

看完电影后，他在纳什市场那些摊铺中间等电影院的女售票员。最后一场电影开始一会儿之后，她从电影院里走了出来。为了不吓到她，他没从木棚间朝她迎过去，而是仍然坐在箱子上，直到她走到纳什市场稍微亮堂一点的地方。在一间被弃用的摊铺里，在耷拉下来的波纹铁皮后边，有部电话响了起来。这家摊铺的电话号码大大地写在铁皮上。"空号！"布洛赫马上想到。他走在女售票员身后，没有撵上她。当她登上公共汽车时，他正好赶上，在她后面上了车。他坐在她对面，但中间还隔着几排座椅。等到下一站有人上来并阻挡住布洛赫的视线时，他才开始考虑：她虽然刚才看见他了，但没有认出来。他是不是在打了一架后变了样子呢？布洛赫用手摸了摸自己的脸。他看了玻璃窗一眼，想知道她正在干什么，他觉得很可笑。他从外套内侧口袋里抽出报纸，低头看着上面的字母，但并没有读报。然后，突然间，他在读报的过程中又回过神来了。一个目击证人讲述了一个皮条客被人近距离对着眼睛开枪杀死的情况。"他脑袋后边飞出来一只蝙蝠，朝壁纸撞了过去。我的心怦地一跳。"文章没有重新起另外一段，后面的句子就直接开始讲完全不相关的其他事情了，他吓了一跳。"这个地方本来必须另起一段啊！"布洛赫想，在惊醒之后他很愤怒。他沿着中间的通道向女售票员走去，在她斜对面坐了下来，这样她就能观察到他。但是，他自己没有看着她。

他们下车时，布洛赫发现，他们已经到了很远的郊区，到了机场附近。这会儿是晚上，那里非常安静。布洛赫在那个姑娘身边走着，但不像是想要陪伴她，更没有真的陪着她走。过了一会儿，他碰了碰她。姑娘停了下来，也碰了碰他，非常有力，让他吃了一惊。有那么一瞬间，他以为她的手袋比她本人更让他觉得熟悉。

他们并排走了一会儿，中间有点距离，没有互相碰着。在楼梯间里他才又碰了她一下。她开始跑了；他走得慢了点。等他到了上面时，他认出了她的房子，房门大开着。她在黑暗中弄出了点动静，让他知道她在哪里。他朝她走了过去，他们立刻就开始了。

第二天早上他被一阵噪音弄醒了，从房子的窗户向外看去，他看到正好有一架飞机在着陆。飞机上的定位灯不停地闪着，这才让他想起来把窗帘拉上。因为他们到现在还没有开灯，窗帘就一直开着。布洛赫躺了下去，闭上眼睛。

闭起眼睛后，他突然觉得没有想像的能力了，这很少见的。尽管他试着用各种各样的图片来想像房间中的东西，但他什么也想像不出来，连他刚刚看见那架着陆的飞机也想像不出来，飞机在跑道上发出的轰鸣声，他现在还能从以前的经历中辨认出，那种声音他几乎可以在想像中再现出来。他睁开眼睛，朝放着小灶台的那个墙角看了一会儿：他记住了茶炉和挂在洗碗池边的干花。他几乎还没有闭上眼睛，那些花和那个茶炉就已经想像不出来了。他想出个救急的法子，他为这些东西造句，不再用单个的字眼，他以为用这些句子组成的故事可以帮助他想像出那些东西。茶炉叫了起来。花是一个朋友送给姑娘的。没人将茶炉从电炉子上取下来。"要我泡茶吗？"姑娘问道。这一点帮助也没有：等到没法忍受时，布洛赫睁开眼睛。他身边的姑娘还睡着。

布洛赫变得神经质起来。一方面，当他睁开眼睛时，这个环境里的情形让他觉得很是咄咄逼人；另外一方面，当他闭上眼睛时，这个环境里的物件所对应的那些单词给他带来的影响更加严重地咄咄逼人。"这是不是因为我刚刚跟她睡过的缘故呢？"他在想。他走进卫生间，冲了很长时间的淋浴。

当他再出来时，茶炉真的叫起来。"你冲澡把我吵醒了！"姑娘说。布洛赫觉得，好像她是第一次直接对他说话。他还没有完全醒来，他回答说。茶壶里是不是有蚂蚁？"蚂蚁？"当滚烫的开水从茶炉里冲到壶底的茶叶上时，布洛赫看到的不是茶叶，而是蚂蚁。他以前曾经将沸腾的水倒在蚂蚁身上。他又把窗帘拉开了。

由于光线只是透过茶罐的小圆洞照射进去，里面的茶叶在茶罐内壁的反光中显得非常特别。布洛赫坐在放茶罐的桌子旁，直盯盯地往茶罐的开口里面看着。他居然对茶叶那独有的亮光这么感兴趣，这让他饶有兴致，同时他还跟姑娘说着话。最后他将盖子按在开口上，但同时也停住不再说话了。姑娘什么也没注意到。"我叫格达！"她说。布洛赫根本就不想知道这个。她是不是什么也没注意到？他想。但是她已经放了一张唱片，那是首意大利语歌曲，伴奏用的是电吉他。"我喜欢他的嗓子！"她说。布洛赫对意大利流行歌曲一窍不通，他沉默着。

在她出去买早餐那点时间里——"今天星期一！"她说——布洛赫终于能够静静地看看所有的一切了。吃饭时，他们说了很多话。过了一段时间后，布洛赫发现，她在说起他刚刚讲给她的那些东西时，就好像都是说着她自己的东西似的。相反，他在提到她刚刚讲过的那些东西时，却要么只是小心翼翼地引用她的话，要么在用自己的话述说时，每次都会在前面加上一个令人诧异和拉开距离的"这个"或"那个"，仿佛他担心把她的事情说成了自己的。当他说到那个门房或者一个名叫施图姆的足球运动员时，她马上就能够如同知己地说出"那个门房"和"施图姆"。而在她提到一个名叫弗莱迪的熟人和一家名叫"施特凡地窖"的饭馆时，他在紧接着的回答中每次总会说："那个弗莱迪？"和"那个施特凡地窖？"所有她提到的一切都让他没法搭话，而让他烦心的是，他所说的话，她都能毫无拘束地——这是他的印象——使用。

当然，中间也几次短暂出现这样的情况，谈话对他来说就像对她一样自然而然：他问，她回答；她问，他给出一个自然而然的回答。"这是一架喷气式飞机吗？"——"不是，这是一架螺旋桨飞机。"——"你住哪儿？"——"二区。"他差点还对她讲了打架的事情。

但是，后来这一切都让他越发感到烦心了。他想要回答她的问题，但却停住不说了，因为他认为他想说的都是她知道的。她变得不安起来，在房间里走来走去；她给自己找出事情做，时不时傻乎乎地微笑一下。她不停地转唱片和换唱片，就这样过去了一段时间。她站了起来，躺到床上；他坐到她身边。你今天要去上班吗？她问。

突然他扼住了她的脖子。他马上就紧紧用力掐牢了，她根本还没有来得及把这当成是玩笑。布洛赫听到外边的过道里有声音。他怕得要死。他注意到她的鼻子里流出了液体。她哼哼着。最后，他听到一个什么东西断裂一样的声音。他觉得，就像是在凹凸不平的田间道路上，一块石头突然打中了轿车底盘。已经有唾液滴到了油地毡上。

布洛赫的恐惧如此强烈，他立刻就累了。他躺倒在地上，无法入睡，也无法抬头。他听到有人在外边用一条毛巾抽打门把手。他仔细听着。什么也没有听见。也就是说，他刚才肯定是睡着了。

他不需要多长时间就回过神来了。在回过神来的第一刻，他觉得自己全身都是伤痕；就像是房间里有风似的，他想。实际上，他之前连皮都没有蹭破。尽管如此，他还是幻想着，从他的整个身体里涌出了一种淋巴液。他早就已经站了起来，用一块洗碗布将屋内所有的东西都擦拭了一遍。

他向窗外看去：下边有个人从草地上向一辆货车走去，他一只手拿着很多件挂在衣架上的西装。

他坐着电梯离开了那栋房子，向前走了一段时间，没有改变方向。后来，他乘坐一辆郊区公共汽车到了电车车站，并且从那里坐车到了市内。

等他回到旅馆时才发现，人家以为他不会再回来了，就把他的公文包收起来了。就在他付账时，那个年轻的服务员从库房里把公文包取了出来。布洛赫从一个浅色的圆圈上看出，包上面曾经放过一个瓶底湿了的奶瓶。在门房凑找头时，布洛赫打开了公文包，他发现他们还检查过包里的东西：牙刷柄从皮套里探出头来，小收音机倒在上边。布洛赫向服务员转过身去，但他已经消失到库房里去了。由于门房办公桌后面的空间相当小，布洛赫可以用一只手就把门房扯到自己跟前，吸了一口气后，他抽出另一只手假装朝门房的脸打过去。门房缩成了一团，尽管布洛赫根本就没有打中他。库房里的服务员没有什么动静。这时布洛赫已经拿着包走出去了。

他正好在午休前到了公司的人事部，拿回了自己的证件。布洛赫的那些证件没有准备好，他们还需要打几通电话，这让他觉得很吃惊。他请他们允许他打个电话，然后给前妻打了一个电话，孩子拿起听筒后就立刻开始说了早已会背的那句话：妈妈不在家。布洛赫立刻把电话挂断了。这时，证件已经给他准备好了。布洛赫把工资税卡装进公文包里。当他向那个女人询问还欠着的工资时，她已经走开了。布洛赫将刚才打电话的费用数了出来，放在桌子上，走了出去。

银行也已经关门了。于是，中午他就在一座公园里等着，一直等到他能从自己的往来账户里——他从来都没有过储蓄账户——把钱取出来。[1] 由于他以为拿着这些钱还不能走到多远，他决定把那个几乎全新的晶体管收音机退回去。他坐着公共汽车去了自己位于二区的住处，还把闪光灯和剃须刀拿了出来。商店里的人告诉他，他们只能在他另外再买东西的前提下才能回收已经卖出去的东西。布洛赫又坐车去了自己的房间，用一只旅行袋装了两尊奖杯、一个小坠子和两只镀金的球鞋。那两尊奖杯当然只是真奖杯的复制品，是他的球队分别在一次锦标赛和一次杯赛中赢得的。

一开始，废品店里没有人，他把那些东西都取了出来，直接就放在柜台上。接着，他觉得就这样把东西放在柜台上太想当然了，好像它们已经确定要卖了似的，于是他又很快地把它们从柜台上拿下，而且又塞进旅行袋里。当人家问他要这些东西时，他才一一放回到柜台上去。他看到后边的架子上有一个八音盒，盒子上站着的是一个姿势平平常常的陶瓷舞女。跟以前一样，当他看到一个八音盒时，每次都觉得曾经看见过。他没有讨价还价，接受了人家给

---

[1] 往来账户主要用于接受工资等收入进项，并用来操作各种支付，一般无利息。储蓄账户供中长期储蓄使用，大致相当于活期储蓄，有年息。

他的东西报出的第一个价格。

　　然后，他坐车去了火车南站，胳膊上搭着他从房间里取出来的一件薄外套。在去搭乘公共汽车的路上，他碰到了那个卖报纸的女人。通常情况下，他总是在她的报亭那里买报纸。她拿着一件皮衣，牵着狗走在路上。尽管在买报纸时，他经常会在她递给他报纸和硬币时眼睛望着她的指尖跟她说几句话，但她现在出了报亭后似乎没有认出他来；反正她没有抬头看，也没有对他的问候做出回应。

　　由于每天只有很少几趟火车开往边境，布洛赫为了消磨下一趟火车出发前的这段时间，就进了一家专放短片集锦的电影院，在那里睡着了。那儿有一次变得相当明亮，窗帘在拉上或者拉开时发出的刷刷声使他觉得近得危险。为了搞清楚那窗帘到底是拉上还是打开了，他睁开了眼睛。有人拿手电筒照到他脸上。布洛赫把这位领位员的手电筒从他手中打掉了，走进了放映厅旁边屋子的厕所。

　　这里很安静，阳光照了进来。布洛赫在那里静静地站了一会儿。

　　那个领位员跟在他后面进来了，他威胁说要叫警察。布洛赫拧开水龙头，洗了洗手，然后摁了一下烘手器的按钮，把双手放进热风里，直到领位员走开为止。

　　然后，布洛赫开始刷牙了。他从镜子里看着自己如何一只手刷牙，另一只手轻轻地攥成了拳头，奇怪地放在胸口上。他听见放映厅里传来动画人物大喊大叫的声音。

布洛赫以前从一个昔日的女友那儿得知，她现在正在靠近南边国境线的一个镇子经营着一家饭馆。火车站的邮局里有全国的电话号码簿，他想在那里找到她的号码，但徒劳无获；从号码簿上能看出那个镇子有几家旅馆，上面没有店主姓名。此外，布洛赫一会儿就觉得举着电话号码簿太累了，那些电话号码簿挂成一排，书脊朝下。"脸朝下"他突然想到。一个警察进来了，要他出示证件。

那个领位员提出了控诉，警察一边这样说着，一边来回打量着，他一会儿看着布洛赫的护照，一会儿看着他的脸。过了一会儿，布洛赫决定道个歉。但警察已经把护照还给他了，还说了句，你可是去过不少地方啊。布洛赫没有看着警察离开，而是立刻把电话号码簿放下了。有人在大声喊叫。布洛赫抬头看去时，发现他前面的电话亭里有个来自希腊的外籍工人对着话筒大声地说着话。布洛赫考虑了一下，打算不坐火车了，他要改坐汽车。他把车票换好了，买了一块香肠面包和几份报纸。他出了火车站，向汽车站走去。

大巴已经停在那里，只是还关着车门。有几个司机站在离汽车很远的地方，他们说着话。布洛赫在一张凳子上坐下。有太阳照着。他吃完了香肠面包，但把报纸放在身边，因为他想把报纸留到路上那几个小时再看。

汽车两侧的行李箱还相当空：几乎没有人带行李。布洛赫在外边等了很长时间，直到后边的折叠门关上。然后他很快从前门上了车，汽车发动了。随着外边一声喊，汽车立刻又停住了。布洛赫没有扭头去看。一个农妇带着大声哭喊的孩子上来了。进到车里后，孩子安静了下来，汽车就出发了。

布洛赫发现，他的座位正好在车轮上方。他的双脚从在这儿拱起的地板上滑了下去。他坐到最后一排椅子上，如果有必要的话，他在那儿可以方便地扭头向车后看去。他坐下时，正好——尽管这什么意义也没有——在后视镜里看到司机的眼睛。布洛赫利用将公文包放在身后要侧身的机会，朝车外看去。折叠门发出咔嗒咔嗒的巨大响声。

车里的其他几排座椅都向前，布洛赫前面的两排座椅面对面。在前后排就座的旅客在开车后几乎全都不再聊天了，而他前面的旅客不一会儿就又继续聊开了。那些人的声音让布洛赫觉得很舒服。他有机会倾听，这让他得到了放松。

过了一阵子——汽车已经开上了一级公路——在他身旁坐在角落的一个女人提醒他掉了几枚硬币。她说："这是您的钱吗？"一边还向他演示如何从椅背和椅座之间的缝隙里捏出一枚硬币。在两个座位之间，就在他和女人之间的地方还有另外一枚硬币——一个美分。布洛赫接下那两枚硬币，他回答说，肯定是刚才在侧身的时候掉出来的。由于那个女人没有注意到他曾经侧过身，就开始问他，布洛赫又回答了。慢慢地，尽管他们这样坐着说话并不舒服，还是聊了一会儿。

说话和倾听让布洛赫忘记了把硬币装起来。它们在他的手里变暖和了，就像人家刚刚把它们从电影院售票窗口推出来一样。硬币之所以这么脏，他说，是因为不久前还在球赛开始之前抛起它们挑场地来着。"我对这个一点都不懂！"女旅客说。布洛赫很快就把报纸打开了。"正面还是反面！"她已经继续在说了，布洛赫不得不又把报纸叠起来。之前，就在他往车轮上方的座位上就座时，外套早就已经挂在身边的衣钩上了。他往下坐去时动作过猛，扯着奋拉下来的外套下摆猛烈往下，外套的挂环都扯断了。现在，布洛赫坐在那里，外套放在膝盖上。在这个女人旁边，他无力抵抗。

公路变得坑坑洼洼。由于折叠门没有严实地关上，布洛赫看见外边的光线穿过缝隙在车里闪烁着。不用往车门上的缝隙那边看，他也能在报纸上看到闪烁的光线。他一行一行地读着。然后他抬起头来，观察前面的旅客。他们的位置离他越远，他对他们的观察就越舒服。过了一会儿，他注意到车里闪闪烁烁的光线已经没有了。车外已经黑了。

布洛赫不习惯去感知这么多的细节，他脑袋疼了，也可能是因为他带的那么多报纸的气味。幸运的是，汽车在一个县城里停了下来，旅客们在一个休息区吃到了晚饭。布洛赫在外边稍稍闲转时，听到室内吧台里的自动售烟机不停地发出哐当的响声。

他在休息区的广场上看到一个有灯光的电话亭，汽车行驶过程中的轰隆声依然在他耳朵里嗡嗡叫个不停，电话亭前面的沙砾发出的嘎吱声让他很舒服。他将那几份报纸扔进了电话亭旁边的垃圾桶，然后把自己关在电话亭里。"我成了一个好的标靶！"他以前曾经在一部电影里听到一个夜间站在窗边的人说过这话。

没有人接听电话。布洛赫又来到外边，站在电话亭的影子下。他听到休息区拉上的窗帘里面赌博机发出叮叮当当声。他走进吧台才发现，里面几乎没人了；大多数旅客已经走出去了。布洛赫站着喝了一杯啤酒，然后走进过道：有几个人已经坐在车里，有些人站在门边，跟司机聊着天，另外一些人站在离汽车稍远一点的暗处，背朝汽车——布洛赫实在讨厌看到这些情况，他用手抹过嘴巴。

他并没有直接将头转开！他将头转开，看见过道里还有旅客，他们正带着孩子从卫生间出来。当他用手抹过嘴巴时，手上有股椅背上金属把手的气味。"这不是真的！"布洛赫想。司机已经上了车，把车发动起来了，这就是一个信号：其他人也该上车了。"好像人们不会这么理解似的。"布洛赫想。出发时，公路上溅起了火光，那是人们从窗口快速扔出去的烟头。

没有人再坐在他身边了。布洛赫缩到角落里，把双腿放在凳子上。他解开鞋带，靠在侧窗上，向其他窗户望去。他把双手交叉放在后脖颈上，用脚将座位上的一块面包屑踢了下去，将两只前臂顶在双耳上，直直地看着自己的双肘。他将双肘的内侧顶在太阳穴上，闻着自己的衬衣袖口，在上臂上摩擦自己的下巴，把脑袋往后靠，看着汽车的顶灯。简直没法结束了！他不知道该做什么是好，只好坐起来。

他们的汽车开过时，陡坡后边的树所形成的影子在绕着树转圈。挡风玻璃上的两把雨刷没有指向同一个方向。司机旁边的驾照口袋看起来是打开的。在汽车中间过道里有个看起来像手套的东西。在公路旁的牧场上，母牛在睡觉。否认这点是没有意义的。慢慢地，越来越多的旅客在招呼站下车了。他们站到司机身边去，司机就让他们从前边下车了。当汽车停下来时，布洛赫听到汽车顶篷啪啪作响。汽车又停了下来，他听到外边黑暗里有人在大声打招呼。他看到很远的地方有一道没有栅栏的铁路岔口。

快到午夜时分，汽车在边境附近的镇子停下了。车站就在一家旅馆附近，布洛赫在旅馆里很快就找到了一个房间。他向那个领他上楼的姑娘打听自己的熟人。他只知道熟人的名字：赫尔塔。那姑娘能够告诉他的是：他的熟人在离本地不远的村子租了一家饭馆。这种声音是怎么回事？布洛赫问，他已经进房间了，姑娘站在门下方。"有几个家伙还在玩九柱戏[1]！"姑娘回答说，然后从房间走了出去。布洛赫没有朝四周看看，脱掉衣服，洗了洗手，就躺到床上了。下面的轰隆声和咣当声还持续了一段时间，但布洛赫已经睡着了。

他不是自己醒来的，而应该是被什么声音吵醒的。到处都很安静。布洛赫在想，是什么把他吵醒的呢。过了一会儿，他开始想像着，他是被翻叠报纸的声音吓醒的。要不就是柜子的噼啪声？一枚硬币可能是从随便搭在椅子上的裤子里掉了出来，滚到床下了。他在墙上看到一幅木刻

---

[1] 九柱戏：与保龄球相似的一种游戏。传统九柱戏只使用九根柱子，用球滚地击倒它们。

画，上面画的是这个地方在土耳其人战争[1]期间的情况；市民站在城墙前，城墙后的钟楼上斜挂着一座钟，让人不由得不认为它正在发出激烈的响声。布洛赫在想，钟下的敲钟人是怎样被钟绳拽起来的；他看到外边的市民都在往城门走去；一些人抱着孩子在跑，一条狗在一个小孩的双腿之间摇着尾巴，小孩看起来好像要摔倒了。小教堂塔楼里的备用小钟也画成了斜的，几乎就要倒了。床下只有一根燃烧过的火柴。外面过道里，离这间屋子很远的地方又有一把钥匙在开锁，他可能就是被这声音弄醒的。

布洛赫吃早餐时听说，一个腿有残疾的小学男生已经失踪两天了。旅馆的姑娘在给汽车司机讲述，司机就在这家旅馆过夜。后来布洛赫从窗户里看到司机开着没坐几个旅客的汽车回去了。随后，姑娘也走开了，布洛赫一个人在餐厅里坐了一阵子。他在身边的椅子上堆起一些报纸。他在报纸上读到，失踪的不是跛子，而是一个不能说话的孩子。姑娘就像是追究责任一样，回来后立刻就说，他楼上有人在吸尘。布洛赫不知道该说什么。后来，外面有啤酒瓶发出丁零当啷的声音，装着啤酒瓶的箱子正在被人推过院子。布洛赫听见搬酒工在过道的声音，仿佛是从隔壁

---

[1] 土耳其人战争：欧洲基督教国家与自 1354 年开始进攻南欧的土耳其人伊斯兰教帝国进行的一系列战争。

的电视里传过来的。姑娘曾经对他说过，老板的母亲白天就坐在隔壁房间，盯着员工的轮班安排计划。

后来，布洛赫在一间杂货店给自己买了一件衬衫、一件内衣和几双袜子。女售货员过了一会儿才从相当昏暗的库房里走出来，布洛赫对她说着完整的句子，但她似乎没有听懂；直到他一件一件地说出自己想要的东西，她才开始动起来。她一边拉开收款机的抽屉，一边说，橡胶靴子也已经到货了。在把那些东西装在塑料袋子里递给他的同时，她问他还要不要别的东西：手绢？领带？马甲？布洛赫在旅馆里换了衣服，将旧内衣塞进了塑料袋。在外边广场上，在从那个镇子往外走的路上，他几乎没有遇到什么人。在一间新建的房子旁，有人正在关闭搅拌机。四周非常安静，布洛赫都觉得自己的脚步有些鲁莽。他停了下来，观察着一家锯木厂的木头垛子上的黑顶篷，似乎那里除了锯木工人的喃喃低语之外，还有别的什么声音可以听到，估计工人们坐在木头垛子后面正在吃东西呢。

已经有人跟他说过了，那家饭馆就在这条柏油路拐个弯往回走的地方，那儿还有几个农家和一个边境检查站。人家还告诉他，从公路上分出去了一条岔路，岔路在那些农家之间也铺了沥青，但过了一段后就只剩下沙砾路了。然后，就在边境线附近，那条岔路就变成了一座人行桥。

边境检查站已经关闭了。当然，布洛赫根本就没有问起检查站的事情。

他看到一只鹰盘旋在一片田野上空。当鹰在空中停住挥动翅膀一头扎下来时，布洛赫才注意到，他刚才没有观察鹰挥动翅膀和下扎的样子，而是在观察鹰可能下扎到田野上哪个地方。鹰在俯冲过程中停住了，然后又向上飞去。

奇特的事情还有，布洛赫从玉米地旁边经过时，没有看到通往玉米地另一头的小道，而是只看到了玉米秆、玉米叶和玉米棒组成的看不穿的玉米丛，有的玉米棒还露出了亮闪闪的玉米粒。还有呢？公路刚刚越过的小溪发出了相当响亮的潺潺声，布洛赫停住了。

他在饭馆里遇到了正在打扫地面的女服务员，他问她，女租赁人[1]在哪里。"她还在睡觉呢！"女服务员说。布洛赫站着点了一瓶啤酒。女服务员从桌子上取下一把椅子。布洛赫从桌子上取下另外一把椅子，坐了下来。

女服务员走到柜台后边。布洛赫将双手放在桌子上。她弯下腰，打开了啤酒。布洛赫将烟灰缸推到一旁。服务员在经过另外一张桌子时拿起桌子上的杯垫。布洛赫将椅子往后推了推。服务员把刚才罩在酒瓶上的杯子取下来，

---

[1] 租赁人：pächterin，意为承租店家的人，有经营权而无所有权。

将杯垫放在桌子上，把杯子放在上边，将啤酒倒进杯子，把酒瓶放在桌子上，然后走开了。又来了！布洛赫不知道他该干什么呢。

终于他看到一滴啤酒在杯子外往下流，在墙上看到一只表，指针是两根火柴；一根火柴被折断了半截，当做时针用。他没有看着往下走的那一滴啤酒，而是看着杯垫上那滴酒可能要滴到的地方。服务员一边往地板上抹腻子，一边问他是不是认识女租赁人。布洛赫点点头，等到服务员抬头往上看时，他才说，认识。

一个孩子跑了进来，没有关门。服务员让孩子回到门口，小孩在那里擦了擦鞋子，她又说了一遍后孩子才把门关上。"老板的女儿！"服务员解释说。她接着立刻将孩子带进了厨房。她又回来时，便说道，几天前有个男人来找过老板。"他自称有人找他来挖井。她本来想马上让他走开，但是他还不死心，后来她给他指了指男服务员，那人立刻拿起了一把铁锹，她不得不叫人来，他才离开，而她……"布洛赫正好能够打断她的话。"从那以后，这孩子就害怕挖井的又回来了。"可是，这时边境检查站的稽查员走进来，在柜台旁喝了一杯烧酒。

那个失踪的小学生回家了吗？服务员问道。稽查员回答说："没有，还没找到呢。"

"他失踪还不到两天呢。"服务员说。稽查员回答说："可是晚上已经相当冷了。"

　　"他穿得很暖和啊。"服务员说。是的，他穿得很暖和，稽查员说。

　　"他跑不了多远。"他补充说。他跑不了多远，服务员也说了一遍。布洛赫看见自动点唱机上边有一对鹿角。服务员说，那是一头鹿跑进地雷区后留下来的。

　　他听见厨房里有动静。他仔细一听，发现有人在说话。服务员对着关闭的厨房门喊着。那个女租赁人在厨房里回答着。她们俩就这样说了一会儿话。后来，正当要回一句话时，那个女租赁人进来了。布洛赫和她打了个招呼。

　　她在他的桌子边上坐下，没有坐在他旁边，而是他的对面。她双手放在桌子下的双膝上。布洛赫透过敞开的厨房门，听到冰箱的嗡嗡声。孩子坐在冰箱旁，吃着面包。女租赁人看着他，似乎她很久没有见过他一样。"我们很久没见了！"她说。布洛赫给她讲了一个跟他在这里逗留有关的故事。他从门里看到，那姑娘坐在厨房里相当远的地方。女租赁人将双手放在桌面上，手心手背不停地翻上翻下。服务员上了一份他为她点的饮料。哪个"她"？已经没有人的厨房里，冰箱丁零哐啷地响着。布洛赫透过房门看着厨房里面桌子上的苹果皮。那张桌子下放着一只堆满苹果的碗，有几个苹果已经滚到地上了，这儿一个，那儿一个。门框上的一个钉子上挂着一条工作裤。女租赁人已经把烟灰缸推到她和他之间。布洛赫将酒瓶放到一旁，而她将火柴盒放到自己面前，又把她的杯子放在火柴盒旁边。最后，布洛赫把他的杯子和酒瓶放到右手边上。赫尔塔笑了起来。

那孩子进来了，在女租赁人身后靠在椅子上。她被叫去给厨房送木头，但她一只手开门时把木块掉在地上了。服务员把木头捡了起来，抱进了厨房，孩子又来到女租赁人身后，靠在椅子上。布洛赫觉得这些事情似乎是针对他自己的。

有人从外面敲窗户，但立刻又离开了。是房东的儿子，女租赁人说。然后，外边有些孩子路过，其中一个很快跑到跟前，把脸贴在窗玻璃上，然后又跑开了。"放学了！"她说。接着，室内暗了下来，因为外边的街道上有一辆运送家具的汽车停下来。"我的家具来了！"女租赁人说。布洛赫感到一阵轻松，他可以站起来帮忙把家具搬进来了。

搬家具时，柜子的门开了。布洛赫用脚把它踢上。等柜子在卧室里放下时，门又开了。一个搬运工把钥匙交给布洛赫，他把柜门锁上了。可他自己不是主人，布洛赫说。慢慢地，在他说些什么时，就觉得自己已经是这里的人了。

女租赁人邀请他吃饭，布洛赫原本打算在她这里住下，他拒绝了她的邀请。但他想晚上再回来。赫尔塔在摆放家具的房间里对他说话，就在他已经往外走去时，她回答了他的话。至少他觉得自己似乎听见她是在喊。他回到餐厅，但他只在全都敞开的门里看到女服务员站在厨房的炉灶边。与此同时，女租赁人正在卧室里将衣服往柜子里放，孩子在餐厅里的一张桌子上写家庭作业。往外走去时，他可能把炉灶上沸腾出来的水声跟一声呼叫弄混了。

尽管边境检查站的房子开着窗户，还是没法往里面看。从外边看去，那间屋子太暗了。但是，从里面肯定已经看见布洛赫了。他察觉到这一点，是因为他自己在从屋子旁边经过时都屏住了呼吸。尽管窗户大开着，有没有可能里面没人呢？为什么是"尽管"？有可能因为窗户大开着而房子里就没人吗？布洛赫回头看了一眼：甚至一个啤酒瓶都被人从窗台上拿掉了，为的是能看见他的背影。他听到一个声音，就像一个瓶子滚到沙发下一样。再说吧，不要想像检查站里会有一套沙发。直到走了好远之后他才明白，那屋子里有一台收音机开着。布洛赫沿着公路的拐弯走着，往昨晚住的镇子走去。他甚至轻松地跑了起来，他面前的公路这么清楚明了地通往那个镇子。

他在一栋栋房子之间徘徊了一阵子。他走进一家咖啡馆。在店主打开自动点唱机之后，他按选了几张唱片，还没等到所有唱片放完，他就已经出去了。他在外边听到店主又把插头拔了出来。一些凳子上坐着等汽车的学童。

他在一家水果摊前站住了，但他站的地方离摊铺很远，水果后的女人没法跟他打招呼。她看着他，等他走近一步。正好站在他前面的一个孩子说了点什么，但是那女人没有回答。这时，有个警察从他后面走过来，走到水果摊近前，她立刻跟警察打了招呼。

这个镇子没有电话亭。布洛赫试着在邮局给一个朋友打电话。他坐在营业厅一条凳子上等待着，但是电话一直没有通。那个邮局女公务员说，这个时间线路超负荷。他骂了她一句，然后走开了。

在镇子外边路过一家浴场时，他看到有两个警察骑着自行车往他这边来了。披着斗篷！他在想。等那两个警察在他面前停下时，他们真的披着斗篷。他们从自行车上下来时，连夹子都没有从裤子上抽下来。布洛赫再次觉得自己似乎在看一座音乐钟。所有这一切，他似乎已经看过一次了。他没有松开通往浴场栅栏的门，尽管那扇门是锁着的。"浴场没开门。"布洛赫说。

那两个警察说着很熟悉的话，但似乎有着完全不同的意思，反正他们故意把"Geh weg！"和"beherzigen"

的重音放错位置，听起来就成了"Gehweg"和"Becher-Ziegen"，[1] 而且还故意说错话，把"rechtfertigen"说成了"zur rechten Zeit fertig"，[2] 还把"ausweisen"说成了"ausweißen"。[3] 那样说究竟又有什么意义呢？警察干吗要对他说起那些贝歇尔山羊呢？它们在这家浴场开张之前乘门敞开着时跑了进去，把所有的东西都弄脏了，甚至连浴场咖啡馆的墙壁也弄脏了，害得人们不得不再次将那些房间都完全刷白，这样就使得浴场没能准时完工。为什么布洛赫要让门那样锁着，而自己呆在人行道上呢？就像是为了嘲笑他一样，那两个警察在继续往前骑行时并没有例行道别，要不他们就只是暗示自己想要用这个来表明点什么。他们没有回头看。布洛赫为了表明自己没有什么可掩饰的，就仍然在栅栏旁边站着，往空荡荡的浴场里面看去。"就像是往一个我走到跟前并想从中拿点东西出来的柜子里看一样。"布洛赫心想着。他想不起来自己原本想在浴场里面干什么。再说吧，天已经黑了，镇子边上各个机关建筑上的门牌已经照亮。当两个姑娘从他身边往火车站方向跑去时，他在她们身后喊话。她们一边跑一边转身，回应了一声呼

---

[1] Geh weg 意即走开；Gehweg 意即人行道。beherzigen 意即遵循；Becher-Ziegen 意即贝歇尔（Becher）山羊。
[2] rechtfertigen 意即解释（原因）；zur rechten Zeit fertig 意即准时完工。
[3] ausweisen 意即证明（身份）；ausweißen 意即完全刷白。

叫。布洛赫饿了。他在旅馆里吃饭，已经可以听到隔壁房间里的电视声音。后来，他手里拿着杯子走了进去，直到节目结束时现出了图像测试画面。他从人家手里要来钥匙，走上楼去。还在半睡半醒中，他觉得自己听到外边有一辆没有开灯的轿车发动了。他徒劳地想着自己为什么恰恰想起了一辆没有开灯的轿车。在这期间，他肯定已经睡着了。

布洛赫被街道上的砰砰声和喘息声吵醒了，那是有人把垃圾箱里的东西往垃圾车里倒。然而，当他往外看去时，才发现更大的可能是正要出发的汽车刚刚关上折叠门，远一点的地方有人将奶罐往奶场的装卸板上放。在这儿的农村没有垃圾车。误会又来了。

布洛赫看到那个姑娘站在门口，胳臂上有一沓毛巾，那上边放着一支手电筒。他还没有来得及让她注意到自己，她已经又出去站在过道里。她从门外道了声歉，可是布洛赫不明白她怎么回事，因为他自己同时还在她身后叫她来着。他跟着去了过道。她已经进了另外一个房间。布洛赫回到自己房间，将门把手特别响亮地转了两圈，把门关上了。后来，他去找那个已经穿过几个房间之外的姑娘，对她说，那是个误会。姑娘一边将一条毛巾放在洗脸池上，一边回答说，是的，那是个误会，她刚才在过道尽头看过去，可能是把汽车司机当成他了，她就以为他已经下楼去了，所以才进了他房间。布洛赫站在开着的门前，他说，他不是这个意思。她正好打开了水龙头，就请他再说一遍。他回答说，房间里有太多的柜子、箱子和五斗橱。姑娘回答道，是的，而且这家旅馆的人手太少，关于这一点，刚才她认错人就是个证明，那是因为她自己太累了。他关于柜子的话不是想说这个，布洛赫说，只是在房间里没法动弹。姑娘问他想说什么。布洛赫没有回答。她将脏毛巾拧成一团，以此来指明他的沉默。而布洛赫更多将拧毛巾理解为对自己沉默的一个回答。她将毛巾放在篮子里。布洛赫又没回答，这让她——他以为是这样——将窗帘拉开了，这能让他迅速走了出来，到了暗一点的过道里。"我不是这个意思！"姑娘叫道。她跟在他身后走到过道，然后却又是他跟在她身后，她还要给剩下的房间发毛巾。在拐弯的地方，他们的脚碰到放在地上的一堆脏床单上。布洛赫绕开时，姑娘的一个肥皂盒从毛巾堆上掉下去。你回家路上需要手电筒吗？布洛赫问。"我有男朋友。"姑娘回答说，红着脸站起身来。旅馆里有没有两扇门的房间？布洛赫问。"我男朋友是木匠。"姑娘回答说。他看过一部电影，里面有个小偷在酒店里被关在了两扇门之间，布洛赫说。"我们这儿的房间里从来都没有丢过东西！"姑娘说。

他在楼下的餐厅里读到，在女售票员身边找到了一枚小小的美国硬币，五美分。女售票员的熟人都没有看到她跟美国士兵在一起过；这个季节全国都几乎没有美国游客。另外，他们还在一张报纸的边缘处发现了随便涂抹的笔迹，就像在谈话中顺带乱划的一样。很明显，那些笔迹不是女售票员的。他们正在调查，看它们能否透露点跟访客有关的信息。

老板来到桌子跟前，把那张登记表放在布洛赫面前。他说，这张表一直都在布洛赫房间里。布洛赫填了表。老板站得远点，看着他。在外边的锯木厂里，电动锯刚好放在木头上开始工作。布洛赫听到那种声音，就像是听到什么被禁止的东西。

按说老板应该拿着登记表走到柜台后面去，但他没有这么做，而是拿着表走进隔壁房间里，开始跟——布洛赫看到了——他的母亲说起话来。门开着，让人以为他马上又要出来，但他并没有这样，而是继续说着，甚至最后还把门给关上了。老板没有出来，出来的是那个老女人。老板没有跟着出来，而是留在那个房间里，还将窗帘拉开了。按说他应该关上电视的，但却没有，而是打开了换气扇。

这时，姑娘拿着吸尘器从另外一侧走进餐厅。布洛赫以为自己能够看到她自然而然地拿着吸尘器到街上去。她没有出去，而是将吸尘器的插头接在插座上，然后将吸尘器在椅子和桌子下推来推去。后来，老板在隔壁房间将窗帘拉上，老板的母亲回到那个房间，老板关掉了换气扇，布洛赫觉得，这一切似乎重又井然有序了。

他问老板这个地区是不是有很多报纸可以看。"只有一些周报和画报。"老板回答说。布洛赫本来是在往外走的时候问的，他用胳膊肘压着门把手，这样就把胳臂夹在把手和门之间了。"就是那么回事！"姑娘在他身后叫道。布洛赫还听到老板问她这么说是什么意思。

他写了几张明信片，但没有立刻把它们扔进邮筒去。等他后来在镇子外边想要把它们塞进一个装在栅栏上的信箱里时，他才发现，这个信箱的邮件第二天早上才会被取走。他的球队曾经在南美打过一次巡回赛，球队在每个地方都必须把有全体球员签名的明信片寄给报社，从那以后，布洛赫就习惯了在旅途中写明信片。

一个班的小学生从旁边过去了。孩子们唱着歌。布洛赫将明信片扔了进去。它们掉在空空的信箱里时，发出噔的一声。不过，这个信箱非常小，根本不可能发出噔的声音。而且，布洛赫立刻就又往前走了。

他穿过田野走了一段时间。仿佛带着雨水一般沉的球掉在脑袋上的感觉减弱了。

在离边境不远的地方开始有森林了。当他看到无人开阔地带另一侧的第一个观察塔时，他转过身往回走。到了森林边缘，他坐在一根树干上。他马上又站了起来。然后他又坐下了，数起自己的钱来。他抬头看了看。尽管地形是平坦的，但地势朝他这个方向在近前拱起，似乎就要挤压他。这儿他坐在森林的边缘，那儿有一间变压器小屋，那儿有一个牛奶摊，那儿有一片田野，那儿有几个人，他在森林边缘这儿。他静静地坐着，直到他连自己的存在都忘记了。后来他注意到，田野上那几个人是领着几条狗的警察。

在一个黑莓丛旁边，布洛赫发现了一辆儿童自行车，车子已经有一半在黑莓丛下边了。他将车子扶起来。车座被旋得相当高，就像是给一个成年人用的一样。轮胎里插着几根黑莓刺，但并没有因此没气。辐条上夹着一根松枝，轮子都被卡住了。布洛赫拉扯着松枝。然后他就把车子放下了，他担心警察会从远处看到车灯盖子在阳光下的反光。但是警察已经带着狗走远了。

布洛赫看着那些人的背影，他们沿着一道坡走下去。狗身上的标牌和无线电闪闪发光。这种闪光是不是要通知什么呢？是不是闪光信号呢？慢慢地，闪光也没有了这种意义：随着公路改变方向，在远处行驶的轿车的车灯忽闪忽闪，布洛赫身边有小镜子的碎片闪着光，路上的云母片也闪着光。当布洛赫登上自行车时，轮胎下的沙砾滑到一边去了。

他骑了短短一段路程。最后他把自行车靠在变压器小屋上，继续步行往前走。

他看着那张用曲别针固定在牛奶摊上的电影海报，下面其他海报都已经裂成了碎片。布洛赫继续往前走去，看到有个小伙子站在一个农家院子里。那人正在打嗝。他看到一片果园里有很多黄蜂四处乱飞。一个交叉路口旁边，一些罐头盒子里有一些腐烂的花儿。街道旁边的草地里散落着一些空烟盒。他看到关闭的窗前有些窗钩挂在窗台上。当他经过一个打开的窗户时，他闻到一股腐烂的气味。到了饭馆后，女租赁人告诉他，对面房子里昨天死人了。

当他想进厨房去找她时，她来到门口，朝他迎面走来，在他前面进了餐厅。布洛赫走到她前边去，往角落里的一张桌子走去，但她已经在门附近的一张桌子旁坐下了。当布洛赫想要开始说话时，她立刻抢在他前边。他原本想要提醒她注意女服务员穿着一双整形鞋，但是女租赁人已经用手指着外边街道上，一个推着自行车的警察从这儿路过。"这是那个哑巴学生的自行车！"她说。

那个女服务员也来了，手里拿着画报。他们一起往外看去。布洛赫问那个挖井人是不是又回来了。女租赁人只是听清"回信了"这个词，开始谈起士兵的事情。布洛赫并没说"回信了",而是说"回来了"。女租赁人就开始说起哑巴学生的事儿。"他根本就无法求救!"女服务员说,她更多是在读那份画报里的一个配图标题。女租赁人讲起了一部电影,里面有鞋钉被和在面团里的情节。布洛赫问观察塔上的哨兵是不是有高倍望远镜,至少那上边有东西在闪闪发光。"从这里根本看不到观察塔!"两个女人中的一个回答说。布洛赫看到她们因为烤过糕点,脸上沾了面粉,尤其是眉毛和发际线上。

他走了出去,走到院子里,但是,没人跟他一起走,他就又回来了。他站在自动点唱机旁边,只留下他身边的位子。女服务员现在坐在柜台后边,她打碎了一只杯子。听到声音后,女租赁人从厨房里出来,但没有看服务员,而是看着他。布洛赫拧了拧自动点唱机背后的按钮,把音乐声放低了点。然后,就在女租赁人还站在门口时,他又把音乐声音放大了一些。女租赁人从他前面穿过餐厅,似乎她要离开这间房子。布洛赫问她要给饭馆的房东——土地所有人——付多少房租。听到这个问题,赫尔塔停住脚步。女服务员把碎片扫在一把铲子上。布洛赫朝赫尔塔走去,女租赁人从他身边走了过去,进了厨房。布洛赫跟在她身后。

由于第二张椅子上卧着一只猫,他就站在她身边。她说起房东儿子，那是她男朋友。布洛赫站到窗前，详细询问他的情况。她描述房东的儿子干些什么。在没有被问的情况下，她继续说着。布洛赫在炉灶旁看到了另外一只一次性杯子。他时不时地说：哦？他在门框边的工作裤里看见了另外一把尺子。他打断了她的话，问她从哪个数字开始数数。她不说话了，甚至都停下来不再切苹果。布洛赫说，他最近注意到自己有个习惯，在数数的时候到二才开始，比如说，今天上午在过街时，他几乎被一辆轿车给撞了，因为他以为第二辆车来之前还有足够的时间，而第一辆轿车他根本就没有数进去。女租赁人说了一句套话作为回答。

布洛赫走到椅子跟前，从后边将椅子抬了抬，猫随之跳了下来。他坐下了，但却把椅子从桌子边往后挪了挪。他这样做，不料撞到身后一张堆放着碗盘的桌子上，一个啤酒瓶掉了下来，滚到厨房沙发下。他为什么一直不停地坐下、站起、走开、闲站、又回来呢？女租赁人问。他是不是要这样来嘲讽她呢？布洛赫没有回答，而是出声读起用来放苹果皮的报纸上的一个笑话。由于报纸——从他的角度看——是反的，他读得结结巴巴，女租赁人弯下身子，自己接着读起来。外边的女服务员笑出声来。卧室里有什么东西掉到地上了。再没有其他声音。布洛赫之前也没有听到声音。他想要去看看，但女租赁人解释说，她刚才就听到孩子醒来了；她才起床，可能马上就要出来讨要糕点了。实际上，布洛赫接着就听到了一个像抱怨的声音。原来是孩子在睡梦中从床上掉了下来，在床边的地面上不知道自己在哪里。孩子在厨房里说，枕头的垫子下面有几只苍蝇。女租赁人对布洛赫说，邻居家的孩子们因为家里死了人，在停尸期间都在她这里睡觉，他们习惯于用橡皮筋射杀墙上的苍蝇。到了晚上，他们还把掉在地上的苍蝇放到枕垫下。

在大人往孩子手里塞了几件东西之后——头几件她还扔到地上——她慢慢地安静下来。布洛赫看到女服务员空着一只手从卧室走出来，将苍蝇扔进垃圾桶里。他没有责任，他说。他看到邻居家的屋前有一辆面包师的汽车停了下来，司机将两块面包放在房门台阶上，下边是块黑面包，上边是块白面包。女租赁人让孩子到门口去迎接那个男子。布洛赫听到女服务员在柜台后打开水龙头洗手。他最近一再来道歉，女租赁人说。真的吗？布洛赫问。接着，孩子拿着两块面包回到厨房里。他还看到女服务员一边在围裙上擦手，一边向一个客人走去。他想要喝什么？谁？暂时什么也不喝，这就是回答。孩子已经将通往客房的门关上了。

"现在就我们两个人了。"赫尔塔说。布洛赫朝孩子看过去。她站在窗前，看着邻居家的房子。"孩子不算。"她说。布洛赫把这理解为一个预告，她要跟他说点什么吧，但是后来他发现，她的意思是，他可以开始说了。布洛赫什么也想不起来。他说了点下流的话。她立刻就让孩子出去了。他把手放在她旁边。她轻轻地摸着他。他粗暴地抓住了她的手臂，但立刻又松开了。他在外边的街道上碰到了孩子，她正在用一根吸管在墙上的灰泥里钻洞。

他透过打开的窗户往邻居家里看去。他看到一个棺材架上有一个死人，旁边已经放好棺材。墙角里有个女人坐在一条小凳上，她正在用面包蘸着果子酒。桌子后面的凳子上躺着一个年轻小伙子，他正在睡觉。他的肚子上趴着一只猫。

当布洛赫走进这间屋子时，几乎让过道里一个木块给绊倒了。那个农妇走到门口，他走了进去，跟她聊上了。那个小伙子坐了起来，但没有说话。那只猫已经跑出去了。"他整个夜晚都得守灵！"农妇说。她还说，早上她发现那个小伙子有些喝醉了。她转向死者，祈祷着。这期间，她给花换掉水。"他走得非常快，"她说，"我们不得不叫醒孩子，好让他快点跑进镇子里。"但是，孩子还没能告诉神父到底出了什么事情，钟没有敲响。布洛赫注意到那间屋子烧着暖气。过了一会儿，炉子里的木块烧得坍塌成一团了。"再去拿点木块来！"农妇说。小伙子拿着一些木块回来了，他左右手都拿着木块，然后放在炉子旁边，随之扬起很多灰尘。他坐到桌子后面，农妇将木块扔进炉子里。"我们的一个孩子让南瓜给砸死了。"她说。窗口前有两个老妇走过，她们往里面打了个招呼。布洛赫看到窗台上有一个黑色手袋，是新买来的，里面塞的纸还没有取出来。"突然他哼了一声，死了。"农妇说。

布洛赫能够看到对面餐厅里面去，太阳已经很低了，照进去很远，餐厅的前部，特别是刚刚用水擦过的地板和椅子、桌子以及人的腿在表面上似乎在自行发光。他看到房东的儿子在厨房里，他靠在门上，手臂放在胸口，隔着一段距离对着女租赁人说话。她可能还在桌边坐着。太阳落得越低，布洛赫觉得这些画面离自己越深和越远。他没法往一边看去，直到孩子们在街道上跑来跑去，才把这种印象赶走了。接着，有个孩子带着一束花进来了。农妇将花插进一个杯子里，将杯子放在灵床脚下。这孩子还站在那里。过了一会儿，农妇给了他一枚硬币，孩子走了出去。

布洛赫似乎听到一个声音，就像是有人在地板上摔倒了。但是，那声音还是炉子里的木块烧得坍塌成一团了。布洛赫不再跟农妇聊天，小伙子立刻就在凳子上伸开四肢，又睡着了。后来，来了几个女人，她们念着玫瑰经[1]。有人在食品店前面将黑板上的粉笔字擦去，然后写上了：橙子、焦糖、沙丁鱼。屋子里的人低声说着话，外边的孩子们吵闹着。一只蝙蝠困在窗帘上了。小伙子被叫声吵醒了，他跳了起来，立刻朝蝙蝠扑了过去，但它已经飞出去了。

黄昏了，没有人想开灯。

只有对面的餐厅里还有一点光亮，那是打开的自动点唱机发出的。不过，上面没有什么唱片。隔壁的厨房已经暗下来。布洛赫应邀去吃晚饭，他跟其他人一起坐在桌边。

尽管窗户是关着的，屋子里还是有蚊子到处乱飞。一个孩子被派到饭馆去取杯垫，杯垫取来后放在水杯上面，免得有蚊子掉进去。一个女人说，她丢掉了项链上的坠子。所有人都开始寻找。布洛赫坐在桌边没动。过了一会儿，他有一种强烈的愿望，想要成为找到坠子的人，于是他跟其他人一起找。在屋子里没有找到坠子，他们就在外边过道里继续找。一把铲子倒了，更确切地说，布洛赫在它完全倒下之前抓住了它。小伙子用一支手电筒照着亮，农妇拿来了一盏煤油灯。布洛赫要来手电筒，走到外边的街道上。他弯着腰在沙砾上走来走去，但没有人跟在他后边。

----

[1] 玫瑰经（Rosenkranz），正式名称为《圣母圣咏》，十五世纪由天主教会正式颁布，是天主教徒用于歌颂圣母玛利亚的一种礼仪，是一种编排好的经文。

他听到里面过道上有人在喊，坠子找到了。布洛赫不相信，继续找着。然后，他听到窗户后又开始祈祷了。他从外边把手电筒放在窗台上就离开了。

又回到了镇子里，布洛赫在一家咖啡馆坐下，看别人玩扑克牌。他开始跟自己对面的玩家吵了起来。其他玩家要求布洛赫走开。布洛赫走进后屋。那里正在举行一场幻灯报告会。布洛赫看了一阵子。报告讲的是东南亚的兄弟会医院。布洛赫在报告中大声插话，又跟他们吵了起来。他转身走了出去。

他考虑自己是不是应该再回去，但他想不起来自己还能说点什么。他走进另外一家咖啡馆。他在那里想让人家关掉换气扇。他还说，灯光也太暗了。女服务员坐到他跟前，过了一会儿，他假装好像要把手臂搭在她身上。她发现他只是想这么做，还没有等到他能够表明他只是打算这么做而已，她的身子便往后靠了靠。布洛赫想要证明自己，真的就要把手臂搭在她身上，可她已经站了起来。当布洛赫正要站起来时，她走开了。此时此刻，布洛赫似乎一定要装作这个样子，仿佛他要跟随着似的。但他觉得真要这样就太过了，然后就离开了那家馆子。

在旅馆房间里，他天亮前就醒来了。周围的一切立刻让他觉得难以忍受。他思索着，是不是恰好因为现在到了黎明前某个时刻，一切都突然变得难以忍受，所以他才醒来的呢。他身下的床垫已经陷了下去，柜子和五斗橱远远地靠在墙边，他头上的天花板高得让他难以忍受。在这间半明半暗的屋子里，外边的过道里，特别是街上万籁俱寂，布洛赫再也忍受不住了。一种强烈的恶心感攫取了他。他立刻在洗手池里吐了。他吐了一阵子，痛苦没有减轻。他又躺到床上。他没有眩晕，相反，他看到一切都处于难以忍受的平衡之中。他把身子探到窗外，弯腰往下看去，但这也无济于事。一顶遮雨篷静静地立在一辆弃用的轿车上方。他看到屋子里的墙上有两根水管；它们是平行的，上边的界限是天花板，下边的界限是地板。所有他看到的一切都以让人难以忍受的方式划定了界限。恶心让他再也站不起来了，让他缩成一团。他觉得似乎自己被一台千斤顶从他所看到的一切东西中顶开了，或者说，他四周的物件都从他身上顶起来。柜子、洗手池、旅行袋、门：现在他才注意到，他就像处于一种强迫状态，要给每个东西都想出对应的字眼来。每当他看到什么东西，立刻就想起它的字眼。椅子、衣架、钥匙。之前是那么安静，不再有声音能够转移他的注意力；而现在，因为一方面天色很明亮，他可以看到四周的物件，另一方面，寂静使得没有声音能够转移他的注意力，所以他看着那些物件，似乎它们都在为自己打广告一样。实际上，那种恶心跟以前的恶心相似，就跟他有时候遇到一些广告用语、流行歌曲或者国歌时会有的恶心一样，他不得不直到睡着时还在复述或者哼唱。他屏住呼吸，就像是要打嗝一样。吸气时，那种感觉又回来了。他再次屏住呼吸。过了一会儿，有点效果了，他随之睡着了。

第二天早上，这一切他再也没法想像了。餐厅已经打扫过了，一个关税官员在那些物件之间走来走去，让老板报出价格。老板将咖啡机和冰箱的发票拿给他看。这两个人在那里谈论着价格，这让布洛赫对头天夜里的状态感到更加可笑。他翻了一下报纸后就放到一边去了，只是还在听那个关税官员说话，那人跟老板就一个冰箱的价格吵了起来。老板的母亲和女服务员也加入其中。所有的人都乱七八糟地说着话。布洛赫掺和进去了。他问道，装饰一个旅馆房间需要多少钱呢。老板说，家具是他以相当低的价格从附近的农民那里买来的，那些农民要么搬走了，要么彻底移居国外了。他跟布洛赫说了一个价格。布洛赫还想知道每个物件的具体价格。老板让姑娘将房间的物品清单拿来，他不仅说出了买进每个物件的价格，而且还说出了他想像中一个箱子或柜子能以多少钱转让。那个关税官员之前一直在做笔记，现在不再写了，而是向姑娘要了一杯葡萄酒。布洛赫满意了，他想要走开。那个关税官员解释道，当他看到一个物件，比如说一台洗衣机时，他立刻就询问价格。那么当他再次见到那个物件，比如说同一个型号的洗衣机时，就不会从外在标志再认得出来，比如说，辨认一台洗衣机，不会从洗涤程序那些按键来看，而只是以此来辨认，那就是第一次看见那个物件，比如说那个洗衣机，曾经值多少钱，也就是说从价格上来辨认。当然价格他记得清清楚楚，正好以这种方式可以辨认出每个物件来。如果那个物件不值钱呢？布洛赫问。他跟没有交换价值的物件就根本不打什么交道，那个关税官员回答说，至少在履行职务过程中没有。

那个哑巴学生一直还没有找到。尽管他的自行车得到了确认，而且还搜查了附近的区域，但是没有人开枪。如果开了枪的话，那就可能是个信号，说明有警察发现了什么。布洛赫走进一家理发店，不管怎么样，在屏风后边的吹风机声音很大，他听不到外边有什么动静。理发师洗手时，姑娘帮布洛赫把衣领上的头发刷掉了。现在，吹风机关了，他听到屏风后边有人在翻纸。响起了砰的一声。但是，那只是屏风后边有个卷发夹子掉进一个铁盆里。

布洛赫问那个姑娘在午休时是不是回家。姑娘回答说，她不是本地人，她每天早上坐火车过来。到了中午，她就去一家咖啡馆，或者跟女同事一起呆在店里。布洛赫问她是不是每天都买回程票。姑娘说，她用的是周票。"周票多少钱？"布洛赫立刻问道。可在姑娘回答之前他就说道，这不关他什么事的。尽管如此，姑娘还是说出价钱。屏风后边的女同事说："既然不关您的事，您为什么还要问呢？"布洛赫已经站起来了，在等找头时，他看了看镜子旁边的价目表，然后走了出去。

他发现自己有一种奇怪的渴望，什么东西的价格都想知道。当他看到食品店玻璃上有白色字体写出新到货物及其价格时，他觉得很放松。商店前水果箱里的价格标签倒了，他就把它扶了起来。这个动作足以让人走出来问问他是不是要买点什么。在另外一家商店里，有人给一把摇椅裹了一件长长的连衣裙。一个用曲别针别着的价格标签放在椅子上，就在裙子旁边。布洛赫弄不清那个价钱是连衣裙的还是椅子的。他在那里站了很久，直到有人出来问他。他也问了问人家。人家回答说，那个别标签的曲别针一定是从裙子里掉下来的。不过，显而易见，标签不属于摇椅。那椅子自然而然是私人物品。他只是想问问而已，布洛赫说，他已经继续往前走了。那人在他背后喊着哪里可以买到同样款式的摇椅。布洛赫在咖啡馆里问起自动点唱机的价格。那不是他的，老板回答说，是借人家的。他不是这个意思，布洛赫说，他只是想知道价格。直到老板跟他说出价格以后，他才满意了。但是，他不敢确定，老板说。布洛赫现在开始问起饭馆里其他物件的价格，想必老板知道那些物件的价格，因为那些都是他自己的。然后老板说起了浴场的事情，其建筑成本远远超过了估价。"超了多少？"布洛赫问。老板不知道。布洛赫变得不耐烦了。"那预算价格是多少呢？"布洛赫问。老板还是什么也说不出来。不管怎么说，去年春天，有人在一个小房间里发现了一个死人，想必那死者整个冬天都躺在那里。死者的脑袋被塞在一个塑料袋里，是个吉卜赛人。这个地区有几个定居下来的吉卜赛人；他们曾经被关在集中营里，他们或许拿赔偿款在森林边缘修了几所小房子。"听说里面非常干净。"老板说。警察在寻找那个失踪学生的过程中询问了那些居民，他们对新近擦净的地板，特别是对里面井井有条的秩序感到非常吃惊。但是，正是这种整齐的秩序，老板继续说道，反而加重了他们的嫌疑；因为如果没有理由的话，那些吉卜赛人是不会擦洗地板的。布洛赫没有放弃，他问那些赔偿款是不是够他们修建那些房子。老板说不出来赔偿款有多高。"当时的建筑材料和人力都还便宜。"老板说。布洛赫好奇地转动着粘在啤酒杯下的收据。"这个值钱吗？"接着他问道，一边把手伸进上衣口袋，将一块石头放在桌子上。老板没有拿起石头，回答说，这种石头附近到处都能找到。布洛赫没有说什么。老板就把石头拿在手里，让它在空手上滚动，然后又把它放回到桌子上。完了！布洛赫立刻将这块石头装了起来。

他在门口遇到了那两个理发姑娘。他邀请她们跟他去另外一家咖啡馆。第二个姑娘说，那里的自动点唱机里没有唱片。布洛赫问她想要说什么。她回答说，那个自动点唱机的唱片不好。布洛赫先走了出来，她们跟在他后边。她们要了些喝的，掰开面包。布洛赫朝前倾下身子，自己玩着。她们给他看了自己的证件。当他拿起证件封皮时，他的双手立刻开始冒汗了。她们问他是不是当兵的。第二个姑娘晚上跟一个销售代表约好了；她们想要四个人一起出去，因为两个人没有什么好聊的。"四个人一起去的话，你说点什么，我说点什么。能互相讲些笑话。"布洛赫不知道该怎么回答。隔壁房间里，一个孩子在地上爬来爬去。一条狗在孩子周围跳来跳去，用舌头舔着孩子的脸。柜台上的电话响了起来。在电话响着的过程中，布洛赫没有听她们说话。士兵大多没有钱，理发姑娘说。布洛赫没有回答。当他看着她们的手时，她们解释说，指甲是让定型水给弄黑的。"染些东西上去也没有用，边上总是黑的。"布洛赫抬起头来。"衣服我们自己买现成的。""我们相互理发。""我们夏天回家时，天都亮了。""我喜欢跳慢舞。"
"回家时，我们不再开这么多玩笑，都忘记说话了。"她对
什么都很严肃，第一个理发姑娘说。她还说，昨天在去火
车站的路上，她甚至往果园里看去，想看看那个失踪的小
学生是不是在里面。布洛赫没有把证件还给她们，而只是
放在她们面前的桌子上，好像他根本没有权力看这些证件
似的。他看着自己留在塑料封皮上的指纹所形成的薄雾消
失了。当她们问起他的职业时，他回答说，他以前是个足
球守门员。他解释说，守门员能比场上其他队员踢的时间
长一些。"扎莫拉已经很老了。"布洛赫说。作为回应，她
们谈起了她们自己认识的足球运动员。她们还说，她们镇
子上举行比赛时，她们就站在客队的球门后边，嘲笑对方
的守门员，好让他变得紧张。大多数守门员都是罗圈腿。

布洛赫说，每当他提到什么或者讲述什么时，她们两
人要么用她们自己所经历过的、与所提到的对象或者类似
对象有关系的故事，要么用她们听人说起的、与之相关的
故事来回答。比如说，布洛赫说起他当守门员时曾经遭受
过几次肋骨骨折，她们就回答说，几天前，锯木场有个锯
木工从一个木板堆上摔了下来，也是肋骨骨折。然后，布
洛赫提到，他自己的嘴唇曾经缝过好几次，作为回应，她
们就说起电视里播出的一次拳击比赛，那个拳击运动员的

眉毛也裂开了。当布洛赫说起他在一次跳跃时撞到了门柱上，还把舌头弄裂了，她们立刻就说，那个哑巴学生也有一个裂开的舌头。

此外，她们还谈起了他不知道的事情，特别是他不认识的人，仿佛他肯定认识他们，或者深知他们的秘密似的。玛丽亚用鳄鱼皮包砸了奥托的脑袋。那个叔叔下到地下室去，把阿尔弗雷德赶到院子里，还用桦树棍子打意大利厨娘。爱德华让她在岔道下了车，害得她不得不半夜里走路回家去；她从那片谋杀儿童的森林里穿过，免得瓦尔特和卡尔看见她走在那条外国人道上，最后把舞会上穿的鞋脱掉了，那是她的弗里德利希先生送给她的。相反，布洛赫提到什么人时都会对每个名字加以解释。甚至他提到的物件，他也会——进行描述，就是要把它们解释一番。当提到维克托这个名字时，布洛赫就补充道："我的一个熟人"；当他讲起一个间接任意球时，他不仅描述间接任意球是什么，而且还要——就在理发姑娘等着听他继续讲述时——给她们解释任意球的规则；甚至在他提到一个裁判判给一个角球时，他觉得自己应该给她们解释一下，那不是房间的一个墙角[1]。他说的时间越长，就觉得自己说的

---

[1] 德语中的 Ecke 一词既可指角落或墙角，也用来指足球运动中的角球。

东西越不自然。慢慢地，他甚至觉得每个字眼都需要一个解释。他不得不控制自己，免得在句子中间停顿下来。有几次，当他把要说的句子事先已经想好时，他却说错了；当理发姑娘们说的话正好跟他在听话时所想的一样结束时，他一开始还无法做出回答。只要他们还在亲切地交谈着，他就越来越多地忘记了四周的环境；就连隔壁房间里的狗和孩子他都不再看了。但是，当他停顿下来或者不知道怎么往下说、接着开始找他还有可能说的句子时，四周的环境又引起了他的注意，他看到到处有细小的东西。最后，他问阿尔弗雷德是不是她的男朋友；是不是总在柜子上放一根桦树棍子；弗里德利希先生是不是一个销售代表；那条外国人道之所以叫这个名字，是不是因为路边有一个外国人的聚居村。她们很乐意回答他的问题。慢慢地，布洛赫感知到的不是黑发根上漂染白的头发、挂在脖子上的单个领针、一个黑色的指甲、刮净的眉毛上的单个丘疹、空咖啡屋椅子的破垫子，而又是一个个轮廓、一个个动作、一个个声音、一声声惊呼和一个个身影，一切融为一体。他也能用一个稳定迅速的动作抓住突然从桌子上翻倒的手包。第一个理发姑娘让他咬一口她的面包，当她把面包递给他时，他相当自然地咬了一口。

他听到外边有声音，知道学生们已经放假了，好让他们都能去找那个同学。他们只找到几件东西，除了一面破碎的小镜子外，那些东西都跟失踪者没有关系。据说，凭借那个塑料套子，小镜子被确认为是那个哑巴学生的东西。尽管他们特别仔细地搜索了发现镜子附近的区域，还是没有找到更多线索。对布洛赫讲述这些事情的警察还补充说，那些吉卜赛人中有一个，自从哑巴失踪以后，他就再也不知去向了。布洛赫觉得很奇怪，那个警察到了街对面还停住脚步，对他大声说了这些话。他随即问道他们是不是搜查过浴场。警察回答说，浴场是锁着的，没有人能进去，就连吉卜赛人也进不去。

　　布洛赫到了镇子外面，布洛赫注意到，玉米地几乎全被踩坏了，折断的玉米秆中间露出了黄色的南瓜花。在玉米地中间，始终处在阴影下，这些花现在才开始绽放。公路上到处都是掰断的玉米棒子，有一些剥去了皮，被学生咬了几口；旁边是些从玉米棒子上扯下来的黑色玉米须。还在镇子里，布洛赫就看到他们在等车时用捏成一团的玉米须相互扔来扔去。玉米须非常潮湿，布洛赫每次踩上去时，都会溢出水来，还会发出吱吱的声音，仿佛他走在沼泽地里似的。他几乎让一只被碾死的鼹鼠给绊倒了。它的舌头长长地伸在外边。布洛赫站住了，他用脚尖碰了碰又细又长的、被血迹浸黑的舌头；又脆又硬。他用脚把鼹鼠踢到坡下，继续往前走去。

到了桥跟前时，他从公路上拐下来，沿着小溪往边境走。小溪慢慢越来越深，至少溪水流得越来越慢了。小溪两边的榛子树丛长在小溪上方，伸得很长，几乎都看不到水面。很远的地方有镰刀割东西的吱吱声。溪水流得越慢，看起来就越混浊。在一道拐弯前，溪水彻底停止了流动，而水就变得完全不透明了。从很远的距离传来一辆拖拉机的嗒嗒声，仿佛它跟这一切毫不相干似的。过度成熟的接骨木果实变成了黑色，一团一团地挂在灌木丛里。一动不动的水面上漂浮着小小的油点。

人们可以看到，水的底层偶尔会升起气泡。榛子树枝的尖头已经垂挂在小溪里面。现在没有外面的声音能转移注意力。那些水泡几乎还没有露出水面，就又消失了。有个东西很快跳了出来，你根本没法看清那是不是一条鱼。

布洛赫过了一阵子突然动身时，水里到处都有汩汩声。他走上一座桥，一动不动地往下看着溪水。水很平稳，漂浮在水上的叶子上面全都是干的。

可以看到鹬鸟在水面上走来走去，不用抬头就能看到它们头顶上有一群蚊子。在一个地方，溪水泛起小小的水浪。当一条鱼从水里跳出来时，又响起啪的一声。岸边有一只蟾蜍坐在另一只身上。一块泥土从岸边掉下去，水下又起了气泡。水面这些小变化会让人觉得非常重要。当它们反复出现时，他会一直观看着，而且当时就已经开始回忆它们了。叶子在水上漂得很慢，不禁让人目不转睛地盯着，连眼眨都不眨一下，因为害怕在眨眼时会把睫毛的动作和叶子的动作弄混了。你会一直这样看着，直到眼睛发烫为止。泥水中，就连几乎探入水里的树枝也没有了影子。

布洛赫目不转睛地往水里看着。在他的视野之外，有个什么物体开始打扰他了。他眨了眨眼，似乎那取决于他的眼睛，但却没往那里看。那个物体慢慢地进入他的视线。他看了一会儿，没有感知到它；他的整个意识似乎是一个盲点。然后，就像是一部喜剧电影里有人不经意地打开了一个箱子，继续说着废话，然后才停住，又扑到箱子跟前。就这样，布洛赫看到脚下的水里有一具小孩尸体。

然后，他回到公路上。在拐弯处，就在离边境线最近的房屋所在的地方，有个警察骑着摩托朝他驶过来。他之前就已经在拐弯镜里看到警察了。随之，警察真的就出现在拐弯处，直挺挺地坐在摩托上。他戴着白色手套，一只手放在车把上，另外一只手放在肚子上。轮胎上沾满了泥巴，轮辐上飘着一片萝卜叶子。那警察的脸上什么也看不出来。布洛赫看着摩托车上的人逐渐离开的时间越长，他就越发觉得自己似乎是在慢慢从一张报纸上抬起头来，然后透过窗户向室外的空地看去：警察走得越来越远，越来越跟他没有关系。同时，布洛赫注意到，他自己在目送着警察背影时，只是在将看到的情形在很短时间里看成一个比喻。警察从画面上消失了，布洛赫的注意力变得很不集中了。然后，他去了边境上的饭馆，尽管通往餐厅的门敞开着，但他开始时没有碰到人。

他在那里站了一会儿，然后再次将门打开，随之从里面将门小心地关上了。他在角落一张桌子旁坐下，一边将小球推来推去，一边等着，那些小球是用来给扑克牌游戏计算赢牌的。最后，他将插在小球之间的扑克牌洗了洗，跟自己玩了起来。他特别想玩。有一张牌掉到桌子下。他弯下腰去，看到另外一张桌子下蹲着女租赁人的孩子，他旁边全是往前推过的椅子。布洛赫起来坐好，继续玩；扑克牌用得太久了，他觉得每张牌上似乎都涂着厚厚的一层东西。他往邻居房子里看去，那里的棺材架已经空了，两扇窗户都大开着。外边街道上，现在有孩子们在喊叫，桌下的孩子很快将四周的椅子推开，跑了出去。

女服务员从院子里走进来。就像是看见他坐在那里，要给个回应一样，她说，女租赁人去城堡了，她要去让人重新签租赁合同。女服务员后面跟着一个小伙子，他两只手都拎着满满一箱瓶装啤酒，尽管如此，他的嘴巴还是没有闭上。布洛赫跟他打了个招呼，但女服务员说，布洛赫不该跟他说话，他拿着那么重的东西时，没法跟人说话。那个小伙子看起来有点弱智，他将箱子堆在柜台后面。女服务员对他说道："他又没有把灰倒进河里，而是撒到床上了吗？他不再朝那些山羊冲过去了吧？他又把南瓜切开后拿来抹脸吗？"她手拿一瓶啤酒站到门旁，而他却没有回答。当她给他看了看啤酒后，他朝她走了过去。她把啤酒给了他，让他出去了。一只猫跑了进来，跳起来抓住一只苍蝇，然后立刻就把它吃掉了。女服务员把门关上。门还开着时，布洛赫听到隔壁关税检查室里的电话不停地在响。

布洛赫跟在那小伙子后面，往城堡那边走去；他走得很慢，因为他不想超过他。布洛赫看着他用很夸张的手势往一棵梨树上面指，而且还听到他说："蜂窝！"布洛赫打眼看去，也以为自己真的看到那上边挂着一个蜂窝，直到他看了其他树后才知道，那只是因为树干有些地方变粗了。他看到，那个小伙子像是想要证明那是一个蜂窝，就把酒瓶朝着那树冠扔上去。酒瓶里剩下的啤酒在树干上溅开了，瓶子掉进草丛里，落在一堆烂梨上面，梨子堆里立刻嗡嗡地飞起很多苍蝇和黄蜂。就在布洛赫跟在小伙子后边走去时，听到他讲述起一个他昨天在小溪看到的"洗澡狂"洗澡的情况；他觉得那人的指头全都干瘪了，嘴前放着一个大大的泡沫球。布洛赫问他会不会游泳。他看到那个小伙子咧开嘴，用力地点点头，但却听到他说"不会"。布洛赫走到前边，还听到他继续说着，他没有再回头去看。

在城堡前，他敲了敲门房的窗户。他离玻璃非常近，都能看到里面的情形了。桌子上放着一只装满花的盆子。看门人在沙发上躺着，他刚刚醒来；他向布洛赫打了个手势，布洛赫不知道该怎么回答。他点了点头。看门人拿着一把钥匙走了出来，将门打开，但马上又转过身去，走到前边。带着一把钥匙的看门人！布洛赫在想。他再次觉得自己似乎应该在比喻意义上看这一切。他注意到，看门人打算带他穿过那座建筑。他准备将这个误会解释清楚。但是，尽管看门人几乎不说话，也没有出现解释的机会。他们穿过门口，门上到处都钉满了鱼头。布洛赫都准备好了要开始解释，但他肯定已经错过了合适的时机。他们已经走进去了。

进了图书馆后，看门人给他读了书里一些段落：以前农民必须要向地主交纳收成的多少当租金。布洛赫没有想到在这个地方打断他的话，因为看门人正在翻译一段用拉丁文填写的内容，讲的是一个造反农民的事情。"他必须离开农庄，"看门人读道，"不久后有人在森林里发现了他，双脚挂在一根树枝上，脑袋在一堆蚂蚁中间。"租金簿很厚,看门人不得不用双手才能把它合起来。布洛赫问这栋房子里是不是住着人。看门人回答说,不允许到私人房间去。布洛赫听到咔嚓一声,但看门人只是又将书锁了起来。"松树林中的黑暗,"看门人凭记忆引用了一句,"让他失去了理智。"窗前发出了一个响声,似乎一只硕大的苹果从树枝上掉下来。但是,没有发生撞击。布洛赫向外面看去,看到房东的儿子在花园里用一根长棍子捅苹果,棍子顶端绑着一个边缘带有锯齿的袋子,他用锯齿将苹果扯进袋子里,树下的草地上站着女租赁人,她将围裙张得开开的。

隔壁房间里,挂着各种各样的蝴蝶标本。看门人向他展示了他的双手在制作标本时弄得多么脏。尽管如此,很多他们插在钉子上的蝴蝶还是掉了下来。布洛赫看到牌子下的地面上有很多粉末。他走到跟前,看着那些还固定在钉子上的蝴蝶残体。当看门人在他身后关上门时,在他视野之外的地方有什么东西从牌子上掉下来,在下落的过程中就已经变成了粉末。布洛赫看到了一只天蚕蛾,它仿佛被毛茸茸的、浅绿色的微光覆盖着。布洛赫既没有向前弯腰,也没有往后退。他看着空钉子下面的文字。有些蝴蝶的形状已经改变了很多,只能从它们下边的名称才能认出来。"起居室里的一具尸体。"看门人引用了一句,他已经站在通往下一间屋子的门前。有人在屋外呼叫。一只苹果砸在地上。布洛赫站在窗前向外面望去，他看到一根空树枝弹了回去。女租赁人将那只落在地上的苹果放到那堆已经磕破的苹果里。

后来，来了一班外地的学生，守门人中断了给布洛赫做的导游，从头开始了。布洛赫利用这个机会离开了。

他又回到公路上，在一个邮车站旁边的一条长凳上坐了下来。就像凳子上的一块黄铜牌子所写的，这条长凳是由当地的储蓄银行捐赠的。那些房子离这里非常远，他都没法区分开它们。当钟声响起时，钟楼里的那些钟已经看不清了。一架飞机飞在他头顶很高的地方，他根本都看不到。那架飞机只闪烁了一下。在他身边，长凳上有一道已经干硬的蜗牛印迹。凳子下面的草还是湿的，那是前一夜的露水留下的痕迹。一个烟盒的玻璃纸包装雾蒙蒙的。他看到自己左边是……自己的右边是……自己的身后是……他饿了，继续往前走去。

布洛赫回到了饭馆。他点了一份冷盘。女服务员用一个切面包机切了些面包和香肠，将香肠片放在一个盘子里给他端了上来；她还在香肠上挤了些芥末。布洛赫吃着，天已经黑了下来。外边有个孩子在玩捉迷藏时把自己藏得非常隐蔽，大家都没有找到他。等到他们都不玩了之后，布洛赫才看到那个孩子在空荡荡的街上走着。布洛赫将盘子推开，把啤酒杯垫也推开，还有盐瓶。

女服务员带孩子去睡觉了。后来，孩子又回到了餐厅，穿着睡衣在人群里走来走去。从地面上时不时飞起嗡嗡叫的蛾子。女租赁人回来之后又把孩子抱回卧室。

窗帘已经拉上了，餐厅里坐满了人。柜台旁站着几个小伙子，他们每次大笑时，都会往后退一步。旁边站着一些身着防水面料大衣的姑娘，好像她们马上又要离开似的。那些小伙子当中的一个说了点什么，其他的小伙子跟着发呆，然后才开始突然大笑大叫起来。坐着的人尽量靠在墙边。人们可以看到自动点唱机里的抓手在抓一张唱片；看到唱针砰地扎在唱片上；听到那几个在等着自己唱片的人停止说话了。这一点用也没有，什么都改变不了。一切都依然如故：当女服务员疲惫地将胳膊耷拉下来时，人们看到那手表从袖口里滑到手腕上，咖啡机的手柄慢慢地翘起来；人们听到有人在打开火柴盒之前将它放到耳边摇晃的声音。人们看到早已喝干的杯子一次又一次地被放到嘴边；看到女服务员拿起一只杯子，试一试能不能拿走它；看到那些小伙子开玩笑地相互抽着耳光。什么都没用。直到有人叫喊着要付账时才又认真起来。

布洛赫喝得醉醺醺的。所有的物件好像都离他很远很远。他离那些事件如此遥远，连他自己都根本再也没有出现在那些他所听到或者看到的场景中了。就像是航拍！他这样想着，一边看着墙上的鹿角和牛羊角。那些声音在他听来就像是些无关紧要的声音，如同广播里转播祈祷仪式时的咳嗽声和清嗓子的声音一样。

后来，房东的儿子走了进来。他穿着一条灯笼裤，将他的外套紧贴着布洛赫挂着，布洛赫不得不往旁边侧了侧身子。

女租赁人坐到房东儿子身边，人们听到她坐下后问他想要喝点什么，然后她朝女服务员喊了他要的东西。布洛赫看着他们俩用同一只杯子喝了一阵子。只要那个家伙说点什么，女租赁人就立刻拍一下他的腰；当她平伸着手去摸他的脸时，人们能看到他抓起她的手，在上面舔一舔。然后，女租赁人坐到另外一张桌子旁。她在那里继续着那些例行公事般的动作。她摸着一个小伙子的头发。房东的儿子又站了起来，在布洛赫身后把手伸到外套里取他的烟。他问布洛赫那件外套是不是妨碍到他了，布洛赫摇了摇头。这时，他才发现自己很久一直就盯着一块污渍。布洛赫叫道："结账！"所有的人都认真了一会儿。女租赁人正好仰着头在打开一瓶葡萄酒。她给女服务员打了个手势。女服务员站在柜台前，正在洗杯子。她把杯子放在一个海绵垫子上，让垫子把水吸干。看到女租赁人的手势后，她穿过那些围在柜台四周的小伙子，朝布洛赫走去。在给他找零头时，她用冷冷的手指给了他一些湿漉漉的硬币。他一边站起来，一边将硬币塞进口袋里。是个玩笑吧，布洛赫心想着。或许因为他已经喝醉了，他才觉得这个过程这么复杂。

他站起身来，朝门口走去。他打开门，走了出去——一切都井然有序。

为了确认一下，他在那儿站了一会儿。时不时有人走出来解决尿急的事儿。另外一些才到这里的人在听到自动点唱机的声音时就开始跟着一起唱起来。布洛赫走开了。

回镇子，回旅馆，回房间。一共九个字[1]，布洛赫放松地想着。他听到头顶在放洗澡水。至少他听到汩汩的声音，然后还听到喘气和咂嘴的声音。

他再次醒来时，想必几乎就没有睡着。起初他觉得，好像自己魂不附体了。他发觉自己躺在一张床上。没法搬运了！布洛赫心想着。一个瘤子！他感受着自己，仿佛自己突然变形了。他觉得什么都不对劲了。尽管他还安静地躺在那里，这都不过是在装腔作势和奋力挣扎吧。他如此清楚和显眼地躺在那里，所以他没法躲开任何一幅与他可

---

[1] "回镇子，回旅馆，回房间"的德语原文也是九个字。

以相提并论的图像。他在那里的样子就是好色，猥琐，不得体，地地道道让人反感的东西。埋了去！布洛赫心想着，禁止掉！弄走！他以为自己在不舒服地摸着自己，然后却又察觉到那只是因为他的意识自然而然地如此强烈，以至于在整个身体表面把意识感受为触觉了；仿佛这种意识，仿佛这些念头对他本人动起手来了，对他本人进行了侮辱，对他本人实施了暴力似的。他躺在那儿，毫无抵抗，无力抵抗；恶心地把那内在的东西一股脑倒出来；并不陌生，只是大不相同。那是猛地一动，他随之就变得不自然了，他从那关联中被剥离开了。他躺在那儿，不可思议，非常真切，无可比拟。他自然而然的意识如此强烈，他连对死亡都产生了恐惧。他出汗了。一枚硬币掉在地上，滚到床下去了。他仔细听着：是个比喻吗？然后他就睡着了。

又醒来了。二、三、四，布洛赫开始数数了。他的状态没有任何改变，但他一定是在睡眠中习惯了这个状态。他将滚到床下的那枚硬币装了起来，然后走下楼去。当他留意和想像时，一个词语总还能引发出另外一个词语来。一个十月的雨天；一大早；一块积满灰尘的窗玻璃：一切按部就班。他跟老板打了个招呼。老板正好把报纸放在架子上。那姑娘正把一个盘子往厨房和餐厅之间的窗口里推：一切依然按部就班。当他小心翼翼地行事时，事情就能够按部就班地继续进行下去，一个接一个地：他坐在自己一直坐的那张桌旁；他打开每天早上都要打开的那份报纸；他读着报纸上的那则消息，说的是人们在格达·T谋杀案中找到了一条重要的线索，那条线索指向这个国家的南部；在死者住处找到的那张报纸上的涂画似乎使得调查得以继续进行。一个句子引出了另一个句子。那么后来，再后来，再后来……人们可以在一段时间里先行安下心来。

　　过了一会儿，尽管布洛赫实际上一直还在餐厅里坐着，在那儿一个劲地数着外面街上发生的事情，但他突然发现自己意识到了一个句子，那就是："他确实太久无事可做了。"由于布洛赫觉得这是个用来收尾的句子，他就回想自己是如何想到这个句子的。之前是什么呢？对啦！之前，正如他现在想起来的那样，他是这样想的："他对那个射门根本没有准备，他让足球从两腿之间滚了过去。"在这句话之前，他在想那些摄影记者，他们在球门后干扰了他。在这之前："在他身后有人一直站着，但却只是在叫自己的狗到跟前来。"这句话之前呢？在这句话之前，他在想着一个女人，那女人站在一个公园里，转过身来，看着他身后的什么东西，好像在看着一个不听话的孩子。之前呢？之前老板说起那个哑巴学生的事儿，他的尸体在离边境不远的地方被一个边境检查站的稽查员发现了。在想那个学生之前，他在想着那个在球门线近前蹦起来的足球。在想那个足球之前，他看到街上有个卖东西的女人从自己的凳子上跳了起来，去追一个男学生。在看到那个女人之前，他还读到了报纸上的一句话："木匠师傅在追小偷时受到了干扰，因为他还穿着自己的围裙。"但是，在读到报纸上的这句话时，他正好想到自己有一次打架时，外套被人从后面扯过胳膊。他能想到那次打架，是因为他的胫骨在桌子上撞得痛不堪言。在此之前呢？他想不起来是什么让自己的胫骨撞到桌子上了。他在这个过程中试图找到一个线索来想出之前可能是什么：这跟那个动作有关吗？还是跟疼痛有关？还是跟桌子和胫骨的声音有关呢？但是，这个再也没法往回推了。然后，他呆呆地盯着报纸上那张房门照片。由于屋内躺着一具尸体，就不得不把那房门撞开了。就是从这扇门——他心想——开始的，然后他才在那句"他确实太久无事可做了"里重新找到自己。

后来，有好一阵子，情况挺不错的：跟他说话的那些人的嘴唇动作和他听到他们所说的是吻合的；房子不光是由正面组成的；有人正在从奶品店的装卸台那儿将沉重的面粉袋往储藏室里拖；当有人远在下边的街上叫喊什么时，听起来确实就像是从下面那儿传来的声音；那些在对面人行道上走过的人好像又一如既往；那个眼睛下方贴着一张创可贴的小伙子真的有一块鲜血凝结的痂；雨似乎不光只是在这幅画面的前景里下着，而且是在整个视野里下着。然后，布洛赫发现自己来到一座教堂的前檐下。他一定是在开始下雨时穿过一条小巷子来到这里，站在这屋檐下。

　　他觉得，教堂里面比他想像的要亮堂些。这样他就可以很快在一条凳子上坐下，看着自己头顶上的天花板壁画。过了一会儿，他认出了那幅画：在旅馆个个房间里都放着的那个宣传册里就有它的照片。布洛赫先前给自己口袋里塞了一份，因为那里面有本地及周边地区的街道和道路示意图，他将那份宣传册掏了出来，看到里面写着：有好些个画家分别参与了那幅画的前景和背景的创作。就在一个画家还在画着背景时，前景中的人物早就已经画好了。布洛赫将目光从纸上移到拱顶。因为他不认识那些人物——可能是圣经故事里的什么形象吧，它们让他觉得百无聊赖。尽管如此，当外面的雨越下越大时，抬头看着拱顶还是很惬意的。那幅画在整个教堂屋顶蔓延四射：背景上是一片几乎没有云彩、简直蓝得单调的天空；有些地方可以看到几片毛卷云；在那些人物头顶很远的地方画着一只鸟。布洛赫猜想着，那个画家迫不得已地画了多大一片呢？画出那么均衡的蓝色是不是很困难呢？那是一种非常浅淡的蓝色，可能当时不得不将蓝色和白色调在一起。调和这样的颜色时，是不是一定要注意到，别让蓝色随着绘画的进行而改变其色调呢？另一方面，蓝色又不是完完全全均衡，而是在同一笔画里还有变化。这么说，人们不能用一种均衡的蓝颜色来涂屋顶，而是实实在在要画出一幅画来？那背景之所以成为天空，不是因为你随随便便用一支尽可能大的画笔，或许甚至一把扫帚，将颜色涂进那为此目的而必然湿乎乎的灰泥里，而是因为，布洛赫琢磨着，那个画家一定要实实在在地画出一片天空来，采用蓝色的细小变化，但是又不得那样明显，免得让人觉得那是在调颜料时的失误。那背景之所以真的看起来像是一片天空，并不是因为人们习惯于在背景上想像出一片天空来，而是因为那儿的天空本来就是一笔一笔画上去的。天空画得那样绝妙，布洛赫心里想，它让人觉得几乎是勾勒上去的，无论如何比前景上那些人物要准确得多。那个画家是不是出于愤怒又添上了那只鸟呢？他是一开始就立刻把那只鸟画上去了，还是在完成之后才添加进去的呢？那个画背景的画家是不是相当绝望呢？没有迹象表明这一点，布洛赫立刻也觉得这种想法太可笑了。甚至他觉得，他在这里琢磨那幅画，走来走去，四处坐坐，走出去，走进来，这些似乎都不过是借口而已。他站了起来："不要转移注意力！"他自言自语道。就像是要否定自己一样，他朝外边走去，立刻穿过马路，走进一条过道里。他挑衅似的站在那儿，站在那些奶罐旁边，直到雨停了，也没有人来跟他说话。他走进一家咖啡馆，在那里坐了一会儿，双腿伸得直直的，没有人成全他，没有人被他的腿绊倒，没有人跟他打架。

当他朝外边看去时，看到停放着一辆校车的停车场的一个部分。他在咖啡馆里看到左右墙壁的部分，屋内有一台没有生火的炉子，炉子上放着一束花，另外一侧放着一个衣服架，上面挂着一把雨伞。他看到屋子的另外一部分，自动点唱机就在那里面。点唱机里面有一个光点缓慢地游动着，然后停留在所选曲目的数字标号上。点唱机旁边是自动售烟机，那上面也放着一束花。然后，布洛赫还看到另外一部分，老板站在柜台后面，他帮着站在旁边的女服务员打开一个瓶子。她将瓶子放在托盘上。最后，他看到自己也是其中的一个部分，他看到自己如何将双腿伸得长长的，鞋头湿漉漉的，脏兮兮的，桌子上放着一个巨大的烟灰缸，旁边有个小一点的花瓶，旁边的桌子上正好没有坐人，上面放着他那只斟满葡萄酒的杯子。他现在注意到，在校车开走之后，眺望停车场的视角跟明信片上的视角一样：这里能看到喷泉旁边的瘟疫纪念碑的一个部分。画面边缘那儿能看到自行车停放架的一部分。

布洛赫很受刺激。在那些部分里面，他看到细节清晰得咄咄逼人；似乎他所看到的那些部分代表着整体。他再次觉得那些细节像是姓名标牌。"灯光文字"，他心想着。就这样，他将女服务员那只戴着一个耳环的耳朵看做是整个人的标志。放在旁边桌子上的一只手包开着一条缝，布洛赫看见里面有一块带着花斑的头巾，他觉得那手包就代表着那个一只手拿着咖啡杯站在后边的女人，她的另一只手迅速地翻着一本画报，只是偶尔在一幅图片上停一下。柜台上很多冰激凌杯子摞在一起，形成了一座小塔，看起来就像是老板的写照。衣架下方地板上有一摊水，代表着上面的雨伞。布洛赫没有看客人们的脑袋，而是看着墙面上跟人头一样高的污渍。他很受刺激，女服务员这会儿正在拉那根脏兮兮的绳子，想要关掉墙上的照明灯——外边已经又亮起来了，他看着那根灯绳，似乎整个墙上的照明灯都是些厚颜无耻的东西，是专门跟他作对的。他脑袋也开始疼起来，因为他走到雨里了。

那些咄咄逼人的细节似乎在污染和彻底扭曲着它们所属的人物和环境。他可以抵抗，其手段就是给这些细节分别命名，然后将这些名称当做咒骂的话语用在那些形象本身上。他可以将柜台后的老板叫做冰激凌杯子，可以对女服务员说，她就是一个穿过耳垂的耳洞。同样，他也想对那个看画报的女人说：你这个手包！而对邻桌的男子说：你这个裤子上的污渍！那人终于从后屋里走出来，一边付账，一边站着喝干杯子里的葡萄酒。或者等到那人将空杯子放在桌子上走出去以后，冲着他的背影叫道：你是一个指纹，一只门把手，一条衣服上的缝儿，一摊雨水，一个自行车停靠支架，一块汽车轮胎上的挡泥板，诸如此类，直到那个人在外边骑着自行车从画面里消失……甚至连聊天，尤其是那些人的叫声，一声"这样？"一声"啊哈！"让人觉得那样咄咄逼人，你甚至都想要大声重复一遍，当作是嘲弄。

布洛赫走进一家肉食店，买了两块香肠面包。他不想在旅馆吃饭，因为他的盘缠慢慢紧张了。他观察着香肠尖儿，它们靠在一起，挂在一根棒子上。他用手指了指，女售货员就知道该从那根香肠上往下切了。一个孩子走进来，手里拿着一张纸条。售货员刚刚说了，边境检查站的稽查员起先以为那个学生的尸体是一个被河水冲到岸上的床垫。她从一个盒子里取出两块面包，把它们切开一道口子，但没有彻底切开。那两块面包烤过了，当刀子切上去时，布洛赫听到咔嚓一声。售货员将面包掰开，然后把香肠片放了进去。布洛赫说，他有的是时间，她应该先为那个孩子服务。他看到那个孩子默默地举着纸条。售货员弯下腰去，看了看纸条。然后她开始剁肉，肉块从板上滑了下来，掉在石头地板上。"啪！"那个孩子叫道。肉块掉在地上不动了。售货员将肉块拾了起来，用刀面将肉剃下一些来，然后包了起来。布洛赫看到外边有学生走过，尽管已经不下雨了，他们还是打着雨伞。他给那个孩子打开门，看着售货员从香肠尖儿上将肠衣撕了下来，然后将香肠片放进第二个面包里。

"生意不好"，售货员说，"人们都住在肉店这一侧的街边。所以，一来街道对面没有住人，不然他们就可以看到街这边有家肉店。二来从这里路过的人从来都不走对面，他们也离肉店太近，也会看不到这里有家肉店，而且橱窗并不比旁边住户的窗户大多少。"

布洛赫觉得很奇怪，他说，那些人为什么不从街道对面走呢，那里很空，能享受到更多的阳光。大概人们都觉得有必要沿着房子走吧！他说。售货员没有听懂他的话，因为他话说到一半时就很讨厌再说下去了，只是低声喃喃。她笑了起来，似乎她只是等着他的回答无非就是一个笑话。这会儿有几个人从橱窗外经过，店里真的变得如此昏暗，让人觉得像是一个笑话。

一来……二来……布洛赫默默地重复着售货员刚才说的话。他觉得很惊恐，人开始说话时就已经知道自己在一句话快结束时会说些什么。他在外边一边继续往前走，一边吃着香肠面包。他把裹在面包外的油纸叠了起来，准备扔掉。附近没有垃圾桶。他手里拿着纸卷，一会儿往这边走，一会儿往那边走。他把纸塞进上衣口袋里，又取了出来，最后扔进栅栏内的果园里。立刻就有很多鸡从各个方向朝纸卷冲过来，但却又回去了，它们根本没有把纸卷啄开。

布洛赫看到前面有三个男人斜插着往街道对面走了过去，其中两个人穿着制服，他们俩中间的男人穿着考究的黑色西装，戴着一条领带，由于有风，或者由于他们走得太快，领带翻了起来，搭在肩膀上。布洛赫看着那两个警察把那个吉卜赛人往警察局带。他们一直肩并肩地走到门口，看样子，那个吉卜赛人很自然地走在两个警察中间，还跟他们说着话。但是，当一个警察把门推开时，另一个警察从吉卜赛人身后轻轻地碰了碰他的胳膊肘，没有抓着他。吉卜赛人回头看着背后的警察，友好地朝他微笑着。那领带结下边的衬衣领子敞开着。布洛赫觉得，这个吉卜赛人似乎身处一个陷阱之中，当警察碰到他胳膊时，他只能友好而无助地看着警察。

布洛赫跟着他们走进警察局。邮局也在那栋房子里。片刻间，他觉得，如果有人看到他在公共场所吃着香肠面包的话，那么他们或许就会想到他陷入什么麻烦之中呢。"陷入什么麻烦？"他根本就不该想那么多，人家带走吉卜赛人时，自己在场，没有必要做出什么动作来为之辩解，比如吃香肠面包。只有当他被询问而且受到指责时，他才能做出解释。正因为他必须避免想到自己有可能被询问，他也不该想到事先就为这种情况找到合理的辩解。这种情况压根儿就不会出现。也就是说，如果有人问他是否看到那个吉卜赛人被带走的话，他不用否认，也不用声称自己因为在吃香肠面包而没有注意到，他可以承认自己就是看到警察带走吉卜赛人的证人。"证人？"布洛赫打断了自己的想法，他在邮局里等着人家给他接通自己要打的电话。"承认？"这些字眼跟这个对他来说毫无意义的事情有什么关系呢？这些字眼不正是给了他恰好要拒绝的意义嘛。"拒绝？"布洛赫又打断了自己的想法。没有什么要拒绝的。面对一个个字眼，他一定要小心提防，因为它们会使他想要表达的东西变成一种证词。

　　他被叫进通话间里。他还在想着要避免唤起想要作证的印象，却发现自己用一块手绢将听筒柄缠住了。他有点不知所措，把手绢揣了起来。他怎么从那粗心大意的思绪中转到这手绢上了呢？他在电话里听说，他打电话想要找的那个朋友正在一家训练营里为星期天举行的比赛进行封闭训练呢，没法打电话找到他。布洛赫把另外一个号码给了邮局的女职员。她要求他先付第一个电话的钱。布洛赫付了钱，坐到一条长凳上，在那儿等自己的第二个电话。电话响了，他站起身来。但是，那只是在接收一份贺电。女职员边听边写，然后又一字一字地读了一遍，好让对方确认。布洛赫走来走去。一个邮递员回来了，大声跟女职员对账。布洛赫坐下了。中午刚过，外边路上没有什么可以转移他的注意力。布洛赫变得不耐烦了，但他没有显露出来。他听到那个邮递员讲，这些天来，那个吉卜赛人一直在国境线附近边境检查站的一个避雨棚里躲着。"谁都可以这么说！"布洛赫说。邮递员朝他转过身来，闭口不说了。布洛赫继续说道，邮递员当做新闻炫耀的事情在昨天、前天、大前天的报纸上都能看得到。他说的事情不能说明什么，什么也说明不了，根本就说明不了什么。那个邮递员在他还在讲话时就已经转过身去，悄声跟女职员继续聊着，声音那样低，布洛赫听起来觉得就像是外国电影中那些没有翻译过来的句子，因为那些句子不用翻译也应该可以听得懂。布洛赫的说法没能传过去。突然，他觉得这件事实——恰好在邮局里他没能传过去——并不是一个事实，而是一个糟糕的笑话，是那些文字游戏中的一个，差不多从他在体育记者那里读到那些文字游戏之后，他就对它们极其反感了。在他看来，邮递员关于那个吉卜赛人的讲述就是拙劣的双关语，就是笨拙的影射，正如那份贺电一样，贺电里的词儿很是常见，它们根本就不可能是发报人想要说的话。不光说出来的话是一种影射，就连四周的物件也要对他暗示着什么。"似乎它们在对我眨眼，在给我信号！"布洛赫心里想。要不然的话，墨水瓶的盖子紧挨着瓶子，放在吸墨纸上该是什么意思呢？很明显那张吸墨纸是今天才新放到写字台上的，因此那上边只能看到很少几处印迹。是不是应该不要说"因此"，而是说"好让"才更正确一些呢？就是说，**好让**那上边能够看到点印迹？这会儿，女职员拿起了听筒，将贺电字母逐个拼了一遍。她想要凭此传达什么暗示呢？当她拼读"祝一切安好"时，后面隐藏着什么呢？"致以衷心问候"——这是什么意思呢？这些套话代表着什么呢？"为你自豪的爷爷奶奶"是谁的假名呢？就在当天早上，当布洛赫在报纸上看到小广告"你为什么不打个电话呢？"时，就立刻把广告当成了陷阱。

他觉得，那个邮递员和那个女职员似乎就是在画面里。"邮局女职员和邮递员"，他纠正了自己的说法。现在，在这光天化日之下，他自己已经遭到了这种他所痛恨的文字游戏病的猛然袭击。"在这光天化日之下？"不管怎么说，他肯定沉溺于这个字眼里了。在他看来，这个表达很有趣，方式却让人不适。但是，那个句子中的其他字眼就不那么让人不适了吗？当你自言自语地说出"病"这个字眼时，经过几次重复之后只会因此发笑。"一种病袭击了我"：可笑。"我会病的"：同样可笑。"邮局女职员和邮递员"、"邮递员和邮局女职员"、"邮局女职员和邮递员"：惟一的笑话。您知道那个关于邮递员和邮局女职员的笑话吗？"这一切都让人觉得像是一个标题。"布洛赫心想着："贺电"，"墨水瓶的盖子"，"地板上的吸墨纸碎屑"。挂着各种印章的架子在他看来就像是画出来的。他久久地注视着那个架子，但却想不出那架子上有什么有趣的。再说呢，那其中肯定会有什么趣味的：因为如果不是这样的话，他怎么会觉得它像是画出来的呢？或者这又是一个陷阱？这个物件的用途就在于让他说错话吗？布洛赫往另外一个方向看去，又往另外一个方向看去，然后又往另外一个方向看去。这个印泥盒在告诉您什么吗？当您看到这张填好的支票时想到的是什么呢？这拉出抽屉的动作会让您联想起什么呢？布洛赫觉得自己似乎应该清点屋子里的所有东西，好让那些他在清点时打了绊子或者漏掉的物件能够充当证据。邮递员用手掌拍了拍一直还搭在身上的大口袋。"邮递员拍打着口袋，把它拿了下来。"布洛赫心想着，逐字逐句地想着。"现在他把袋子放在桌子上，走进包裹间里。"他给自己描述了这些过程，似乎借此才可以向自己介绍这些过程，就像一个电台记者向观众做介绍一样。过了一会儿，这果真起作用了。

他站着没动，因为电话响了。跟以前一样，每次电话响起时，他都觉得自己已经提早知道了。邮局女职员拿起听筒，然后指了指通话间。他已经走进通话间里。他在琢磨着自己也许误解了那个手势，也许那个手势根本不是打给哪个人的。他拿起听筒，他前妻拿起电话时就直报大名，好像她知道打电话的是他似的。他请她给他往邮局寄点钱，他会自己来取。她以奇特的沉默给予回应。布洛赫听到一声不是说给自己听的低语。"你在哪里？"那女人问。他说自己双脚冰冷，坐在干地上呢，[1] 说完后他大笑起来，就像是遇到了非常有趣的事情。那女人没有回答。布洛赫又听到一声低语。很困难，女人说。为什么？布洛赫问。她没在跟他说，女人回答道。"我把钱往哪儿寄呢？"她要再不帮他一把的话，他马上就得把裤兜翻出来了，布洛赫说。那女人沉默着。然后，对方的听筒就挂上了。

"去年的雪。"布洛赫突然想到，同时他走出了通话间。

---

[1] 双关语。"双脚冰冷"意指突然怕冒险而放弃计划，"坐在干地上"意指没钱了。

那是什么意思？事实上，他确实听说边境上的森林里长着茂密繁杂的矮树丛，据说就算是初夏季节还能在那里找到雪块。但是，他并没有想说这个。另外，矮树丛那里没什么可图的啊。"没什么可图？"他的意思是什么？"就是我说的那个意思。"布洛赫心想着。

他在储蓄银行将随身携带很久的那张一美元纸钞换了。他还想将一张巴西纸币换出去，但是这种货币储蓄银行不收，而且也没有兑换汇率。

布洛赫走进去时，那里的职员正在清点硬币，把它们包成卷，然后再扎上橡皮筋。布洛赫将那张纸钞放在隔板上。旁边是一座音乐钟。布洛赫又看了一眼，才发现那是一个为慈善活动募捐的小箱子。那个男职员抬起头来，却依然继续数着硬币。布洛赫主动将纸钞从玻璃窗下推了过去。那职员将那些硬币卷堆在一旁。布洛赫弯下腰，将纸钞吹到职员的台子上，职员将纸钞展开，用手掌把它弄平，然后用指尖触摸着它。布洛赫看到他的指尖相当黑。从后屋里走出另外一个男职员。是为了见证什么，布洛赫心想着。他请职员将换到的硬币——硬币下连一张纸钞也没有——装进一个小纸袋里，然后将硬币从玻璃窗下推了回去。那个职员将硬币装进一个小纸袋里，跟先前堆放硬币卷时一样，然后把纸袋推给布洛赫。布洛赫想，假如所有的人都要求将钱塞进小袋里，长此以往，储蓄银行就会垮掉了；在所有的购物过程中都可以这么干：也许包装材料的消耗会逐渐将商家逼得破产？至少这么想一想很让人惬意。

布洛赫在一家办公用品商店买了一张本地的徒步旅行地图。他让店员将地图卷好，还买了一支铅笔，并让店员将铅笔装进一个小纸袋里。他手里拿着那卷地图继续往前走。他这会儿觉得自己比先前空着双手时善良了。

他已经走出镇子，到了一个可以观察四周情形的地方。他找了一条凳子坐下来。他用铅笔对照着地图上的细节和自己面前地形的细节。符号解读：这些圆圈代表一片落叶林，这些三角代表着一片针叶林。当他从地图上抬头看去时，发现这些居然都是准确的。那片地方应该是块沼泽地；那儿应该有一座纪念小亭；那儿应该有一座横跨铁路的天桥。如果沿着这条公路走去，肯定要在这儿过一座桥，然后就应该走上一条乡间小道，接着就会走上一道很陡的坡，可能那里已经站着一个人了。也就是说，一定要从这条路拐下来，然后走过这片平地，往那片森林走去，幸好那是一片针叶林。但是，也可能有几个人从森林那边迎面走来，那你就不得不拐个弯，沿着这道坡往下，朝着那家农庄方向走去。你就必须从这个棚子旁走过，然后沿着这条小河跑去。你必须在这个地方跳到河对面去，因为这里有可能迎面过来一辆吉普车。然后，你立刻拐来拐去跑过这片耕地，溜过这道树丛篱笆，走到公路上。那里正好有一辆货车经过，你招手让货车停下，于是就安全了。布洛赫思绪停住了。"如果涉及谋杀案的话，那么你的思维就会跳跃。"他以前在一部电影里听到有人这么说过。

他感到一阵轻松，因为他在地图上找到了一个四边形，但在眼前的地形里却没有找到：一栋本该在那里的屋子不在那里，本该在这个地方拐弯的路实际上是笔直的。布洛赫觉得，好像这种不相符合的情况对他有所帮助似的。

他看着一块地上有一条狗正在朝一个男人跑去。然后他发现，自己已经不再看那条狗，而是在看那个男人了，那人动来动去，就像一个非得要挡住某人去路的人一样。这会儿他发现，他不再像常见的情形那样看男人和狗，而是看那个似乎在远处胡乱动弹的孩子。但是，他接着就发现，让他误以为小孩在胡乱动弹的是孩子的叫喊声。男人已经抓住了狗项圈，他们仨——狗、男人和孩子——朝一个方向继续走去。"这是让谁看的呢？"布洛赫心想着。

他面前的地上出现了另外一幅图像：一群正在靠近一块面包屑的蚂蚁。他发现，自己不是在看蚂蚁，而是在看落在面包屑上的苍蝇。

确确实实，他所看到的事情很特别。这些图像让他觉得并不自然。相反，它们似乎是特意为他准备的。它们有着一定的目的。当他端详它们时，它们确确实实就跳入他的眼中。"就像电话接通后的长音一样。"布洛赫想。就像命令一样！他合上眼睛，过了一会儿又往那边看去，觉得一切确确实实变样了。他所看到的那些片断似乎在边缘上闪烁着，颤抖着。

布洛赫没有真正站起身来，从坐姿中就径直出发了。过了一会儿，他停住脚步，然后立刻从站立姿势中跑起来。他很快开始冲刺，突然又停住脚步，改变了方向，匀速地跑着，现在换了脚步，再换脚步，停住，现在背身向后跑着，在背身跑动中转过身去，往前继续跑着，又变成背身跑动，背身往前走着，又换成往前跑动，跑了几步后变成全速冲刺，急停下来，在马路边的石头上坐下，立刻又从坐姿中继续跑起来。

他停了下来，又继续往前走，边缘上那些图像似乎如同乌云一样都在往这边涌。最后，它们全都变黑了，中间形成一个圈。"就像是电影里有人透过望远镜在看一样。"他想。他用裤子擦掉腿上的汗水。他从一间地下室旁边走过，由于通往地下室的门半开着，里面的茶叶闪着奇特的光芒。"就像土豆一样。"布洛赫想。

当然他面前的这栋屋子是单层建筑，窗户外的护板紧紧扣着，屋顶上长着苔藓（还是这样一个字眼！），门关着，门框上方写着：小学，屋后的花园里有人在劈柴，那一定是校工，对，学校前当然还有一道树丛构成的篱笆，是，没错，什么都不少，就连黑乎乎的教室里的黑板下边也没少长霉菌，旁边也少不了装着粉笔的盒子，就连外边窗户下边的墙上也少不了那些半圆形，旁边还有一个符号解释证明了那些半圆形是窗钩留下的划痕。说到底，仿佛你所有看到或听到的一切都得到了证实：一切都和那个字眼很般配。

教室里煤箱的盖子敞开着，他能看到箱子里有一个煤铲柄（一个愚人节玩笑！），地上铺着宽木板，因为洗过，木板的缝隙还是湿的，也不能忘记墙上的地图、黑板旁边的洗手池和窗台上的玉米叶子：惟一糟糕的模仿！这种愚人节玩笑他不会中招的。

看起来，他似乎还一直在转圈儿。他忘记了门边的避雷针地线。在他看来，这会儿它像是一个关键词。他应该开始了。他想出办法了：他从学校旁边走过，走进学校后边的院子，跟木屋里的校工谈话。木屋、校工、院子：这都是关键词。他看着校工将一个木块竖在柴墩上，并且抡起斧头来。校工抡起斧头时，他站在院子里搭上话，校工停下手里的活儿，回答了他的话。当他要劈开那个木块时，木块在他劈下去之前就倒了，他的斧头劈在柴墩上，扬起很多灰尘。校工身后那个木柴垛塌了。又是一个关键词！但是，接下来没有其他词儿了。他只是问着在半明半暗的木屋里干活的校工，是不是所有班级只有这么一间教室。校工回答说，所有班级只有这么一间教室。

难怪那些孩子在离开学校时连说话都还没有学会呢，校工突然这么说道。他将小斧头劈进柴墩里，走出了木屋：他们连一个自己的句子都说不完整，他们相互几乎只说单个的词儿。在布洛赫没有问他的情况下，他说，他们所学的东西只是死记硬背的玩意儿，然后他们就熟练地背出来。除此之外，他们没有能力说出完整的句子。"所有的孩子其实全都多多少少有语言障碍。"校工说。

这是什么意思呢？校工这么说是为了什么啊？这跟他有什么关系呢？没关系吗？哦，那校工为什么装得一本正经，仿佛这跟他有关系呢？

布洛赫似乎应该回应，但他没有搭理。要是他开了口的话，那他就得说下去。于是，他又在院子里转了转，帮着校工收拢那些劈柴时从木屋里飞出来的木块。然后，他慢慢悄然地回到公路上，可以不受打扰地离去。

他从操场旁走过。已经是下班时间，足球运动员在训练。球场很湿，球员在踢球时水珠从草地上四溅。布洛赫看了一会儿，天色暗了下来，他便继续往前走去。

他在车站饭馆里吃了一块炸肉饼，喝了几杯啤酒。他在外边的站台上找到一条凳子，坐了下来。一个穿着高跟鞋的姑娘在鹅卵石上走来走去。调度室里的电话响了。一个职员站在门框下，抽着烟。有个人从候车室里走了出来，立刻停住了。调度室里又丁零丁零地响了起来，布洛赫听到有人大声说话，就像是在对着话筒说话。天色已经变暗了。

四处一片安静啊。他看到有人吸烟。一个水龙头被人用力拧开后离开又关上了。好像有人被吓着了一样！远处的黑暗中，有几个人在讲话：他能听到很高的声音，就像是在半梦半醒中一样：a，i。有人在喊：哎哟！听不出来是一个男人还是女人在喊。很远的地方可以清楚地听到有人说："您看起来可真累坏了！"他也很清楚地看到铁轨之间站着一个铁路工人，他在挠自己的脑袋。布洛赫以为他睡着了。

他可以看到有一列火车开进来。他看着有几个人下了火车，似乎他们犹豫不决要不要下车。最后，一个醉醺醺的男人从火车里走了出来，重重地撞上了车门。布洛赫看到站台上的工作人员用手电筒给了个信号，火车又开走了。

布洛赫在候车室看了看列车时刻表。那天已经没有其他火车经过这里了。不管怎么说，现在很晚了，可以去看电影了。

电影院的前厅里已经坐着好几个人。布洛赫也坐了过去，手里拿着电影票。来的人越来越多。听到那么多声音很舒服。布洛赫走到放映厅前，找个地方排上队，然后走进放映厅里。

那部电影里有人朝一个男人开枪，那男人在很远的地方坐在一堆篝火旁边，后背对着开枪的人。什么也没发生；那个男人没有倒下，依然坐着，也不看看是谁在开枪。过了一会儿。随后，那个男人慢慢地侧身倒了下去，躺在那里一动不动。还是这种老枪，那个开枪的男人对自己旁边的人说：没有穿透力。实际上，那个男人之前就已经坐在火堆边上死去了。

看完电影之后，布洛赫跟两个小伙子坐车前往边境那边。一块石头从车底下撞到汽车上；布洛赫坐在后排，他又警醒了。由于那天正好是领工资的日子，饭馆里没有空桌子。他随便找了个地方跟别人坐在一起。女租赁人走了进来，将手放在他肩上。他明白了，给同桌的所有人点了烧酒。

他准备付账，就将一张叠好的纸钞放在桌子上。他旁边有人将纸钞展开，说道，这张钱里可能还藏着一张呢。布洛赫说：那又怎么样？然后又将纸钞叠了起来。那个家伙把纸钞展开，将一个烟灰缸推到纸钞上。布洛赫抓起烟灰缸，从下往上将烟蒂倒在那家伙的脸上。有人从后边拽走了他的椅子，他滑到桌子下边去了。

布洛赫跳了起来，很快用前臂朝着那个拽掉椅子的家伙的胸口砸去。那家伙撞在墙上，大声呻吟着，因为他连气都喘不上来。有几个人将布洛赫的双臂拧到后背上，把他推向门口。他没有倒地，只是趔趄了一下，立刻又冲了进去。

他要去打那个展开纸钞的家伙。有人从背后踢了他一脚，他跟那个家伙一起撞到桌子上。正要倒下去时，布洛赫就开始揍他了。

有人抓住他的双腿，把他拉开了。布洛赫踹了那人肋骨一脚，那人松开了他。他们在街上将他的双臂反拧在他脑后，把他东拉西拽。他们带着他在边境检查站前停了下来，把他的脑袋摁到门铃上，然后就走开了。

一个稽查员走了出来，看到布洛赫站在那里，然后又回屋去。布洛赫追上那些家伙，从后边掀翻了一个。其他人都朝他冲了过来。布洛赫躲开了，一头撞上其中一个人的肚子。从饭馆里又出来了几个人。有人将一件外套朝他头上扔。外套碰到了他的小腿，但另外一个人已经将外套的袖子扣在一起了。这会儿他们很快就把他揍得趴下了，然后又回饭馆里面去了。

布洛赫解开那件外套，朝他们追了过去。有一个人停了下来，但没有转身。布洛赫朝他冲了过去，那个家伙立刻又往前走了，布洛赫倒在了地上。

过了一会儿，他站起身来，走进饭馆。他想说点什么，但是，当他的舌头开始动起来时，嘴里起了血泡。他在一张桌子旁坐下，用一根手指示意给他拿点喝的东西来。同一张桌子的其他人不理会他。女服务员给他送来一瓶啤酒，没有给他杯子。他以为自己看到桌子上有些小苍蝇在爬来爬去，但那只是烟子。

他太虚弱了，没法单手举起啤酒瓶。于是他用两只手抱住酒瓶，将上身前倾，免得将酒瓶举得太高。他的两耳那样敏感，有好一阵子，他听到邻桌的扑克牌不是掉在桌子上，而是砰砰地砸在桌子上；柜台那里的海绵不是掉进池子里，而是啪啪地砸在池子里；女租赁人的孩子不是穿着木屐走过餐厅，而是啪嗒啪嗒地穿过餐厅；那葡萄酒不是流进杯子里，而是汩汩地淌进杯子里；点唱机不是在演奏，而是在咚咚地闷响。

他听到一个女人吓得尖叫起来，但一个女人在酒馆里尖叫是没有任何意义的。也就是说，那个女人就不可能是被吓得尖叫起来。尽管如此，他还是被吓醒了，只是因为那个声音，那个女人叫得那样尖厉。

慢慢地，其他细节也失去意义了：那个空啤酒瓶里的泡沫能告诉他的，跟旁边一个家伙刚刚撕开的烟盒一样少之又少。那家伙将烟盒开口撕得老大，用指甲就可以抠出一根香烟来。那些划过的火柴七零八落地插在那松动的地板条里，也不再让他动什么心思了。窗框旁灰泥里那些指甲印不再让他觉得，它们好像跟他有什么关系似的。这会儿，一切都让他冷静了，一切又回到了原样，就像笼罩在一片和谐之中，布洛赫想。他不再有必要从那点唱机上，从那塞满了东西的松鸡得出什么结论了。那些正在天花板上睡觉的苍蝇也不再暗示什么了。

他看到有个家伙在用指头梳头；他看到姑娘们后退着去跳舞；他看到一些家伙站了起来，扣好上衣的纽扣；他听到扑克牌在洗牌时发出的哗啦声，但是，他没有必要停留在这里。

布洛赫累了。他越累就越清晰地感知到所有的一切，并将它们一一区分开来。他看到，有人走出去之后，门就大开。他还看到有个人不停地站起来去把门关上。布洛赫非常累，他看到每个物件都自成一体，特别是它们的轮廓，仿佛这些物件就只有轮廓似的。他直接看到和听到了一切，并没有像以前那样先将它们翻译成语言，或者只是将它们理解为语言或文字游戏。他处于这样一种状态：他觉得一切都很自然。

后来，女租赁人坐到他所在的那张桌子旁，他那样自然而然地用胳膊搂住她，所以她看上去根本就没有觉察到。他将几枚硬币扔进了点唱机，一副若无其事的样子，径直跟女租赁人跳起舞来。他发现，她每次对他说点什么时都会带上他的名字。

他看到女租赁人一只手握着另一只手，其中不再有什么特别。厚厚的窗帘也不再有什么特别。不言而喻，越来越多的人离开了。他心情轻松地听到那些人在外边的街道上撒尿，然后他们又继续往前走去。

饭馆里变得非常安静，点唱机里的唱片完全清楚地播放出来了。换唱片期间，人们低声说着话，几乎都屏住了呼吸。当下一张唱片开始响起来时，大家感到一阵放松。布洛赫觉得，似乎可以像谈论反复出现的什么事情一样来谈论这些过程。一天的流水账，布洛赫想，可以往明信片上写的东西。"晚上坐在饭馆里，听唱片。"他越来越累，外边有苹果从树上掉下来。

当餐馆里剩下他一个人时，女租赁人走进了厨房。布洛赫坐着没动，直等到那张唱片放完了。他关掉点唱机。现在只有厨房里还有灯光。女租赁人坐在桌边算账。布洛赫朝她走过去，他手里拿着一个啤酒杯垫。当他走出餐厅时，她抬起头来。他朝她走过去时，她看着他。他很晚才想起杯垫来，想要在她看到它之前赶紧把它藏起来，但是，女租赁人已经不看他了，而是看着他手里的杯垫，还问他拿着杯垫干什么，好像她有可能在杯垫上记着一笔还没有支付的账。布洛赫扔掉杯垫，在她身旁坐下，他的动作不是一个接一个，而是每个动作都犹豫片刻。她继续数着，一边还跟他说着话，然后把钱收了起来。布洛赫说，他只是忘记把杯垫放下了，这并没有什么别的意思。

她邀请他跟她一起吃饭。她在他面前摆了一块垫板。还缺一把刀，他说，而她已经把刀放在垫板旁边了。她要从花园里把衣服收回来，她说，开始下雨了。没有下雨，他纠正她的说法，只是从树上下雨了，因为有点起风了。但是，她已经走出去，由于她开着门，他看到真的在下雨。他看着她走回来，便对她喊道，她掉了一件衬衣，但是，结果证明，不过是那块地板拖布，它先前就放在门旁。当她在桌边点燃一根蜡烛时，他看到烛泪滴到一只盘子上，因为她手里的蜡烛有点倾斜。她该小心的，他说，烛泪流到盘子上了。但是，她已经把蜡烛立在还在流动的蜡液上，摁了好一会儿，直到蜡烛立住了。"我不知道你是想把蜡烛放在盘子上。"布洛赫说。她打出一个姿势，想要在一个根本没有椅子的地方坐下，布洛赫叫道："小心！"而她却只是蹲了下去，拾起一枚硬币，那是她数钱时掉到桌子下的。

她往卧室里面走去，要去看看孩子，他立刻问她去哪里。甚至有一次，当她从桌边走开时，他在她身后大声问她要到哪里去。她打开了放在橱柜上的收音机。一边听着广播里放出的音乐，一边看着她走来走去，那可是件让人惬意的事情。在电影里，有人打开收音机时，正在播送的节目立刻就停下了，转而播送一道通缉令。

　　他们坐在桌边说着话。布洛赫觉得似乎自己没有能力说点严肃的事情。他讲了一些笑话，但是女租赁人把他所说的一切全都当真了。他说，她衬衣上的条纹就像足球队服一样，他正想继续往下说，她却已经在问，他是不是不喜欢她的衬衣，他对她的衬衣有什么意见。他使劲强调自己只是开了一个玩笑而已，但一点用也没有。他甚至还说，那件衬衣跟她的白色皮肤非常般配。而她又问，他是不是觉得她的皮肤太苍白。他开玩笑说，厨房装修得几乎跟城里的厨房一样，她问他为什么要说"几乎"。是不是城里的人把他们的东西弄得更加干净些？就连布洛赫拿房东的儿子开玩笑时（他说，房东的儿子可能已经向她求婚了吧），她把他的话也当真了。她说，房东的儿子不是自由之身。他想要打个比方来解释一下自己不是认真的，但那个比方也被她当真了。"我这么说没什么别的意思。"布洛赫说。"你这么说肯定有什么原因吧。"女租赁人回答说。布洛赫笑了。女租赁人问他为什么笑话她。

小孩在卧室里叫了一声。她走了进去，安抚了孩子。等她回来时，布洛赫已经站起来。她站在他面前，盯着他看了好一阵子。然后，她却说起了自己的事情。因为她站得离他很近，他没法回答，往后退了一步。她没有跟着往前动，但却闭嘴不说了。布洛赫想要抓住她。当他终于伸开手时，她却朝旁边看去。布洛赫放下手，假装自己开了个玩笑。女租赁人坐到桌子另一侧，继续讲下去。

他想要说点什么，但却不知道自己到底想要说什么。他竭力回忆着：他没有回忆起到底是什么，但跟恶心有点关系。然后，女租赁人一个手势却让他想起别的事情来。他又想不起来那是什么，但那跟羞耻息息相关。他所感知的，不管是动作还是物件，都没有让他想起别的动作和物件，而让他想起了感受和感觉。他不是回忆起那些感觉，像过去的什么事情一样，而是再次经历着它们，就像是当下的事情一样：他没有想起羞耻和恶心，而是觉得羞耻和恶心，因为当他回忆时，他并没有想起那些引发羞耻和恶心的物件。恶心和羞耻，二者合在一起，如此强烈，他整个身体都因此开始发痒。

外边有一块金属砸在窗户玻璃上。女租赁人对他的问题回答说，那是避雷针的线，它松开了。布洛赫先前在学校那里就已经观察过一根避雷导线，他立刻就将这种重复看成意图了；他接连两次遇到了避雷导线，这不可能是巧合。而且，他觉得一切都很相似；所有的物件都让他想起它们的相互关联来。避雷导线的再次出现是什么意思呢？他会从这避雷导线上看到什么呢？"避雷导线？"这可能又是一个文字游戏吧？这就意味着他不会出什么事儿吧？要不就是在暗示他应该给女租赁人讲出所有的事情？还有，为什么那个木盘上放着的饼干像鱼的形状呢？它们在暗示着什么呢？他是不是应该"像鱼一样沉默"呢？他不能再说下去吗？木盘里那些饼干是在向他暗示这个吗？看样子，仿佛他并没有看到这一切，而是在什么地方从一张印着行为规范的海报上看到的。

是的，那是些行为规范。水龙头上方的洗涤残渣命令他做点什么。通常已经打扫干净的桌子上那个啤酒瓶盖也要求他做点什么。这已经形成习惯了：他看到处处都有要求：做这个，干那个。对他来说，一切事先都已经规定好了，放调料罐的架子，放着盛有刚刚做好的果酱的杯子……反复如此。布洛赫注意到，他已经有很长时间没有跟自己说话了：女租赁人站在洗碗池旁，从碟子里捞出那些面包渣。他动过的所有东西都得再收拾一下，她说，取出餐具后他连抽屉都不会关上，他翻过的书也不合起来，就放在那里，他将上衣脱下来后就那样扔在那里。

布洛赫回答说，他真的觉得他没有必要什么都管。只差一点点，比如说，他就松开手里的这个烟灰缸了；他自己都觉得奇怪，烟灰缸还在自己手里。他一边站起来，一边将烟灰缸往前递出去。女租赁人看着他。他盯着烟灰缸看了一会儿，然后把它放下了。就像是为了迎合他四周不停重复的暗示，布洛赫重复了自己说过的话。他如此无助，继而又重复了一遍。他看到女租赁人在洗碗池上抖动着自己的胳膊。她说，一块苹果掉进袖口里，不愿意出来了。不愿意出来了？布洛赫模仿起她来，他也抖动着自己的袖口。他觉得，他模仿所有动作时，他似乎就像是坐车时站在某人的身后。但是，她也注意到了这一点，她开始演示他是如何模仿她的了。

在此过程中，她走到冰箱前，那上边放着一个蛋糕盒。布洛赫看着她，她还在模仿他，从后面碰到了蛋糕盒。由于他专注地看着她，她又用胳膊肘往后碰了一下。蛋糕盒滑动了，慢慢地从冰箱的圆边上翻了下来。布洛赫本来可以用手接住它，但是他看着蛋糕盒，一直看到它砸在地上。

当女租赁人弯腰去拾蛋糕盒时，他这走走，那看看，把所有东西都推到墙角去，一把椅子，炉子上的一个打火机，厨房桌子上的一个烟灰缸。"都还好吗？"他问。他问的正是他想让她问他自己的。但是，她还没有来得及回答，外边的窗玻璃被敲响了，就像避雷导线永远不会再敲打窗玻璃一样。布洛赫在此之前就已经知道会敲的。

女租赁人打开窗户。外边站着边境检查站的稽查员，他讨要一把雨伞，以便在回镇子的路上用。布洛赫说，他也可以马上跟他一起走。他让女租赁人将门框旁工作裤下的雨伞递给自己。他许诺说第二天就把雨伞送回来。只要他还没有送回来，这中间就不会出什么事儿。

他在街上将伞撑开。雨马上就噼里啪啦地下起来，声音很大，他没有听到她有没有回答什么。那个稽查员沿着墙壁跑到雨伞下，他们一起走了。

他们走了几步之后，旅馆的灯就关上了，外边完全暗了下来。非常暗，布洛赫不得不将手遮在眼前。他们沿着一道墙往前直走，他听到墙后有奶牛的叫声。有什么东西从他身边跑过去。街边的树叶刷刷地响着。"我差点就踩着一只刺猬！"稽查员叫道。

布洛赫问他怎么在黑暗中看到刺猬的。官员回答说："这是我的职业要求。只要看到一个动作或者听到一个声音，就必须能够确认是什么东西发出的。就连一个在视网膜边缘移动的东西也必须认出来。是的，而且还可以确定其颜色，尽管只有在视网膜的中心才能完全看到颜色。"他们已经走过了边境上的房屋，这会儿在小溪旁的捷径上往前走着。那条路铺满了沙子，布洛赫越来越适应黑暗，沙子也越发明显。

"当然，我们在这里相当清闲，"稽查员说，"自从边境埋上地雷之后，就没有走私了。紧张情绪也减少了。人累了，没法再集中注意力。如果真的出了什么事儿，就连一点反应也没有。"

布洛赫看到有什么东西朝自己跑来，他往稽查员身后走去。一条狗从他身边跑过，碰到了他。

"要是有人冲我们过来，根本就不知道该怎么去抓他。从一开始就站错地了，等到终于站对了地时，就指望着旁边的同事会去抓住他，而同事还指望我来抓他呢，可那个家伙早就跑掉了。"跑掉？布洛赫听到稽查员在雨伞下，在自己旁边深深地吸着气。

他身后的沙子发出了嚓嚓的声音，他转过身去，看到那条狗又回来了。他们继续往前走着，狗跟在他们后边，嗅着他的两个腘窝。布洛赫停住脚步，在小溪旁折下一根榛子树枝，将狗赶走了。

"当人们面对面站着时，"稽查员继续说着，"重要的是，你要看着别人的眼睛。在他开始跑之前，眼睛会预示他将要跑动的方向。但是，你同时还要观察他的双腿。他用哪条腿站着？支撑腿显示的方向就是他要逃跑的方向。但是，要是那人想骗你，并不往那个方向跑，那他就不得不在马上要跑之前换条腿来支撑，而他就会失去很多时间，你就可以朝他扑过去。"布洛赫朝下往小溪看去，虽然可以听到小溪的流水声，但却看不到它。

从一丛灌木里飞起一只硕大的鸟。他听到一个木棚里有鸡用爪子刨地，用喙敲墙木板。"本来是没有规则的，"稽查员说，"你一直都处于劣势，因为那人也会观察，也会看着你会怎么应对他。你只能做出回应。当他开始跑的时候，他在第一步之后就会改变方向，而你的支撑腿却选错了。"

他们已经又走到沥青路上，朝着镇子的入口走去。他们时不时会踩在已经松软的锯末上。那些锯末是在下雨前一路撒到街上的。布洛赫在想，那个稽查员之所以能这么详细地谈论本来用一句话就可以了结的事情，是不是因为他想要说点别的什么。"他说得很**熟练**！"布洛赫心想。他开始自己试着长篇大论地谈论起通常本来只需要一句话的事情。但是，那个稽查员似乎认为这很自然而然，还问他到底想要说什么。那就是说，稽查员刚才所说的话看来真的就是那些字面意思。在镇子中央，他们遇到了一个舞蹈班的学员。"舞蹈班？"这个词又影射着什么呢？一个姑娘走过他们身边时在她的"手包"里找什么东西，另一个姑娘穿着高"帮"靴子。这些都是代表什么东西的简称吗？他听到那只手包在自己身后合上了。他差点将雨伞合起来，作为回应。

他陪着那个稽查员往外走去，走向镇子的福利住房。"我到现在一直只是租房子住，但我在攒钱，想买一套自己的房子。"稽查员说，他已经走到楼梯间。布洛赫也走了进去。他想不想一起进去喝上一杯烧酒？布洛赫拒绝了，但站在那儿没走。就在稽查员正要往上走时，灯又灭了。布洛赫靠在下边的信箱上。屋子外边，在很高的空中有一架飞机飞过。"邮局的飞机！"稽查员在黑暗中冲下面叫道，他还摁了一下电灯按钮。楼梯间亮了起来。布洛赫很快走了出去。他在旅馆听人说，来了一个很大的旅游团，他们安排这个团住在保龄球室的行军床上，所以，那儿今天很安静。布洛赫问那个告诉他这些事情的姑娘，她是否愿意跟他一起上楼去。她严肃地回答说，今天不可能。后来，他在屋子里听到她在楼道里走过他的房门。因为下雨的缘故，屋子里很冷，他觉得好像到处都撒上了潮湿的刨花。他将雨伞放进洗手池里，伞尖朝下，然后他就和衣躺到床上了。

布洛赫困倦了。他做出几个疲惫的表情，他的本意是想要凭借这些动作让困倦劲显得可笑，但是，正因为如此他更加困倦了。他又想起来了自己在白天说过的一些话。他试着用呼气来摆脱这些东西。然后，他感觉自己睡着了；就像是在一个段落结束之前，他想。一些野鸡飞过火焰。驱赶鸟的人们沿着一块玉米地走着。那个旅馆服务员站在储藏室里，用粉笔将房间号写在他的文件包上。一堆没有叶子的灌木丛上落满了燕子，爬满了蜗牛。

他慢慢地醒过来，注意到有人在隔壁房间里很响地呼吸着，在他半睡半醒中，那呼吸的节奏里组成了句子；他将那人的呼气听成一个拖得很长的"和"，那吸气时长长的声音然后在他这儿变成了一个个句子，它们分别用一个破折号跟"和"连接起来。这个破折号就等于呼气和吸气之间的停顿。士兵们穿着尖头便鞋站在电影院前。那火柴盒就放在烟盒之上。电视机上放着一个花瓶。一辆装着沙子的卡车从一辆轿车旁呼啸而过，扬起很多灰尘。一个想搭便车的男子一只手伸出拇指，另一只手里拿着一把葡萄，门口有人在说："请开门！"

"请开门！"最后几个字跟隔壁的呼吸一点也不搭配，那呼吸越来越清楚，而那些句子慢慢地消失了。布洛赫这会儿彻底清醒了。又有人在敲门，而且还说："请开门！"外边的雨已经停了，他肯定是因此而醒来的。

他很快地站了起来。床垫里的一个弹簧弹回到原来的位置。门外站着那个女服务员，她手里拿着一套早餐。他没有订早餐，他刚刚说完这句话，那个姑娘就已经道过歉，去敲对面的门了。

他又是一个人呆在房间里。他觉得一切都颠倒了。他拧开水龙头。立刻就有一只苍蝇从镜子上掉进洗手池里，很快就被冲走。他坐到床上：刚才那把椅子还在他右边呢，现在却在他左边。那幅画面是左右颠倒的吗？他从左往右看去，然后又从右往左看去。他再次从左往右看去。他觉得这目光就像是阅读一样。他依次看到一个"柜子"，"然后""一张""小""桌子"，"然后""一个""纸篓"，"然后""一块""窗帘"。相反，他从右往左看去时却看到一把 ⊦，旁边是那张 ⊤⊤，床下边是 ▯，旁边是 ⬓，上边放着他的 ⌂，当他四下张望时，看到了 ⊡，旁边是 ⊙ 和 ⊙。他坐在 ⊔ 上，下边是一根 ⬭，旁边是 ═。他走向 ⊞⊞⊞：⊞⊞⊞：

⚞ ⚲ ✉ ▯ ⬓。布洛赫拉上窗帘，走了出去。

308

下边的客房都被那个旅游团占用。老板让布洛赫到旁边的屋子去，那里的窗帘拉起来了。老板的母亲坐在电视前。老板将窗帘拉开，站在布洛赫身边。一会儿，他看到老板在自己左边站着，然后，等到他再次抬头看时，情形又反了过来。布洛赫点了一份早餐，还想要报纸。老板回答说，报纸正好有旅游团的成员在看呢。布洛赫用指头摸了摸自己的脸。脸颊似乎僵死了。他很冷。苍蝇在地板上缓慢地爬来爬去，他起先甚至把它们当成了瓢虫。一只蜜蜂从窗台上飞起来，立刻又掉头飞去。外边那些人在水滩之间跳来跳去。他们提着厚厚的购物袋。布洛赫用手在自己的脸上摸了个遍。

　　老板端着早餐走进来，他说，报纸一直还有人在看。他的声音很小，布洛赫回答时声音也很低。"不急的。"他低声说。在阳光下，电视机的屏幕现在满是灰尘，窗户在屏幕里显出影子。小学生在路过时就是透过那扇窗户向里边张望的。布洛赫一边吃，一边听着电影。老板的母亲不时抱怨着。

　　他看到外边有一个架子，那上边挂着一个装满报纸的大袋子。他走了出去，先往袋子旁边的一个小缝里扔了一枚硬币，然后取出来一份报纸。他在翻看报纸方面非常熟练，正往屋里走时就已经看到了对他自己的描述。他在大巴里引起了一个女人的注意，因为他的口袋里掉出了硬币；她正要弯腰去拾硬币时，就看到那是些美国硬币。后来她听说，在那个女售票员的尸体旁找到了这种硬币。一开始，他们并没有把她提供的情况当回事儿，但是，后来的事实证明，她的描述跟女售票员的一个熟人所讲述的是吻合的，那个熟人在出事前的晚上开车去接女售票员时，看到一个男子站在电影院附近。

布洛赫又坐到侧屋去了，看着他们根据那个女人对他的描述而画的画像。这就是说，他们还不知道他的名字？报纸是什么时候印出来的呢？他看到这份报纸是第一版，通常在头天晚上就已经出来了。他觉得标题和图片似乎是贴在报纸上的，就像电影里的报纸一样，他心里想：电影里的真标题被替换成了跟电影相宜的标题；或者就像是在游乐园里自己可以随意让人印制的号外。

他们将报纸边缘的涂画读成了"施图姆"这个词儿，而且第一个字母是大写的，于是，想当然这就是一个人名字。一个名叫施图姆的人跟这件事情有关系吗？布洛赫想到他跟女售票员说起过一个朋友，一个名叫施图姆的足球运动员。

女服务员收拾桌子时，布洛赫没有将报纸叠起来。他听到有人说，那个吉卜赛人已经被放出来了，那个哑巴学生的死是个意外事故。关于那个孩子的事情报纸上只刊登了一张全班合影，因为他从来没有单独照过相。

老板的母亲用来靠在后背的一个垫子从沙发上掉到地上，布洛赫把垫子拾了起来，然后拿着报纸走了出去。他看到旅馆那份报纸放在牌桌上。那个旅游团已经坐车走了。报纸——那是份周末版——非常厚，没法放进报夹里。

一辆小汽车从他身边开过去，他毫无意义地觉得很奇怪——因为天还相当亮，那辆车的车灯没有打开。没有发生什么特别的事情。他看到果园里有人将装在箱子里的苹果往袋子里倒。一辆超过他的自行车在泥地里滑来滑去。他看到两个农民在一家商店门口相互握手；他们的手非常干燥，他听到了那两只手沙沙地响着。拖拉机在泥路上留下的车印从田间路通往沥青路上。他看到一个老妇弯着腰站在一个橱窗前，她的一根手指放在嘴唇上。那些商店前的停车位都是空的。看来这里的顾客都走后门。"泡沫""从""门口的台阶""淌""下来"。"席梦思床""放""在""窗玻璃""后面"。写着价格的黑板被搬回店内。"鸡""啄起""掉下来的葡萄"。火鸡卧在果园里的铁丝笼里一动不动。女学徒从屋里走出来，双手叉腰。店主在昏暗的商店里，静静地站在秤后边。"柜台上""有""一些酵母碎片"。布洛赫站在房屋的外墙边。当他身边有一扇只是虚掩着的窗户打开时，传出一种奇特的声音。他离开继续往前走去。

他站在一栋新建的房屋前，那里还没有住人，但是已经装上了窗玻璃。里面的房间空空的，透过窗户都可以看到屋后的风景。布洛赫觉得，好像是他造了这栋房子。他自己装了插座，甚至还装上了窗玻璃。就连窗台上的凿子、点心纸和小吃都是他的。

他又朝那个方向看了一眼：不，灯开关还是灯开关，屋后的花园椅子还是花园椅子。

他继续往前走，因为……

他一定要为继续往前走找个理由吗，为的是……

他的目的是什么，当……时他必须要给这个"当……时"找个理由，因为……能一直这样下去，直到……他已经走了这样远……所以……吗？

为什么一定要从他走在这里而推导出什么结果呢？他非得找个理由来解释自己为什么站在这里吗？为什么当他从一家浴场旁边经过时非得要有什么目的呢？

这些"如此……所以"、"因为"和"为的是"就像是规定一样。他下定决心，避免这些词儿，免得它们……

看样子，仿佛他身边一扇虚掩的窗户被打开了似的。所有可以想到的，所有可以看到的东西都被占用了。不是一声叫喊让他感到恐惧，而是一个被颠倒的句子，它出现在一连串平平常常的句子的末尾。他觉得一切都被改了名字。

那些商店已经关门了。货架前没有人走来走去，看起来装满了东西。没有一个地方没放上东西，至少也有一堆罐子。收款台那里还挂着一张撕了半拉的付款单。那些商店挨得那样紧，所以……

"那些商店挨得很紧，以至于什么东西也没法伸手去指了，因为……""那些商店挨得那样紧，所以什么东西也没法伸手去指了，因为那些东西相互遮挡着。"停车位上现在只停放着那些女学徒的自行车。

午饭之后，布洛赫去了运动场。还在离那儿很远的地方，他就听到了观众的喊声。当他到达那里时，两支预备队还在踢垫场赛。他在球场正面旁的凳子上坐下，开始看报纸，一直看到了周末副刊。他听到一个声音，就像是一块肉掉在石头地面上；他抬头看去，看到原来是又湿又重的足球砸在一个球员脑袋上。

他站了起来，走开了。等到他回来时，正式比赛已经开始。凳子都被人占了，他沿着球场边走到球门后边。他不想站在离球门太近的地方，就沿着坡道往公路方向走去。他沿着公路一直走到角旗处。他觉得仿佛上衣的一颗纽扣掉了，还蹦到路上。他拾起纽扣，装进兜里。

他和站在旁边的一个人聊起天。他打听是哪两支球队在比赛，还问他们的排名情况。在这种逆风情况下，他们不应该起高球，他说。

他注意到站在旁边这个男子的鞋上有扣环。"我也不清楚，"那个男子回答说，"我是销售代表，只在这儿呆几天。"

"那些球员喊叫得太多了，"布洛赫说，"一场好比赛会进行得非常安静。"

"没有教练在场边朝他们喊着该干什么嘛。"销售代表说。布洛赫觉得好像他们在为第三个人相互交谈似的。

"在这种小场地传球时，你必须很快做出决定。"他说。

他听到有人在鼓掌，就像是球击中了门柱。布洛赫说，他自己曾经跟一个全是光脚队员的球队踢过比赛；每次那些光脚球员踢到球时，那种啪啪的声音就让他没法忍受。

"有一次我在体育场里看到一个球员弄断了自己的腿，"销售代表说，"站在最后一排的人都听到了咔嚓声。"

布洛赫看到旁边还有其他观众在聊天。他没有观察那个正在说话的观众，而是逐个看着正在倾听的观众。他问那个销售代表，他是否曾经尝试过，在进攻时，自始至终就不看前锋，而是一直看着那个守门员，那些前锋正带着球冲向他的球门。

"不看前锋和球，而去看守门员是很难做到的，"布洛赫说，"你非得把自己与球脱离开来，这是地地道道不自然的事情。"你不看足球，而是看着那个守门员，看他双手放在大腿上，又是往前跑，又是往后退，左右晃来晃去，冲着后卫大声叫喊。"通常情况下，只有足球朝球门射出时，你才会注意到他。"

他们一起沿着边线走着。布洛赫听到一声喘息，好像是边裁从他们身旁跑过。"这是非常奇特的景象，你看着守门员没有球，但期望着球的到来，不停地跑来跑去。"他说。

销售代表回答说，他自己没法长时间地朝守门员那儿看，他会情不自禁地立刻扭头去看前锋。布洛赫说，当你看守门员时，你会觉得似乎你自己必须要踢比赛一样。那就像是有人朝一扇门走去时，你不看那个人，而是去看门把手。你会头痛的，而且几乎无法正常呼吸了。

"这个你可以习惯的，"布洛赫说，"但这很可笑。"

裁判判罚点球。所有的观众都往球门后边跑去。

"那个守门员在琢磨那个球员会往哪个角上踢，"布洛赫说，"如果他了解那个射手的话，那他就知道他通常都选择哪个角。但是，射手有可能也会想到守门员在琢磨这个。于是，守门员继续琢磨着，足球今天会往另外一个角去。但是，如果射手一直还跟守门员一个思路，现在还是想往通常的那个角射呢？事情就这样继续着，不停地继续着。"

布洛赫看到所有的球员都慢慢走出禁区。主罚点球的球员将球摆好。然后，他也往后退，走出了禁区。

"当射手起跑，正要踢球时，守门员的身体就不自觉地预示着他即将往哪个方向扑出去。这样的话，射手就可以从容地往另外一个方向踢了，"布洛赫说，"守门员或许同样无计可施，抓不到什么救命的稻草。"

那射手突然起跑了。穿着鲜黄色球衣的守门员站在那里，根本没有动，罚球手将球踢到守门员的手里。

（1970 年）

文景

社科新知　文艺新潮

Horizon

守门员面对罚点球时的焦虑

[奥] 彼得·汉德克 著　韩瑞祥 主编

张世胜　张晏　谢莹莹　贾晨　译

出 品 人：姚映然
责任编辑：陈欢欢
封扉设计：荀冠虹
版式设计：张　布

出　　品：北京世纪文景文化传播有限责任公司
　　　　　（北京朝阳区东土城路8号林达大厦A座4A　100013）
出版发行：上海人民出版社
印　　刷：山东临沂新华印刷物流集团有限责任公司
制　　版：北京大观世纪文化传媒有限公司

开　本：850mm×1168mm　1/32
印　张：10.375　　字　数：157,000　　插　页：2
2013年1月第1版　　2019年11月第3次印刷
定　价：45.00元
ISBN：978-7-208-10844-8 / I · 1036

图书在版编目（CIP）数据

守门员面对罚点球时的焦虑 /（奥）汉德克
（Handke, P.）著；张世胜等译；韩瑞祥主编. 一上海
：上海人民出版社，2012
　　ISBN 978-7-208-10844-8

　　I. ① 守… II. ① 汉… ② 张… ③ 韩… III. ① 长篇小
说-小说集-奥地利-现代 IV. ① I521.45

中国版本图书馆CIP数据核字（2012）第146394号

本书如有印装错误，请致电本社更换　010-52187586

本书出版得到奥地利教育、艺术和文化部所提供之翻译资助

Die Übersetzung wurde gefördert mit Mitteln des Bundesministeriums

für Unterricht, Kunst und Kultur